The Edge of Impropriety
by Pam Rosenthal

女神は禁じられた果実を

パム・ローゼンタール
田辺千幸［訳］

ライムブックス

女神は禁じられた果実を

主要登場人物

マリーナ・ワイアット……………………………………ゴーラム伯爵未亡人。社交界小説家
ジャスパー・ヘッジズ……………………………………学者。古代美術品の研究者
アンソニー・ヘッジズ……………………………………ジャスパーの甥
シドニー・ヘッジズ………………………………………ジャスパーの姪。アンソニーの妹
ヘレン・ホバート…………………………………………シドニーの住み込みの家庭教師
ジェラルド・ラッカム……………………………………通称ゲリー。マリーナを脅迫する男
ヘンリー・コルバーン……………………………………出版社のオーナー

プロローグ

イタリア　コモ湖
一八一八年春

その別荘は湖畔にあった。湖面に反射した光が、応接室の天井で波のように揺れている。幼い少女が意味をなさない歌をくちずさみながら、部屋のなかの四つの人影のあいだを歩きまわって遊んでいた。

イギリス人貴族であるひと組の男女――優雅な物腰のほっそりした女性と、ぼさぼさの髪をした、細身だが肩幅の広い男性――は、もうひと組の若く美しい男女を声もなく見つめている。ギリシャの二体の彫像は、二千年余り前に大理石から彫り出されて以来変わることのない忍耐強さで、その視線を受け止めていた。

娘の像のチュニックの縦ひだに少女が好奇心いっぱいに指を這わせると、女性はほっと息を吐いた。美しい骨董品を前にした人間はだれもが同じため息をつく。

「美しいわ。簡素で、大理石の白さはにごりがなくて、とても洗練されている」

男性は声をあげて笑った。「安物ですけれどね」

「安物？」

「いかにも。当時あのあたりでは、大理石は安く手にはいった。本物は青銅で、これはそれを模倣したものですよ。当時のギリシャ人は青銅の彫像に色を塗り、宝石を目に埋めこんだものを好んだ。あのころのものは、実はかなりけばけばしいんです」

「わたしをからかっているのね」

「とんでもない」

男の日に焼けた顔のなかで青い瞳が情熱的な光をたたえていた。容赦のない地中海の太陽を浴びて濃い砂色になった豊かな髪は、すぐにでも散髪が必要だ。

「ほとんどの青銅は溶かされて、釘と砲弾になった。ああ、それから硬貨にも。ローマの将軍は、銅像を溶かして兵士たちに賃金を支払っていたかもしれません。だが大理石は豊富にあった。いまもどこにでもありますよ――もちろん、塗料はすっかり剝《は》げていますけれどね。純白に対する幻想はぼくたちが作りあげたものにすぎません。パルテノンの大理石は、おそらく赤と青に塗られていたはずです」

女性は口をとがらせた。失望したせいもあるが、その表情が昔と変わらず自分に似合うことを本人はよくわかっている。すねたような表情がやがて笑みに変わったかと思うと、彼女はくすくす笑った。「相変わらずの学者肌ね。そしていまは権威ある教師」

男に一歩近づいてそのこわばった顎《あご》の線を撫《な》でながら、彼女は低い声で言った。

「わたしのなかのあなたは、いまも学生のままよ」

明るいハシバミ色をした彼女の瞳が男のからだを撫でるように見おろしていくと、まつげがなめらかな頬に扇形の影を作った。「利発な青年だったわ。きびきびしていて、機敏で……」

「十五年も前の話です」

「いまの言葉は聞かなかったことにしておくわ」彼女は目を伏せた。「そのとおりね」愛撫するような声はごく低いささやき声になった。「でも変わらないものもある。そうじゃないかしら?」

そう、変わっていないものがあった。ジャスパーは食いしばった歯の隙間から息を吸った。事実を否定しても意味はない。

だがどうでもいいことだ。湖のほとりをそぞろ歩けば、こんな思いもどこかに消えてしまうだろう。とはいえ、いまこのひとときを楽しんでいけない理由はない。たしかに若さは失ったが、満たされることのない欲望によって研ぎ澄まされた感覚や深い情念の価値をいまの自分なら理解できるはずだ。彼女の肌は濃いピンク色に紅潮していた。ダマスクローズの色だ。いや、違う。ムスクローズだ。ジャスパーは鼻孔が広がるのを感じた。十五年という歳月は、義理の姉の美しさをより現実的なものに変えていた。彼女もまた心の奥がうずくような喜びを感じているに違いない。

せめてそう思いたかった。いまふたりに許されている喜びは、それだけだったから。

彼女が手をおろすと、ジャスパーは一歩あとずさった。

「今週はずっとわたしを避けていたわね」彼女が言った。「あなたが来てから、ふたりきりになるのはこれが初めてだわ」

ジャスパーは娘の彫像の向こう側を歩いている少女を角ばった顎で示した。

「ふたりきりではありません」

「そうね。でもシドニーはひとり遊びがとても上手なの。いっしょにいることをつい忘れてしまうくらいよ。こんなに小さいのにおかしくないかしら？」

「そんなことはありませんよ。ぼくもあんなふうでした」

「いまもそうね。ジョンもわたしもいつだって新しいものが好きで、人から注目されたくて仕方がないのに」

「幼いころのジョンがどれほど人を惹きつける子供だったか、よく覚えていますよ。准男爵がまさに跡継ぎに欲しいと思うような少年だった。ひるがえってぼくは、どんな場であろうとその他大勢でいることに満足していた。おかげで読書や散歩や空想に費やす時間はたっぷりありましたよ」ジャスパーの顔に笑みが浮かんだ。「次男は自分の足で人生を歩んでいかなければならないことを知るまでは」

その笑みが浮かんでいた時間は、いくらか長すぎたかもしれない。

「まあ、そういうことです。それであなたと兄さんは、これまで……楽しい年月を送ってこられたんですか？」

尋ねるべきではなかったかもしれない。この一週間見てきたふたりの関係は、決してそう思えるようなものではなかった。

「ときどきは。いつもとは言えなかったわ。楽しいときもあれば、そうでないときもあった。楽しいと思えるためには、なにか目新しいものが必要なの。わたしたちはそのために相当なお金をかけているわ。実際のところ、賄える以上の額を人や物に費やしている」

彼女の目がきらりと光った――恥ずかしさのせいだろうかとジャスパーはいぶかった。それとも、自分の置かれた状況のなかで、できることはしてきたというプライド？

「あのとき、あなたと逃げるべきだったのかもしれないわね」彼女は肩をすくめた。「旅をするのは好きよ――コンスタンティノープルはすてきだったでしょうね。あなたのように戦争中に旅をする勇敢な人なんてほんの少ししかいないでしょうけど。ええ、そうするべきだったんだわ……」

ジャスパーはこみあげてきた笑いに身をゆだねた。

「頭を冷やしてくださいよ、セリア。エルギン夫人（ギリシャの建築や彫刻を調査したエルギン伯爵の夫人）になった自分を想像しているんですか。砂漠を行くキャラバン、小さな宮殿のようなテント、ボスポラス海峡を渡る船団。そんな旅になるはずもない。なにが待っているかを考えもせず、あんなことを言うなんて、ぼくは愚かな若者だった。どんな……」

危険が、と言おうとして、彼は口をつぐんだ。海賊や盗賊、広大なオスマン帝国の辺境の小島や山中を縄張りとする規模も様々な首領たち。

もうやめておけ、ジャスパーは心のなかでつぶやいた。骨董品に対する彼女のよくある誤解は、バイロンの詩のような異国への憧れに比べればかわいいものだ。彼女の毎日が同じことの繰り返しであり、夫が日々体重を増やしていることを考えればなおさらだった。兄のために買ってきたアルバニアの衣装が合わないことはひと目でわかった。そこで彼は、上等な古い敷物をみやげとして贈った。

ジャスパーはこれまで、自分自身の外見にさほど注意を払ってはこなかった。だがこの一週間、セリアがこっそりとあるいはあからさまに向ける視線に、十五年前に彼女の目に映っていた、恋に我を忘れた若い学生といまの自分がどれほど違っているかを考えずにはいられなかった。窓間鏡や夜の窓やガラスのように凪《な》いだ湖面に映る自分の姿に改めて目を向けてみると、そこには日に焼けた手脚の長いぼさぼさの髪の男がいた。しなやかな筋肉ですり減った神経を包んでいる男。ジャスパーにとっても見知らぬ他人だった。

ロマンチックな冒険家。目新しい人間。

だめだ、セリア。今回はだめだ。

ジョンはすぐにも埠頭から戻ってくるだろう。大事なことを尋ねたいのなら、急がなくてはならない。この機会を逃さないように仕向けていたセリアにもそのことはわかっているはずだ。セリアはどうにかしてジャスパーの注意を引こうとしていた。それとも、彼女の注意を引きたかったのはぼくのほうだろうか?

セリアは物思わしげに二体の彫像を見つめた。「どうであれ、美しいことは確かだわ。若者のほうは弓の射手ね。それともなにかの競技をする人かしら。女性のほうは？」

「若き日のアフロディーテです。若者は彼女の息子のエロスですよ。キューピッドと呼んでもいい。イタリア風のぽちゃぽちゃして楽しげなキューピッドとは違う。肩にあるこぶは翼の名残です——彼は走っているのではなく、飛んでいるんです。女性と同じくらいの年齢に見えますが、神はぼくたちのようには年を取らないものですからね」

セリアは顔を背けた。

「同じ人物の作品だと思います。これをアテネに返すことができて、本当にうれしいですよ。手元に置いておくのと同じくらいうれしい。ぼくの放浪の成果だと言えるかもしれない」

「妙ね。わたしは放浪などしていないのに、わたしの手元にも同じようなものがあるわ。娘と——」セリアはしゃがみこんでアフロディーテのサンダルを眺めているシドニーに向かってうなずいた。「——息子が」

息子。

ようやく彼の話になった。十四歳になったはずだ。

ジャスパーは声が震えないように自分を律した。

「あの子がどんなふうになったのか、残念ながらぼくには想像がつきません。産着にくるまれたあの子をあなたが抱いているあの古い細密画一枚しかないのが、残念ですよ」

セリアの笑みにはかすかに嘲《あざけ》るような色があった。「あなたの彫像と同じくらい、あの子はきれいよ。去年、我が家のウェルドン・プライオリーで家族の肖像画を描かせたとき、画家がアンソニーを中央にしたがっているのがわかったわ。わたしはなおざりにされた気分だった――虚栄心に支配されるなんて、母親としては失格ね」

「それでは、あの細密画はよく描けているわけだ。あなたに似ているんですね」

「そう思えるときもあるわ。あの子のなかにわたしを見ることもあるでしょうね。あなたはそれをどう受け止めるのかしら。でもアンソニーの背の高さは、あなたの家系の血を引いていてよ」

アンソニー。アンソニー・ジョン・リー・カリングトン・ヘッジズ。ジャスパー宛の兄の手紙には、喜びが躍っていた。**跡取りができた!**

その手紙が彼の手元に届くには数カ月を要した。ジャスパーは息子の誕生を――彼の息子だ。彼とセリアしか知らないことだったが――スミルナ一の娼家に四日間入り浸って祝った。ハシシを吸いつづけ、なにがあったのかほとんど覚えていなかったが、それ以来、その娼家に行くたびに特別な待遇を受けるようになった。

「アンソニー」ジャスパーはその名前を繰り返した。記憶にあるかぎり、声に出して言ったのは初めてだ。

床に座っていた幼い少女は、真面目そうな青い目で彼を見上げた。

「アンソニーも来るといいのに」

ジャスパーも同じ気持だった。だが、来てほしくないという思いもある。

セリアが微笑んだ。「ロンドンを離れる直前に会ったとき、あの子はシドニーにとても優しかったの。それを覚えているなんて、シドニーは本当に賢い子だわ。ほんの数日のことだったのに。海が荒れないうちに出発したかったから、アンソニーには休暇の残りを学校のお友だちと過ごしてもらうことにしたのよ」

　セリアは声を潜めた。

「でも残念だわ。頭がいいのが娘で、美しいのが息子だなんて。もちろんシドニーも充分に……」

「あなたが思っている以上にかわいいですよ」

「そうかしら」

「ひと目見ただけでは、だれもがぼくの家系らしいごく普通の顔立ちだと思うでしょう」

「ええ、そうね。ジョンの子供ですもの」

「ですが、ぼくにはあなたの面影が見て取れる。見る者が見れば、花開く前の美しさに気づくでしょう」

「あなたは優れた目を持っているわ」

「人類が作り出した数々のすばらしい芸術品によって磨かれたんです。それで、アンソニーですが」その名前をさらりと口にできる日は来るのだろうか？「どんな少年です？」

　セリアは肩をすくめた。「普通の男の子よ。騒々しくて活発で短気で。勉強のほうは芳しくないけれど、乗馬は巧みだわ。ジョンはあの子を狩りに連れていくのが好きなの。ふたりはとても仲がいいのよ」

そうでなくてはならない。ぼくはなにを予期していたのだろう？　ジャスパーは、いつか解放される日が来ることを祈りながら、のしかかる罪悪感に耐えた。

「イギリスに行ってあの子に会ったらいかが？」セリアはいたずらっぽい笑みを浮かべた。「どちらにしろ、たまには家に帰ってこなければいけないわ、ジャスパー叔父さま」

「ジャスパー叔父さま」シドニーはそう繰り返してから、彫像に向かって歌っていた歌の続きに戻った。

ジャスパー叔父さん、それがアンソニーが彼を呼ぶ名だ。

「いずれ帰りますよ。そのうちに。いまはこの彫像をギリシャに運ばなければなりませんから」

「報酬を受け取ることもせずに」戸口にジョンが立っていた。赤ら顔の穏やかな男だが、ジャスパーの考えを中身のない政治的幻想と呼び、頑として認めようとはしなかった。

ジャスパーは兄の足音に気づかなかった。セリアからさらに一歩離れたあとで、そうする必要があっただろうかと不安になった。なにか不適切なことをしていたかのように振る舞うのは、賢明とは言えない。

彼はセリアに目を向けた。落ち着いた物腰はそのままで、兄弟が繰り広げようとしている諍《いさか》いにもさほど動揺している様子はない。

「ドクター・マヴロティスが経費を払ってくれます」ジャスパーは言った。「ぼくはそれしか要求しませんでした。この彫像はギリシャのものになるのです――トルコから独立を果たしたあかつきには」

ジョンはわざとらしく咳払いをし、ジャスパーは穏やかに両手を広げて見せた。

それ以上、言い争うつもりはなかった。この一週間、兄とは一度ならずこの件について話し合っている。

見たいという人たちには、喜んでこの像をお見せしますとジャスパーは兄に言っていた。この湖周辺にも収集家たちは大勢いたが、戦後、大陸に渡ったイギリス人たちはあまり骨董品を手に入れられずにいる。

だがエロスにしろアフロディーテにしろ、売るつもりはないと、彼はきっぱりと拒絶した。そして同じくらい決然と、ジャスパーは自分に言い聞かせた。セリアとのあいだに、なにかが起きることはない。

彼がイギリスに帰ることも。

この地を訪ねたことを後悔してはいなかったが、これを最後にするつもりだった。過去の罪は眠らせたままにしておくべきだ。本当の父親を知らない息子――昔からよくある話だ。事実が白日のもとに晒《さら》されれば悲劇が待っている。だが少なくとも彼の場合、決してそんなことは起こらない。ジャスパーは幾度となく自分自身にそう言い聞かせていた。

彼の犯した罪を償うすべはなかった。だがほかの過ちであれば自分にもできることはあるかもしれないと、ジャスパーは思うようになっていた。虐げられた人々が己の運命を見つけ出す手助けならできるかもしれない。生まれたばかりの国家に彼らのものである歴史的遺産処遇だ。を返すのだ。ささやかかもしれないが、二体の美しい彫像にとっては意味のある処遇だ。

「どうだね、ジャスパー?」彼があれこれと思いを巡らせているあいだに、ジョンがなにかを尋ねていたらしかった。答えが返ってくるのを待ちきれなくなったのか、ジョンは妻に向き直った。そのとげとげしい口調に、ジャスパーは不安とともに耳をすました。

「おまえの言っていたとおり船に乗るのなら、ぐずぐずしてはいられない。用意をしておけと言っただろう。それから、ゴーラム伯爵夫妻をお迎えするバーリッジ家のパーティーは今夜だったか?」

セリアの返答はミルクのように穏やかだった。

「伯爵ご夫妻のパーティーは明日ですわ。ご心配には及びません。わたしの支度はできています——あとはメイドに命じて、シドニーを子供部屋に連れていくだけです。あなたもいっしょにいらっしゃいな、ジャスパー。ジョンは船の扱いが上手なのよ」

「今日はやめておきますよ」ジャスパーは答えた。「すみません。手紙を書かなくてはならないんです。論文の続きもありますし」

完璧な、そして使い古された言い訳だった。彼には常に書かなければならない論文があった。少なくともそういうことになっている。ジョンのような英国紳士には論文がなんたるかをはっきり理解できないだろうが、学術的で、重要で、時間がかかるものだということくらいはわかるだろう。それに実際のところ、ドクター・マヴロティスとロンドンでギリシャ解放蜂起委員会を組織している友人にも手紙を書かなくてはならなかった。

口だけではないことを示すかのように、ジャスパーはポケットを叩いて、最近書き物をするときにかけるようになった眼鏡がはいっていることを確かめた。

だが上着を引っ張っているのはだれだ？　視線を落とすと、ようやく彫像に飽きたシドニーがそこにいた。

「メイドの手をわずらわせることはありませんよ」ジャスパーは言った。「ぼくが二階に連れていきます」

ジャスパーはシドニーを抱きあげると、いくらかいかめしくはあるものの、気さくな笑顔を作った。

「こんにちは、シドニー」

「こんにちは、ジャスパー叔父さま」

すんなりと心を開いてくれたことにほっとして、ぎゅっとシドニーを抱きしめると、彼女はキスを返してきた。


その夜明けにもまたジャスパーはシドニーを抱きしめることになった。目を覚まし、母親を求めて泣いたからだ。メイドの話によれば、嵐のあいだ、シドニーはよく眠っていたらしい。目を覚ましたのは、遺体が回収されて埋葬の準備を整えるために運ばれていったあと、不気味な静けさが屋敷内に戻ってからだという。

突然の嵐には、イギリス人旅行者も現地のイタリア人も驚いた。夜が明ける直前の青ざめた光のなかで、ジョン・ヘッジズ准男爵は船の扱いにはとても長けていたと、岸辺に集まった人々は口々に語った。

運命だったに違いない。

誤った判断。

悲劇的な事故。

どうであれ、いずれ沈黙がやってくるだろうとジャスパーは思っていたが、哀悼の言葉がやむことはなかった。イギリス人たちは顎が疲れるまで、ジョンの率直な男らしさと彼の妻の美しさを称えるありきたりの言葉を繰り返したし、イタリア人たちは神の加護を求め、とりわけ聖母には残された子供を救いたまえと祈った。

少女の様子を見に行くと、ジャスパーは人々に言った。彼らは丁重にうなずくと道を開け、彼はそのあいだを足を引きずるようにして歩いていった。死者を悼む声は彼の背後で次第に遠ざかり、やがて岸辺に打ち寄せるさざ波の音とひとつになった。

ジャスパーが兄の別荘に続く糸杉の木立に姿を消すと、だれかが少年の話を持ち出した。イートンにいるかわいそうな若者は、寄宿舎の堅い寝台で眠っているころだろう。いまはその子が准男爵だ。

サー・ジョンの弟が後見人になるはずだと、ほかのだれかが言った。少しばかり変わり者だと男たちが言うと、でも興味深い人だと女たちが反論した。彼は長いあいだ外国にいて、地中海の東のほうのどこかでなにかをしていたのだと、思い出したように言う者がいた。

彼はいずれそこに戻るのかもしれない。後見人は必ずしも子供たちのそばにいる必要はない。必要な仕事のほとんどは弁護士ができるし、地所の——それに子供の——面倒は、お金さえ出せば見てくれる人間が見つかる。

当面の問題は、バーリッジ卿夫妻がゴーラム伯爵の歓迎会を開催するかどうかということだった。こんな悲劇が起きた直後には、どうするべきなのだろうか？

なにもしないのは残念だ。ダンスはなしにして、控えめな集まりにしようというのが、バーリッジ卿夫妻がたどり着いた結論だった。ゴーラム伯爵夫妻がアマルフィ海岸に向けて旅立つ前夜に開かれることに決まった。人生は続くものだ。悲劇があろうとなかろうと、伯爵と、とても魅力的だとだれもが言う彼の二度目の若い妻と、いつもふたりのすぐかたわらにいる下品にも見えるほどハンサムで物静かなフランス人男性と知り合いになる機会を持っていけない理由はない。

ムッシューなんとかは英語が話せるのだろうかという疑問はあったが、あれほどの顔立ちであれば、言葉を発する必要はないというのが一般的な意見だった。

招待されていた客は、ほぼ全員がパーティーに出席した。頭の薄くなりかかった恰幅《かっぷく》のいい伯爵は、手のかかる子供の世話をするように魅惑的なふたりの連れの面倒を見ていた。だがこのささやかな喜劇団の配役がどういうものであるかについては明らかにされないままだったから、ほかの客たちは自由に空想の翼を広げることができた。長く続いた戦争が終わったいま、こうしてイギリスから大陸に渡り、解放感を味わうのも楽しみのひとつだった。

もし、ロンドン社交界随一とだれもが認めるほど美しかったヘッジズ夫人がここにいて、華やかな美を誇る若き伯爵夫人、マリーナと対面していたらどうなっていただろうと、ひそかに想像した者は少なくなかった。どちらも美しいには違いないが、おそらくは若さが優位に立ったことだろう。伯爵はウェクスフォードとウォーターフォードに広大な地所を所有していたから、話し方だけではわからないが、ゴーラム伯爵夫人はアイルランド人だろうと人々は噂した。かなり文学好きだという評判で、とても考えられないことだが、伯爵はそれをおもしろいと感じているらしい。

もちろん人々は、耳にしたことすべてを信じているわけではなかった。ごく最近の悲しい出来事を思えば、あまり噂話に興じることもできない。

ともあれ、伯爵一行は旅立った。

そしてジャスパー・ヘッジズはすぐにでもイギリスに戻るため、兄の別荘を片付けた。

1

ロンドン、メイフェア　十一年後
一八二九年三月三十一日

使用人はテーブルにオマール海老の皿を置いた。オマール海老のオリンガー風は料理人の自信作だ。鮮やかな白身の肉と真っ赤な爪に、ベルベットのようになめらかなグリーンとピンクのペッパーコーンのソースがかかっている。丁寧に並べられたオマール海老の下には、その日の夜明けにハンプシャーにある公爵の地所の川床で摘み、町の屋敷まで急いで運ばせたクレソンが敷かれていた。その屋敷からは……

そのあとの文字は、いびつに盛りあがった染みのせいでほとんど読むことができなかった。作者であるゴーラム伯爵夫人ことマリーナは眉間にしわを寄せ、校正刷りのページに顔を近づけた。印刷された文字が目の前で揺らいだ。どこからか落ちた水滴が文字をにじませている。

あせってはだめ。落ち着いて。ちゃんと読めるわ。

目をすがめ、一定の角度から眺めれば読み取ることができる。マリーナはうなずいた。にじんだ文字は最初そう見えたようにグロヴナー・スクエアではなく、グリーンパークと書かれていることがわかった。予定していた作業時間より一時間少ないが、決めていた時刻には仕事を終えるつもりでいた。

五時ではなく六時に起き出したことを後悔はしていない。ゆうべはそれだけの価値があった――最近になって、若き准男爵サー・アンソニー・ヘッジズを今年の社交シーズンの愛人にはしないという難しい決断を下したことを考えれば、なおさらそう思えた。

そのかわりとしてひとときを過ごした男は、顔立ちから言えば彼の足元にも及ばない。けれどそれも無理のないことだ。サー・アンソニーは『ベルヴェデーレのアポロン』よりも美しい。とは言え、ひそかに手配した二シーズン前の愛人との時間はつかの間の安らぎを与えてくれたうえ、亡き夫の哲学の正しさも証明してくれた。最大の快楽を手に入れ、感情の揺らぎを最小にするためには、ハンサムで浅薄で気持のいい若者ほどうってつけの存在はない。

ゴーラム伯爵ことハリー・ワイアットは、この世界を快楽の庭と呼んでいた。快楽――あらゆる種類の――と制御できない情熱を混同してはいけない、というハリーの助言に従えるだけの経済力と賢明さを持つ者にとってはそのとおりだろうと、マリーナは考えていた。

〝感情を動かされないことだ、マリーナ〟。ハリーはそう言った。〝焦がれるような熱い思いなど、だれも望んではいない。多少の苦悩であれば双方の刺激になるかもしれないが、自分で制御できないものに手を出してはいけない〟。

自分で制御できないものに関する経験は積んでいたから、マリーナもまったく同じ意見だった。ロンドン一のハンサムな若者をあきらめた彼女を、きっと夫は褒めてくれるだろう。完璧なマナーに見事なベスト、快活な気立てのよさの持ち主でありながら、サー・アンソニー・ヘッジズが愛――心からの情熱的な感情――を求めていることを知って、マリーナは心を動かされながらも当惑した。彼がベストの支払いをしてくれる人間を求めているのなら、傷つくこともないだろうに。

けれどマリーナにはどちらも与えることはできなかったから――そのうえ彼女自身も驚いたことに、彼に好意を抱いていることに気づいた――友人でいることを提案し、いい結婚をするためにこのシーズンを最大限に生かすべきだと、アンソニーに助言した。

言い寄ってきた彼を断わったことは、マリーナにとって驚くほど刺激的な経験だった。長年、ほかのだれかの――ほかの男性の――決定を受け入れるだけの人生を送ってきたから、自分で決断を下すことにはまだ慣れていない。

窓にからまる緑も鮮やかな蔦《つた》にちらりと目をやったあと、マリーナは重なり合ったベルギー製のレースを透かしてはいってくる日光のなかで伸びをした。ゆったりしたインド更紗《サラサ》の室内着の下にはコルセットをつけていなかったので、大きく息を吸うと腹部にまで空気がはいっていく。太腿のあたりがかすかに痛んだ。ゆうべの名残だ。彼女が手に入れた快楽と自立の証《あかし》。手放すつもりはなかった。

三十六歳になったいま、たとえ快楽と自立が常にささやかな代償を要求するとしても。なにかを食べれば、必ずその結果がからだに表われたし、睡眠不足は目のまわりに隈《くま》を作った。常に努力と克己心《こっき》が必要だった。最近になって贅沢はできるようになったものの、それを楽しむだけのゆとりと時間はまだ彼女にはなかった。

マリーナは目の前の原稿に無理やり視線を戻した。

彼女の悪筆の手書き原稿をこれだけのものに仕上げるには、植字工は相当な労力を必要としたはずだ。教養のない殴り書きのような文字は、書かれている内容にまったくそぐわない。そこには華やかな世界が繰り広げられていた――高価な馬車と宮殿のような邸宅、機知に富み、流行の服に身を包んだ人々、上等の亜麻布に光を投げかけるシャンデリア、最高級の料理の皿の横に軍隊のような正確さで並べられた輝くばかりのカトラリー。

特に料理はすばらしいものばかりだった。オリンジャー公爵のオマール海老のサラダの描写を読んでいた女性作家の口中に唾が湧いた。ページの染みは、実はマリーナのよだれだった。彼女の本のなかでは決して起こらない事態だ。自分が書いた想像上のディナーがあまりにおいしそうで、マリーナは『パーリー　ある紳士の物語』の校正刷りの一ページに、現実的すぎる小さな水たまりを作ったのだった。

いいの。読者の涙を誘うのは、もっと上手な作家に任せるわ。

マリーナは口をぬぐうと、切子ガラスのゴブレットから水を飲み、原稿に視線を戻した。クレソンを包む上等な亜麻布を公爵の料理人がほどくくだりは、現実にあったことだ。

……慎重な手つきで布を開くと、オリンジャー家の芳醇な黒い土のかけらと地所を流れる澄んだ水が、まだその細い根にからみついていた……

大陸から戻ったゴーラム夫妻が食べたクレソンは、実際にハンプシャーの地所を流れる小川沿いでその日の夜明けに摘まれ、ロンドンにいる料理人の手に届けられたものだった。厨房の使用人たちを誉めそやしたマリーナは彼らの信頼を得て、やがて様々なことを教わった。そのときに蓄えた知識が、いま文筆家としての財産になっている。

六年前にこの世を去ったハリーは、何不自由なく暮らしていけるだけのものをマリーナに残したが、当然のことながら不動産は、彼が最初の結婚でもうけた子供たちの手に渡った。当時の記憶を利用していくらかでも贅沢品を買い戻せたことは、彼女にとって幸いだった。

再び唾が湧いてきた。正午に行なわれる予定の――正午など永遠に来ないように思えた――午餐《ごさん》会に備えて、今朝から林檎ひとつしか口にしていない。

まだ十時。身支度を整える前に、残りのページに目を通さなければならない。林檎の芯のまわりにまだ少しだけ果肉が残っていたので、マリーナは手に取った。肩をすくめるようにしてかじりつき、茎だけを残して種からなにからすっかり食べ尽くした。水といっしょにごくりと飲みくだすと、その栄養を力に変えて、物語のクライマックスとなるラブストーリーに再び取りかかった。ゴーラム夫人がいざなう不道徳で裕福で排他的な世界を訪れるためには、読者には一時モラルを忘れてもらう必要がある。

このあと数ページ続く単調で感傷的な箇所を読み飛ばすことができればよかったのに、とマリーナは思った。せめてポーター（イギリスのビールのひとつ）を飲みながら仕事ができれば、その甘ったるさも我慢できたものを。

あの手のものを最後に飲んだのはいつだったかしら？　十年前？　それとも二十年に近い？

過ぎた年月じゃなくて、残りのページを数えなさい、マリーナは自分を叱りつけた。**そのページ数を残った時間で割って……。**

下唇を噛《か》んでため息をつくと、マリーナは公爵のディナーパーティーの箇所を読み進めていった。ミス・ランドールが望みのない愛を果敢に打ち明け、ミスター・パーリーが彼の伴侶をようやくのことで見出す。恋人たちが永遠の愛を誓い合っているあいだに、作者はコンマを削除し、綴《つづ》りの誤りを二カ所訂正し、不必要な繰り返しを削除し、文法も綴りも苦にすることのない自分の性質に感謝した。そのどちらも、なまりを直し、ポーターの最後の一杯を飲んだころに学んだものだ。

マリーナは首のうしろをもんだ。あと数ページだ。

サー・アンソニーはどうして今日彼女に会うことにあれほどこだわったのだろう？　友人として、と彼は言った。わたしの助言と忠告が必要なのだと。

マリーナはうなずき、彼女の本の発行人であるヘンリー・コルバーンが来る前に、昼食をとりながらその話――それがなんであれ――をしましょうと答えた。コーヒーの時間にはコルバーンがやってきて、マリーナの作品に注目を集めるためには、どうやって宣伝すればいいかを話し合うことになっている。

　アンソニーにも同席してほしいとマリーナは言った。ある意味で彼は宣伝の一環だったからだ。その作品のヒーローは彼をモデルに――少なくとも外見は――していた。作品に登場するミスター・パーリーは、〝光を映すハシバミ色の瞳、風になびく明るい茶色の髪、最高級の上着に包まれた申し分のない肩〟を持つ、このうえなくハンサムな男性だった。

　その本を読んだ者たちはごく当たり前のように、ミスター・パーリーのモデルは作者の現在の恋人に違いないと思いこむだろう。

　コルバーンは本の発行日を決めたのだろうかとマリーナはいぶかった。春から夏にかけて行なわれる舞踏会やそのほかの催し物の日程によって変わってくるはずだ。ゴシップ紙のオーナーや編集者によれば、コルバーンはあたかもスパイ組織のリーダーになったかのように情報を集めているらしい。社交界を舞台にした小説において作家の仕事はさほど重要ではないというのが、彼の持論だった。本当に大切なのは宣伝と、彼が発行している文芸雑誌の書評、さらにはいくらか低俗な出版物での評判らしい。

　けれどそれは彼の仕事だわと、マリーナは心のなかでつぶやいた。彼女がすべきは、できるだけいいものを書くこと。それなりに裕福な暮らしを続け、自立できる環境に感謝すること。そしていまは、校正刷りに最後まで目を通すことだ。

ロンドン西部にあるいくつかの教会の鐘が、競い合うように十一時を知らせた。窓から射しこむ光は一段と明るくなって、読み終えたページの束を照らしている。明るい兆候だ。最後の一ページはひとつも間違いがなかった。マリーナは手を入れる必要のなかったその紙を、原稿の一番上に仰々しい仕草で載せた。

十一時半。レディ・ゴーラムことマリーナ・ワイアットはすらりとした腕を上にあげて伸びをした。からだを丸めて背中を伸ばしたあと、姿勢を元どおりにしてから灰色がかった大きな緑色の目を閉じた。ふっくらした唇は疲れたような笑みを作った。『パーリー』の作者は、空腹にも屈することなく、校正作業を終えた。

2

「愛しのマリーナ」

若き准男爵はあたかも絵画から抜け出たかのようないでたちで、彼女の居間へとはいってきた。風に乱れた髪ときらめく瞳、彫り出したかのような完璧な顎の線。その腿にはだれもが視線を(指の代わりに)這わせずにはいられなかったし、淡い緑色の生地で仕立てたいささか華やかすぎるとも思えるベストに包まれた胸はたくましい。

だがその目に浮かぶいらだたしげな光に、画家は気づくだろうか? そうは思えなかった。上品で人当たりがよく、非の打ちどころがないように見える二十四、五歳の優雅な若者のなかに大人になりきっていない不安そうな少年がいることに彼女自身が気づくまで、かなりの時間を要したのだから。

マリーナは彼を食堂へといざなった。自分の空腹を満たす以上に、彼女が供した料理を貪《むさぼ》るように口に運ぶアンソニーを見ていることが楽しい。すぐには話を切り出すつもりがないとわかっていたから、訪問の目的をいま尋ねても無駄だ。とりあえず、あたりさわりのない話題が無難だった。

た。新しい二頭立て幌なし四輪馬車《フェイトン》ですか？　最高ですよ、アンソニーは間髪をいれずに答えた。とても軽くて、スプリングもきいているし、あれほどの高さなのにバランスがすごくいいんです。マリーナを連れて初めて乗ったときはかなり危なっかしかったが、すぐにこつをつかんだらしかった。

どなたか女の方は乗せたの？　そう尋ねるとアンソニーは首を振り、悲しげな顔になった。結婚すべきだということはわかっているんですがね。あなたにそう言われたし、そのつもりではいるんです。今年の社交シーズンが終わるまでにおおよその相手を決めるつもりだと、アンソニーは約束していた。ですが、ほかの女性はだれもが同じように見えてしまうんです。とりわけあなたと比べると……。

マリーナは笑って首を振ったが、彼の言葉を遮ろうとはしなかった。浅薄な口説き文句に機嫌よく耳をかたむけるのは、たわいのない娯楽のようなものだ。難しい決断ではあったが、愛人よりは友人としてのほうがいい関係が築けることが、いまのふたりにはよくわかっていた。

彼が来ていることがわかるように馬車を目立つところに停めておくことを条件に、食事と飲み物を無料にしましょうと賭博場のオーナーのミスター・クロックフォードが言ってきたことはご存じですか、とアンソニーが訊いた。

食事と飲み物なのね、とマリーナは訊き返した。賭けで借金を作ったら返さなければならないことはわかっているの？　古くからある地所を相続している人は……。

アンソニーはたしなめるようなマリーナの言葉に鮮やかな色の瞳を曇らせ、似つかわしくない険しい口調で反論した。「ぼくがウェルドン・プライオリーを危険にさらすとでも？シドを傷つけるようなことをすると？」

アンソニーはこれまで、一度も自分の家族の話をしたことがなかった。彼にとってはつらい話題のようだが、マリーナがかなりのことを知っていると思いこんでいるふしがある。ちょっと待って。頭のなかが整理できていないだけで、本当に知っているかもしれない。たしか彼は、十年か二十年前に両親を亡くしている。馬車の――いいえ、船の事故で。溺死した気の毒な夫婦には、学齢の息子とずっと幼いもうひとりの子供がいた。

そのころマリーナとハリーはイタリアにいた。あの日いっしょだったのは……。どれも同じような華やかな若者たちのうちのだれだったのかは、いまとなってはどうでもいいことだ。あの夜ハリーがどんなゲームを考えついたのかも、翌朝、乗り心地の悪い馬車にがたがたと揺られていたのが彼女とその若者のどちらだったのかということも。実のところ、彼らの山のような荷物の面倒を見たのが自分だったということを、マリーナはよく覚えていた。ハリーが欲しがっていた彫像を、目利きとして知られていたミスター・ジャスパー・ヘッジズから買えなかったのは幸いだった。ということは、ミスター・ヘッジズは――マリーナはいくつもの事実を考え合わせた。

「ぼくの叔父です」彼女の思考を裏づけるようにアンソニーが言った。「かつての後見人でもありました。数カ月間ロンドンに滞在しては、ぼくのシーズンを台無しにしてくれましたよ。叔父はぼくに失望しています。理由は知りませんが、ぼくたちは五分といっしょに過ごしたことがないんです。挙げ句に叔父は、ぼくがそうあるべき存在にはほど遠く、これからも決してそうなれないことを、これ以上ないほどはっきりと知らしめてくれましたよ。叔父はいまだにぼくを愚かな青二才だと思っていて、自分のようにならないかぎり、満足してくれません。変な話ですよね？　たいていの人は、ありのままのぼくに好意をいだいてくれるのに」

彼が本当に傷ついているのでなければ、その控え目な表現もおもしろく聞こえたかもしれない。だが彼は心根の優しい青年で、肉親を切り捨てられずにいることがよくわかった。上流社会の若者はしばしば家族をないがしろにするものだが、彼の場合、決して傷つけるつもりはないという妹だか弟だかがいるらしい。

アンソニーはそれが来訪の目的のようで、お喋りをやめようとはしなかった。

「叔父は気難しくて、扱いにくい人間です。けちで偏屈で人とつきあおうとしない変わり者で、唯一の楽しみと言えば錆《さ》びた古いローマの硬貨を掘り出すことと、退屈な研究論文を書くことだけ。町に出てくるのは、骨董品に関するささいな誤りについて大英博物館をただすときくらいのものです。今回は、どこかの貴族の収集品を鑑定しに来たようです。ラッセル・スクエア近くの家に滞在していますよ。古臭い家名にこだわるくせに、上流階級の人たちと同じような場所には決して住もうとはしない。

町に来たことを告げる手紙のなかで、ぼくの借金や軽薄な言動や目的のなさを非難されました。それから、ぼくがあまり叔父に会いにいかないことも。叔父がそれほどぼくを価値のない人間だと考えているのなら、どうしていっしょにいたがるのか、ぼくにはわかりませんね。ぼくをとことん侮辱して、機会あるごとに怒鳴りつけるつもりなんでしょう、きっと。どれほどいらだちを覚えているかは見せないようにはしていますが、もちろん叔父にはわかっているはずです。それどころか、それを楽しんでいるに違いありませんよ」

かわいそうなアンソニー。親は――その代理人も――子供の重荷になることがある。マリーナはふと、もし子供を持つことができていたら、わたしはどんな母親になっていただろうと考えた。ハリーがわたしとのあいだに子供を欲しがったわけではないけれど……。

使用人たちが皿をさげ、コーヒーを運んでくるあいだ、ふたりは無言だった。

「お気の毒ね」ややあってからマリーナが言った。「けれど、わたしにできることはなさそうよ。わたしとのありもしない関係の話を叔父さまが聞きたがるとは思えないし、ゴシップ《オンデ》記《イ》事によれば……」

「叔父はゴシップが大嫌いです。それにあまりに高尚すぎて、この二千年のあいだに書かれたものは、なにひとつ読みませんよ」

マリーナの口元が歪んだ。「小説は読まないのね」

「一冊も。それに、大理石で作られた女性にしか興味がないんだと思いますね」

彼女は声をあげて笑った。「擦り切れたズボンと毛の抜けかかったかつら姿が目に浮かぶようだわ」

アンソニーも笑った。

「確かに靴は泥だらけだし、カフスにはインクの染みがついているし、決して優雅とは言えません。ともあれ――」アンソニーは顎をあげ、もったいぶった様子で告げた。「あなたとのつきあいを終わらせるつもりはありませんが、当分のあいだ、お会いしないようにするほかはないようです。心の内を話すことができて助かりました、マリーナ。それにいっしょになって叔父のことをからかってくださって、ぼくは……」

執事がやってきてミスター・コルバーンの到着を告げたので、言葉はそこで途切れた。コーヒーが運ばれてくるころには（アンソニーにはうんと甘くしたごく薄いコーヒー、ほかのふたりはブラックだった）話題は仕事に移っていた。その内容は、社交シーズンに深く関わっている。

コルバーンはドレイトン卿夫妻の舞踏会当日にマリーナの新作を発売するつもりでいた。そしてその二週間後、オールマックスで今シーズン最初の大々的な舞踏会が行なわれる数日前に、宣伝のための刊行物『パーリーを読み解く：某友人が語る』を出す予定だ。

「きっと望みどおりの効果が得られるでしょうね」マリーナは改めて言った。「わたしがオールマックスに出席できれば」

かの有名な舞踏会場の女性後援者たちは、神話に登場する運命の三女神（人の生命の糸を紡ぐクロートー、その糸の長さを決めるラケンス、その糸を断ち切るアトポロスの三人）のような役割を果たしている。数はその倍ほどで、手にしている力はほぼ等しい。毎年シーズンの初めに、彼女たちは入場を求める人々を三つのグループに分ける。マリーナはもう数週間あまりも、未決のグループに入れられたままだった。ゴーラム伯爵の二度目の妻であるアイルランド人のマリーナがかつて彼の愛人だったこと、そしてその妻を社交界に認めさせるために伯爵が莫大な金を費やしたという過去があったからだ。

「心配することはありませんよ」コルバーンが言った。「招待状は届きます。後援者のひとりに女流詩人をきどっている婭がいましてね、選集に載せてもらいたがっているんですよ。わたしの機嫌を損ねるわけにはいかないでしょうからね」

『パーリーを読み解く』では、作中の登場人物がだれをモデルにしたのかを明らかにすることになっている。これもコルバーンが出版した、いまや社交界のバイブルとなっている『バークの貴族名鑑』を参照する予定だ。

「だれか、好き者の若者を選んで載せますよ。ディスラエリあたりがいいかもしれない」コルバーンが言った。「そうすればあなたもすぐにつぎの本に取りかかれます。もちろんサー・アンソニーはパーリー、あなたはL公爵夫人としておふたりも登場します。ほかにも注目を浴びて喜ぶ人、自分の名前が載ったことに形ばかり怒ってみせる人を含め、何人かをモデルとして登場させます」

「純真なミス・ランダルはどうするの?」マリーナは尋ねた。「ミスター・パーリーの恋人は?」彼女は、そこになにかがあるかのようにコーヒーカップを見つめているアンソニーに意味ありげなまなざしを向けた。「もちろんいまはいないけれど、でもいずれ現われるわ」

マリーナはきっぱりと言った。

「『パーリーを読み解く』の著者は、その件については話せないということにしてあります」コルバーンが応じた。「とても裕福な箱入り娘だということ以外は」

そうしておけば、アンソニーがこのシーズンに社交界デビューしたもっとも裕福な女性――ハリー・ワイアットの娘、スイスの学校を卒業したばかりのレディ・イゾベルだ――と交際している可能性を残すことになる。だが実のところ、可能性を残すどころか、暗にそうほのめかしているのも同然だった。

マリーナはため息を押し殺した。ハリーの子供たちは父親の二度目の結婚を決して認めようとはしなかった。アンソニーは、彼女との友情を犠牲にする必要があるかもしれない。とはいえ、レディ・イゾベルは彼にはふさわしい相手だと思えたし、飛び交うであろう様々な噂話を考えれば、小説のいい宣伝になることは間違いなかった。

厄介で、ややこしくて、けれど利益をもたらしてくれる戦略だった。

「というわけで微妙な問題に移りますが、あなたがたが恋人同士ではなくなったという話をいつゴシップ紙に載せましょうか？　早いほうがいいと思うのですが、どうでしょう？　ドレイトン家の舞踏会で、よそよそしく振る舞うというのはいかがです？」

ふたりはひとしきり笑ってから、そうしようと答えた。

「けっこうです。オールマックスがはじまるころには、結婚相手となりうる若い女性全員が、傷心のあなたを慰めたいと思うようになっていますよ」

マリーナは微笑んだ。そうなるといい。

「仕事の話はこれでおしまいかしら。校正は終わって、紙に包んでありますわ。はかない太陽の光が消えないうちに、ハイドパークの乗馬用道路《ロットン・ロウ》を散歩したいのですけれど」

コルバーンも笑みを返した。「ええ、終わりです」一度言葉を切ってから、彼はさらに言い添えた。「ただ、ひとつお願いがあります。今週の後半にでも、サー・アンソニーの叔父上のミスター・ジャスパー・ヘッジズを晩餐会に招待してもらえませんか？」

アンソニーは目を見開いた。

「古美術品に関する本を出したいんですよ。自費出版したヘッジズの論文は学術目的で書かれたものでしたが、とにかく巧みでおもしろい。一本筋が通っていて、辛辣で。彼は敵を作るのを怖がっていないんです。ほんの少し手を入れて、あとはうまく宣伝すれば……」

「それに世間知らずの紳士であれば、あなたが支払う額もそれなりですみますものね」マリーナは口をはさまずにはいられなかった。「抜け目のない出版業者は、まず商売としての可能性を探るものでしょうから」

「あなたは頭の切れる人だ、レディ・ゴーラム。わたしたちがこうして満足すべき結果を出せているのも当然でしょう。ですが残念ながらサー・アンソニー、あなたと叔父上はわたしたちのようにうまくいっておられないようだ。それとも、ゆうべクロックフォード家でご自分が雄弁に語っておられたことをお忘れですか？」

「これは参った。そんなに大声でしたか？」

「それほどでもありませんよ。わたしが薄暗いアルコーブにお連れしましたから――いやいや、お気になさらずに。当然のことをしたまでです。ですが、叔父上の知識をより多くの人に知ってもらう手助けをして、叔父上に感謝されるように仕向けてはいかがです？　どうしてあなたが優位に立って、華やかな文学の社交界に叔父上を連れ出そうとはしないのです？あなたの美と才気が認められている世界に？」

コルバーンはマリーナに向かって頭を軽くさげてから、再びアンソニーに視線を戻した。

「どうして……？」コルバーンは思わせぶりにそのあとの言葉を呑みこみ、残りをどう続けるかは本人に任せた。

どうしてジャスパー叔父さんと対決しない？　避けるばかりではなくて？　ぼくにも叔父さんのためにできることがあると、教えてやってもいいはずだ。ぼくが中心にいられる世界を見せてやるんだ。それにぼくを見た女性は……。

若き友人はそういったことを考えているのだろうとマリーナは思った。アンソニーはなにも言おうとはしなかったが、彼がコルバーンの挑発に乗るつもりであることは顔を見ればわかった。

ロンドンの読者はいまだに彼女たちが愛人関係にあると考えているし、オールマックスの舞踏会がはじまるまでそのままだろう。すりきれたかつらをつけた時代遅れの怖い叔父さんにいくらかでも自慢することで彼の自尊心が満たされるなら……。

マリーナは目を伏せることで、同意の意志を伝えた。

「どうぞ連れていらしてくださいな」

マリーナがそう言うと、コルバーンは少年のような笑い声をあげ、お礼を言う代わりにうなずいた。

「連れてきますよ。必ず」

3

マリーナの予想にたがわず、好天は長くは続かなかった。翌日はどんよりした夜明けを迎え、空は刻一刻と暗くなった。やがて降り出した雨は時間と共に激しくなったが、午後になるころには、ここブルームスベリーを覆う薄く灰色がかった空からは霧のような雨が落ちてくるばかりになっていた。

芽吹きはじめたスズカケノキのどこかで、鳥たちがさえずっている。枝にたまった雨が大きな水滴となって落ち、マリーナの傘や足元の水たまりではじけた。

彼女の短靴の底はとても防水とは言えなかったが、グレート・ラッセル・ストリートの角を曲がる足取りは軽かった。いま彼女はあらゆることに喜びを感じていて、あらゆるものが未知の可能性を秘めて輝いているように見えた。

今日の最初の用事――シティにあるみすぼらしい事務所に赴いた――は、例によって屈辱的なものだった。第一債権者（彼のことはそう考えるようにしていた）から侮辱され、いつものようにそれに応対した。だがとりあえず今月の義務は果たした。四月分の為替手形を渡したマリーナは、背後でドアがきしりながら閉じるのと同時にスカートを乱暴にたぐり寄せた。急な階段を一段おりるごとに胸のつかえが取れていき、狭い道路に出て馬車に乗りこむとさらに呼吸が楽になった。

そのあとでブルームスベリーの裁縫師を訪ねるのは、喜び以外の何物でもなかった。緑色の綾織りの絹地のドレスはほぼ仕上がっていて、翌日の夜の晩餐会に間に合うように、マダム・ガブリがブルック・ストリートにあるマリーナの自宅に届けてくれることになった。最新の作品である『ファリンドン卿の物語』に彼女の名前を載せたお礼として、マダム・ガブリが去年と同じ価格を提示してきたのは、うれしい驚きだった。

〝美しい女性たちは、彼女の魔法のような針の力でますます輝くのだった〟マリーナはそう書いた。事実には違いなかったが、流行は年ごとに恐ろしいものになっていく。ごてごてした扱いにくいスカートは大きくなる一方だったし、マダムが勧める窮屈なボディスはどんどんきつく、小さくなった。ファッション誌が〝愚かな袖《そで》〟とまさにふさわしい名で呼ぶ上腕部のふくらみは、片腕分に少なくとも一ヤードの布地が必要だった。唯一の利点は、ウェストが細く見えることくらいだ。

マダム・ガブリは反論した。「それだけじゃありませんわ、奥さま」お茶を飲みながら彼女は言った。「だれもが人に見せられるような肩と胸をしているわけじゃありませんもの」

若いころのようにギリシャ風の白いモスリンは着られなくなったものの、いまもそれなりの体型を保っているとほのめかされ、マリーナはうれしくなった。そしていま彼女は、ギリシャ風の流行が過ぎたことを悲しむのに、もっともふさわしい場所にいた。大英博物館の壮麗な扉へと通じる中庭を通り抜け、傘を閉じて、建物の中に足を踏み入れた。ハリー・ワイアットの所蔵品を除けば、ここには彼女が知るかぎりもっとも貴重で古い品物が展示されている。ハンプシャーの彼の屋敷のなかを歩いていると、マリーナはそこに飾られているものを鑑賞するというよりは、自分が芸術品のひとつになったような気がしたものだ――ハリーがいつも彼女のことを、旅の最中で見つけたもっとも美しいものだと言っていたからかもしれない。

ゴーラム夫人となった直後の困難な時期を気ままに過ごせていたなら、彼女がこの博物館に足を踏み入れることはなかっただろう。だが、エルギン伯爵がギリシャのパルテノン神殿から削りとってイギリスに持ち帰った大理石の彫刻、通称「エルギン・マーブル」は、だれもが観るべきものとされていたから、来ないわけにはいかなかった。興味があるふりをしながらも、恐ろしく退屈するだろうとマリーナは覚悟した。けれど驚いたことに、彼女はその美しさに感動した。見事な大理石、勇敢な旅人たちが英国に持ち帰ったそのほか数多くの工芸品、石や琥珀《こはく》に閉じこめられて化石となった多様な動物や植物――そういったものが、無限とも思えるほど数多くの小さな区画に分けられた受け皿や引き出しやケースに収められ、入念に書かれた小さなラベルをつけて飾られていた。

その場所はマリーナを感動させただけでなく、なぜか安心感を与えてくれた。活気や流行といったものが一切感じられない展示室とその場を支配する真摯さは、活気と流行に満ちた世界に受け入れてもらおうと必死で努力している若い女性にとって、心やすらぐ場となった。

その後、彼女が自分の楽しみとしてささやかな短編を書きはじめたときには、自分の興味を引く顔をここで見つけ、それに似合う印象的だったりユーモラスだったりする名前を考えるようになった。いまもヒロインの応接室で物語を進展させる前に、小説のスパイスとして商店の店主や田舎の牧師といったおもしろい脇役を登場させることが多い。

今日は想像をかきたてるような顔は見当たらなかった。人をからかうような見慣れた笑みときらめく黒い瞳が、ガラスケースの向こう側からこちらを見つめているだけだ。

「ミスター・ディスラエリ」

コルバーンが抱える作家たちのなかで、もっとも成功を収め、もっとも愉快で、そしてもっとも斬新ないでたちの男だ。今日の格好ときたら、サファイヤ色のベルベットとリボンで飾った細身の靴を履いて、雨のなかで踊っていたみたいだわ。

昨年発売された彼の小説『ヴィヴィアン・グレイ』は、彼女の『ファリンドン卿の物語』と売り上げを競った。たいしたものだ。ユダヤ人である彼は小説の舞台となっている社交界での経験は皆無で、上流社会のできごとや政治的陰謀を描いた物語を、情熱的な野心と想像力のみで書きあげたのだ。

マリーナは穏やかな笑みを浮かべながら、彼の隣に立つ父親に片手を差し出した。

「お会いできてうれしいですわ。奥さまはお元気ですか？」

「ええ、おかげさまで。あなたが訪ねてくださったときのことを繰り返し、聞かされていますよ」

「よろしければ、またうかがわせていただきたいわ。新しい作品を書き終えましたから」ミセス・ディスラエリは、自分の属するものではない世界に息子が憧憬《しょうけい》を抱いていることに当惑していたが、一風変わってはいるものの才気あふれた息子は必ず成功を収めると、マリーナは——彼の気持は痛いほど理解できた——考えていた。できることなら、夫人を安心させてあげたい。

また訪問したほうがよさそうだ。つぎの作品のヒントも得られるかもしれない。ミスター・パーリーに、生き別れの双子の弟がいたというのはどうかしら……。

我に返ったマリーナは、年配のほうのミスター・ディスラエリと並んでペルシャとマケドニアのコインが陳列してあるケースのあいだを進んでいたが、そのあいだ息子のほうはつぎの小説のことを話し続けていた。ギリシャの彫刻が置かれている展示室までやってきたところで、ふたりはここで失礼すると言った。

「今日はもうここは見たんですよ」若者が付け加えた。「どうしても一番に見たかったものですから。父は最後に取っておきたがったんですが、ぼくの忍耐力は、すっかり枯渇してしまいました。ぼくが絶対不可欠の存在であることにオールマックスの後援者委員会が気づくのを待っているあいだにね。さあ、ここです」彼は派手な身振りと共に言った。「エルギン・マーブル」

マリーナがディスラエリ父子に別れの挨拶をしているあいだに、三人の客が展示室へとはいっていった。

わずらわしいこと。

ひとりになれることを期待していたわけではない。学者や学生やスケッチブックを抱えた画家はたびたび見かけたし、知識に裏打ちされた傾聴に値する注釈や、底の浅い解説を聞かされることもよくあった。

だが落ち着きのないうるさい子供とその両親といっしょにエルギン・マーブルを鑑賞するとなれば、話は別だ。マリーナはいらだたしげにちらりと三人を見やった。田舎から出てきたことは間違いない。不自然なほど姿勢のいい長身の男性には、聖職者の趣があった。どうして裸身の彫刻が置かれた部屋に子供を連れてきたりするのかしら。軽率すぎる。小さなけだものは声を出したり、くすくす笑ったり、退屈してため息をついたり、ケーキやアイスクリームが食べたいと言ったりするに決まっているのに。

展示室の向こう側のケンタウルスが戦っているあたりで、三人が出ていくのを耳をふさいで待つほかはなさそうだ。

しかし彼女が間違っていたことを証明するかのように、その後の数分間はことのほか平和だった。ため息も忍び笑いももっとおもしろいことを求める声も聞こえてこない。田舎から出てきた少女は――何歳くらいかしら。十三歳にはなっていないはず――若きミスター・ディスラエリよりも静かに振る舞っていた。時折雨粒が天窓を叩き、時折少女はなにかを尋ねたが、ごく小さな声だったのでマリーナには聞き取ることができなかった。

聞き取りたいと思っていればの話だ。言うまでもなく、彼女はそんなものにまったく興味はないのだから。

マリーナは大きな彫刻を眺めるために、いくらか三人のほうに近づいた。

これほどすばらしい芸術作品に、子供はどんな反応を示すのかしら？　マリーナには想像もつかなかった。うしろめたさを感じつつ、ハリーの子供たちのことを思い出す。もっと頻繁に訪ねてくるように声をかければよかったのかもしれない。レディ・イゾベルは母親を亡くして悲しかったはずなのだから。

けれど声はかけなかった。伯爵の意志はこれ以上ないほどはっきりしていた。彼はマリーナとのあいだに子供を欲しがらなかっただけでなく、すでにいるふたりの子供にもほとんど興味を示さなかった。取るに足りない二度目の妻であるマリーナは、なにかを頼める立場にはなかった。彼がマリーナを愛人のままにしておくのではなく結婚したがったことが、そもそも驚きだったのだ。実を言えばマリーナは、取るに足りない女だと世間から思われていたことをこの上ない幸運だと考えていた。ののしられてもおかしくはなかったのだから——月々の支払いが滞ればいまもそうなるかもしれないと、マリーナはちらりと考えた。

それにしても、馬に乗る男たちの彫刻の前で、少女と父親は小声でなにを話しているのかしら？

マリーナは女性を象《かたど》ったすばらしいものを含め、何本もの折れた柱の向こう側にまわった。父子の姿がよく見えるようになったし、ところどころ声も聞こえた。「クセルクセス……ペルシャ人……パンアテネ祭の行列」そんな仰々しい言葉を子供に向かって熱心に語りかけているのを聞くのは妙なものだった。

きちんとした身なりの子供だった。簡素ではあるけれど、高級で上品なものを着せているのは好感が持てた。父親のたくましい肩を包む擦り切れた（まあ、光りはじめているくらいだわ）黒い上着とは対照的だった。

（わたしったら、いったいいつ彼の肩を見ていたりしたのかしら？　そのうえ――だれも知らない心の奥で――型崩れしたズボンのなかの脚も同じくらい形がいいかどうかをひそかに考えていた？）

金属のような光沢のある豊かな髪はいまの流行より短く切ってあった。シンプルであればそれでいいと考えているかのようだ。かつては砂色だっただろう髪に白いものが交じり、天窓から射しこむ光に輝いている
つぎの本に登場する脇役に、田舎の聖職者を加えてもいいかもしれない。

その聖職者が双子の出生の謎を解き明かすというのはどうだろう。

それとも……。

いいかげんにしなさい、マリーナは自分を叱りつけた。興味を引く顔を見つけることと、もっともらしい理由をつけて見知らぬ男性のうしろ姿をじろじろ眺めることとは、まったく別の話だ。たとえ彼の背中がたくましいとしても。

古代の彫刻家が完璧に作り上げた申し分のない肉体がすぐ近くにあるせいだわと、マリーナは思った。それとも、あの悪意に満ちた事務所を訪れたために蘇《よみがえ》ったいやな記憶のせいか

もしれない。恥ずかしげもなく彼のことを見つめてしまう理由がなんであれ、すぐにでもやめるべきだ。ここには彼の妻もいることを忘れたの？　これまでの経験からすると、妻は自分の夫に向けられる女性の視線にはいたって敏感だ。そしてたいていの場合――もっともなことに――ひどく失礼だと考える。

マリーナは展示室のなかを見まわした。彼女はどこかしら？　いた――神殿のペディメント（切妻屋根の屋根下部にある三角形の部分）部分から切り出された、横臥《おうが》している丸彫り彫刻のディオニソスの前だ。注意して観察してみると、服がぶかぶかに見えるほど細身で長身のその女性は、少女の母親にしては若すぎた。

わたしったらどうかしている。見事な筋肉に包まれたその神の胴体（さらに下の部分も）を、人目を気にすることもなく夢中になって眺めているその女性が二十歳をさほども過ぎていないことを見て取るのに、作家の観察眼は必要なかった。寝そべっている彫刻の男らしさにあれほどまで純粋に魅了されている女性が、だれかの母親などということはありえない。あるいは、だれかの妻ではありえないと言うべきだろうか。

質素なボンネットと似合わない服からして、家庭教師だろうと思えた。父親が娘のそばに立ち、彼女の早熟な質問に答えているあいだ、興味に導かれるまま骨董品のあいだを歩きまわっているのだから、珍しいくらいに待遇がいいようだ。

我慢できなくなったマリーナは、父親とそのかたわらの少女を見つめながら大理石のパネルの前から移動した。少女の淡い青色の綿のドレスは、さっきの雨で裾がわずかに濡れている。その上に白いエプロンをつけて上等のブーツを履き、ボンネットを首からうしろにぶらさげていた。明るい色の豊かな髪を横畝《うね》のある平織の空色のグログランリボンで結んでいた。

一本のリボンがほどけかけている。

気になった。床に落ちる前に、結び直したくなった。

だが心配する必要はなかったようだ。熱心な説明を続けながら――「アテーナー……侍女……女神の儀式用の衣装は毎年織り直されて……」――父親は娘のリボンに手を伸ばした。彼はただほどけないように結んだだけだったが、その手つきはあまりに素早く、確かで、慣れていて、自然で、心から娘を慈しんでいることがよくわかった。いかにも手慣れた動作だったから、娘自身は気づくことすらなかったかもしれない。

マリーナは息苦しくなるのを感じたが、少女が顔の角度を変えることはなかった。壁に固定した大理石の板に浮き彫りにされた像をじっと見あげたまま、なにかをつぶやいた。また質問をしたのかもしれない。

その声を聞きとることはできなかった。博物館という神聖な場所でほかの見物人の邪魔をしてはいけないと、少女は厳しく躾《しつ》けられているに違いない。

沈黙を破ったのは、父親のほうだった。喜びの笑いを抑えきれなくなったらしい。

笑いを解放したことでいくらか気持が緩んだのか、彼の声が少し大きくなり、ようやくマリーナにもその内容が聞き取れるようになった。「それはすごくいい……いや、最高にすばらしい質問だよ、シドニー。すぐれた質問だ。だれもその答えを知らない――少なくとも、いまはだれも。ひょっとしたらいずれは……だがつぎに進もうか。元来は西を向いていたところだ。それを見れば、より納得がいくだろう……」

彼は長身のからだを腰からひねるようにして、マリーナの頭の上にある柱頭の上部にある装飾の像を指さそうとした。彼女に気づいて途中で動きを止めたその顔に、申し訳なさそうな、それでいてどこか自嘲的な笑みが浮かんだところを見ると、本当に驚いたようだ。この展示室には自分たちだけしかいないと思いこんでいたのは明らかだった。

つまり、たったいままで彼はわたしの存在にまったく気づいていなかったということね、マリーナは心のなかでつぶやいた。彼を見つめ、胸を高鳴らせながら忍び足で部屋を歩いていたわたしはいい笑い物だわ。

彼の笑顔があれほど魅力的でなかったら、この状況をさらに屈辱的に感じていたかもしれない。

変ね――聖職者らしく、もっと青白い顔をしているのだろうと思っていた。それとも、こめかみのあたりの髪の明るさや銅縁の眼鏡の輝きのせいで、肌が実際よりも茶色く見えているのかもしれない。

いいえ、本当に色が黒いんだわ。少女の髪のリボンを結び直した手はよく日に焼け、なにかの労働のせいで固くなっている。

壁の明かりが、彼の眼鏡のレンズに反射していた。マリーナはゆっくりと息をしながら(そうよ、それでいいわ)、角度が変わるように首を傾けた。レンズの向こうの大きな青い目は温かくて親しげだ。日に焼けた手が鼻梁を押さえ、眼鏡の位置を直した。

そわそわしはじめていた少女は、あからさまにマリーナをにらみつけた。嫉妬なのか、独占欲なのか、父親にさらに寄り添うと、澄ました顔でマリーナを見つめる。

わたしたちだけで充分に満足していますから。礼儀正しく膝を曲げてお辞儀をしたものの、少女の表情はそう宣言しているようだった。そのあいだも父親は、眼鏡の上からマリーナをじっと見つめ、マリーナはどうにかして彼の視線をはずさせまいとした。

下品だわ、あとになってマリーナは、いくばくかの罪悪感と満足感を覚えながらそのときのことを思い返した。わたしのしたことは下品だったわ。

彼女がなにかしたと言えるのであれば。気づかないほどかすかな顔の動きを、笑みと呼べるのであれば。

だが実のところ、彼女の顔に浮かんだのはかすかな笑みではなかった。理由を探っても意味はないし、否定しても無駄だ。彼のさりげない優しげな笑みに、マリーナはもっともまばゆい笑顔で応えていた。最後にそんな顔をしたのは、十四年前サー・トーマス・ローレンスに肖像画を描いてもらい、一瞬の喜びの表情にありったけのものを注ぎこむことを教えてもらって以来だ。

笑顔の下のからだが太りすぎているとか、年を取りすぎていると思うなら、そう思えばいいんだわとマリーナはあとになって考えた。それが彼女の笑顔であり、彼女のからだなのだから。雨の水曜日の午後、ロンドンで大英博物館のエルギン・マーブルに囲まれながら、二度と会うことはないだろう田舎の紳士に気を引くような視線を向けたからといって、だからなんだというの？

けれど彼は、マリーナの視線をおおいに楽しんでいるような熱心なまなざしで受け止めていた。ふたりが賭博家だったなら、彼はなにか切り札を隠していると思うところだ。

いったいどれくらいの時間がたったのだろう？　十秒？　一分？

「失礼します。お邪魔になっているようですから」マリーナは大理石のなかに家族連れを残し、大きな衣擦れの音をたてながら展示室を出た。

銅緑の眼鏡の男は出口に視線を据えたまま、何事かをつぶやいた。聞き取れないほど低い声だ。眼鏡は鼻の上のほうまで押しあげられていた。

家庭教師のミス・ホバートがディオニソスの彫刻からしぶしぶそらした視線は、廊下に出ていこうとするマリーナのうしろ姿をとらえた。急いで雇い主のところに戻り、尋ねる。

「なにかありましたか？　ミスター・ヘッジズ」

少女は彼の手を引っ張った。「ジャスパー叔父さま？」

男は無言のまま、固くなった手で上唇をこすった。少女と家庭教師は彼を見つめている。いくつもの無表情な白い大理石の瞳もまた、あちらこちらから彼を凝視しているようだった。

大理石の顔に見つめられて、男は面倒を見なければならない人間がいることを思い出した。なんとも非凡な女《ひと》だ、彼はぼんやりと考え、もう一度低い声で笑った。

思いがけない楽しいひとときだった。自宅のある田舎では、ああいう女性にはお目にかかれない。あやうく……。

今夜、予定をいれておいてよかったと彼は思った。

この肉体的な感覚は残るだろう。朝からずっと感じていた淡い期待をさらに募らせてくれる。

今度は心から笑ったところで、彼はようやく冷静さを取り戻した。

「さてと、どこまで話したかな？　神殿の柱頭の装飾の東側だったね。さっきも言ったとおり……」

三人は数歩近づいて、さっきまでマリーナが立っていた位置に移動した。少女と家庭教師は大理石の彫刻を見あげ、男の言葉に耳を傾ける準備を整えた。

ジャスパー・ジェイムズ・ヘッジズは咳払いをした。

だが彼はつかの間ためらってから、論点のまとめとして語るつもりだったことをおざなりに述べただけだった。ギリシャ語の単語は一、二度言い間違えすらした。

ジャスパーは自分にいらだった。シドニーのように頭のいい子供に物事を説明するときには、ディレッタンティ協会（古代ギリシャやローマ美術の研究などのスポンサーとなったイギリス貴族たちの協会）の紳士たちのあいだで交わされる議論とおなじくらい真剣でなくてはならない。でなければ、自分本位な彼らは耳を傾けてはくれない。いま彼がした説明は、それには遠く及ばなかった。

ジャスパーはため息をついて観念した。「これでは台無しだ。パルテノンは一日で観るには広すぎる」申し訳なさそうな笑顔を作る。「それに、美しすぎるものは人を疲れさせるようだ」

ミス・ホバートは同意するような言葉をつぶやいた。ジャスパーはちらりと彼女に目を向け、顔が赤らんでいることに気づいて、ただの疲れであって具合が悪いのでなければいいがと危惧した。高すぎる頬骨のあたりが明るいピンク色に染まり、大きな口はかさかさに乾いている。

疲れているのだろうと思った。あれほど短い時間で自分とシドニーの荷物を片付けただけでなく、彼の書類やコインやそのほかの発掘品を整理するという仕事まであったのだから無理もないと思うと、彼はいくばくかのうしろめたさを覚えた。彼自身はと言えば、まとめてあった本をほどいたあとは、現代風の飾り戸棚を据えつけて、そこに最新式の鍵を取りつけるという作業を見守っていただけだ。

この展示室に来てからどれくらいになる？

ジャスパーは懐中時計を見た。

もう充分だ。

美しすぎるものは……。

わたしたちは彼女の邪魔をしてしまったのだろうか？　こういった場所では静かに話をするようにと、日ごろからシドニーにはよく言い聞かせてあったし、あの子もその言いつけをよく守っている。

おそらくあの女性は、邪魔をされたというよりは、わたしたちのことをおもしろいと思っただろう。あるいは、風変わりだと。そう、彼は風変わりだと評されることが多かった。アンソニーが彼について語った言葉のなかで、もっともふさわしいのがそれかもしれない。彼女も間違いなく同じ印象を受けただろう。値踏みするようなその視線がジャスパーとふたりの連れの上を通り過ぎたほんのつかの間、彼女の脳裏をよぎったものがあるとすれば、おそらくは同じ言葉だったに違いない。

灰色がかった緑色の瞳だった。嵐の日の北の海の色。部屋を出たときには、ジャスパーのことなどすっかり彼女の頭から消えていただろうに、彼のほうはこれほどはっきりと覚えていることにいらだちを覚えた。

「また改めて来ることにしよう」ジャスパーは明るく言った。「もちろん来るに決まっているが——これほど近くに暮らすのだから、この博物館はわたしたちの応接室も同然だ。だが今日はこれ以上長居をすると、ミセス・バロウズの怒りを買うことになってしまう」シャーロット・ストリートにある家の管理のために彼が雇った女性は、かなり規律に厳しかった。「夕食は早めにしてもらうように言ってある。そうすれば、おまえにおやすみの挨拶をして、本を読んでやってから出かけられるからね」

ほっとしたような笑顔を見せたミス・ホバートに、ジャスパーはうなずいた。やはり彼女には休息が必要だ。

シドニーも疲れていた。あくびを必死でこらえているのか、目を大きく見開き、口を歪め、おかしな表情になっている。ジャスパーは彼女の髪を撫でた。

「今夜はなんの本にしようか？」

4

シドニーはミスター・ラム版の『オデッセウスの冒険』を選んだ。昔からのお気にいりだ。ジャスパーが朗々と読む声に合わせて少女の唇が動いていたが、やがて主人公がまだロトパゴスたちの地にいるあいだに、まぶたが閉じた。

よく眠ったらしく、翌朝のシドニーはいつものような活力に溢《あふ》れていた。ミス・ホバートもかなり元気になったようだ。朝食のあいだじゅう、ふたりは楽しげに言葉を交わしていた。

だが、ぜいたくな夜を過ごしたジャスパーは……。

肉体面から言えば、確かに金額に見合うだけの価値はあった。ずいぶんと久しぶりだった。田舎での彼の暮らしは、夢見がちで官能的なロトパゴスたちのそれとはかけ離れたものだが、ロンドンに腰を落ち着けたなら――それも社交シーズンの真っただ中に――ロンドンがもっとも得意とするものが欲しくなるのはしかたがない。そうだろう？

パルテノンの大理石のなかでの興奮をかきたてるようなあの出会いのあとではなおさらだった。

その娘はロンドンに来たときによく通う斡旋《あっせん》業者の紹介だったが、失望させられることはなかった。すべきことに熟練していたし、かわいくて朗らかで寛容だった。そして猛烈にお喋りだった。少なくとも、ことのあとは。

ジャスパーは気にしなかった。女性のお喋りはときに発見をもたらしてくれることがある。そこにいる相手がただの肉体ではなく、生身の人間であることを知るのはいいものだったし、好奇心を満たしてやるのは喜びだった。彼はワインとビスケットを手に、ゆったりと枕にもたれて耳を傾けた。

愛する若者がいるのだと娘は語った。若者が優しくて、娘に客のポケットから自宅の鍵を盗み出させ、代々伝わる銀器を盗み出すような男でないのなら、ふたりが幸せになればいいと彼は思った。

だが娘が本当に夢中になっていたのはファッションだった——女性雑誌で学び、午後の散歩で流行の先端を行く女性たちを観察することによって、その知識を一段と深めているようだ。

「とりわけ、レディ・ゴーラムがすてきなの」彼女は言った。「小説家よ。あなたが田舎からいらした方だとしても、名前くらいは聞いたことがあると思うわ。ブルック・ストリートの美しいインテリ女性って呼ばれているの。たっぷりした黒髪、緑に近い色の瞳。ゴシップ紙にはいつだって彼女の目や身のこなしや、それからもちろん服のことが書いてあるの。もう若くはないけれど、そんなことはどうでもいいように思えるのよ。あの優雅で高慢そうな表情と肉感的なからだに比べると、ほかの人が貧弱に見えてくるわ……」

まさに美術館で会ったあの女性そのものだった。ジャスパーの目が驚きのあまり大きくなったが、どこかの裁縫師の話を夢中になって続けている娘は気づかなかった。裁縫師《モディスト》というフランス語の響きを楽しむかのように、彼女はその言葉をゆっくりと発音した。「レディ・ゴーラムはマダム・ガブリを推薦している――推薦というのは正しくはないわね。彼女のことを書いているって言ったほうがいいわ」

若い娼婦は彼の質問に答えて言った。彼女の書くものは本当にすてきなの。服や食べ物や礼儀作法といったことすべてを学べるのよ……。

安く買ったラベンダー色の綾織りの生地をその裁縫師のところに持っていくつもりだという話題を終わらせるには、それなりの労力が必要だった。かまわないでしょう？　わたしが稼いだお金だって、お金には変わりないわよね？　ジャスパーはそのとおりだと答えてから、何気ない調子でレディ……いや正確にいえば、ゴーラム伯爵に話を戻した。

「ああ、彼ね――死んだわ。レディ・ゴーラムはいつも有名な若い男とつきあっていて、シーズンごとに相手が違うの。今年はサー・アンソニーなんとかっていう人みたいよ。たしかエセックスの准男爵で、とてもハンサムなの。流行に敏感で……。あら、どうかなさったの？」娘はあわてて尋ねた。

なんでもないとジャスパーは答えた。だがもう遅い。帰らなくてはならない。

ブルームスベリーの貸家に戻り、ベッドの上で寝返りばかりを繰り返す夜を過ごし、冷たい朝風呂を浴びて、そしていま――習慣を崩すことはできなかった――家族との朝食の席についている。

ジャスパーは新しい家政婦のいれたコーヒーをもうひと口飲んだ。望みどおり、濃くて熱い。皿の上で固くなっている朝食と、テーブルの向こうで飛び交う女性たちの声から意識を逸らすには充分だった。収集品の鑑定をすることになっている男を訪ねるだけのエネルギーを、コーヒーに与えてもらう必要があった。そして、目の前にあるいまいましい手紙からの盾になってもらわなければならない。卵とソーセージをいくらかでも口に運ぶ気力が、その手紙のせいですっかり奪われていた。

その日の朝、従僕から手紙を渡されたジャスパーは、すぐにその封蠟の印に気づいた。堂々とした猟犬の顔だ。エセックスの自宅に手紙が届くたびに、彼は必ずその印を探した。たいていは徒労に終わったが。それは兄の印だった。いまはもちろん、レディ・ゴーラムがつきあっているという〝有名な若い男〟のひとりで、〝流行に敏感〟だとロンドン中に知られている若い紳士のものだ。

田舎の自宅であれば、封蠟のその犬を何週間も何カ月も見かけなくても、さほど気にはならない。だがここロンドンで、互いの家が叫べば声が届きそうな距離にありながら、使用人はアンソニーからの手紙を二通一度に届けてきたのだ。

シドニーはテーブルに蠟の破片を飛び散らせながら、自分宛の手紙の封を即座に切った。手紙を読みあげるいつもなら楽しげに感じる声も、今日のジャスパーの耳には甲高いとしか聞こえない。

シドニーの言葉に集中できそうもなかったので、受け取った手紙のことを考えるのはよそうと決めた。

「叔父さまの手紙は？　なんて書いてあったの？」

「彫刻を売りたがっているドイツ人の古物商とギリシャにいる友人からの手紙だよ」あとでゆっくり読むつもりで、ジャスパーは手紙をポケットにしまった。

「その手紙じゃないの。アンソニーからの手紙のこと」

「たいしたことじゃない。彼の友人が今夜のパーティーにわたしを招待したがっているんだそうだ。いっしょに行ければ楽しいだろうと書いてあった」ジャスパーは渋面を作った。

学生のような無邪気な筆跡だったが、それを書いたのはよりにもよって、ひと晩中彼の眠りをさまたげた女性の〝愛人〟なのだ。

友人のレディ・ゴーラムは……楽しいディナーパーティーを……ブルック・ストリートで……木曜日……実は今夜で……急な話で申し訳ありません……文学が好きで……叔父上に会えれば喜びます。

ありえない。

「でもきっと楽しいわ」ジャスパーの渋面に対抗するように、シドニーも鼻にしわを寄せた。

「だってアンソニーは、買ったばかりの車体の高い馬車に乗せてくれるのよ。すごく……えーと……すこぶるつきなんですって。アンソニーが言っていたわ」

すこぶるつき？　シドニーはいったいどこでそんな言葉を学んだのだろう？　いや、学びかけたと言うべきだろう。シドニーはいなじんでいないらしく、まるでラテン語を話しているかのように慎重に発音している。それがもったいぶった話し方であるとはいえ、新しい知識を自分のものにしようとするシドニーをジャスパーはいつものごとく微笑ましく思った。

「それで、さっきの答えは？」

なにか訊かれたのだろうか？

ミス・ホバートはたしなめるような視線をシドニーに、同情するようなまなざしをジャスパーに向けた

彼女がいてくれることをジャスパーは神に感謝した。古典に関する教養が並はずれて深いだけでなく、シドニーの礼儀作法に関してはすべてが彼女の教えのたまものだ。もしも彼ひとりでシドニーを育てていたなら、きっとどうしようもなく甘やかしてしまっていただろう。

その日待ち受けるいくつもの難問のことを考えるのはやめて、ジャスパーは眼鏡越しに温かなまなざしを、テーブルの向こうに座る金色の髪の少女に向けた。それなりの器量とヘッジズ家の人間が持つ鋭敏そうな青い瞳。思いもかけないときに、そこには母親譲りの美しさがちらりと浮かんだ。

ジャスパーは痛みの波が（最近では軽くなったが、すっかり消えることはなかった）押し寄せてくるのを待った。

数年もすれば、彼女の美しさは花開くだろう。だれもが気づくようになるまで、それほどの時間はかからない。だがありがたいことに、まだそのときは来ていなかった。

「口の端のジャムをお拭きなさい、シドニー」ミス・ホバートがコーヒーカップにクリームを注ぎ、砂糖を山ほど入れながら言った。彼女がそのおぞましい飲み物を口元に運ぶのを見て、ジャスパーは身震いした。

「右側の顎に近いところよ」彼女はさらに言った。「もう一度、ミスター・ヘッジズに同じことを訊いてみたらどうかしら。今度はもっとゆっくり尋ねてごらんなさい。叔父さまはとても疲れていらっしゃるに違いないから」ここで、ほんのわずかに躊躇《ちゅうちょ》した。「わたしたちと荷物をエセックスから運ばなければならなかったんですもの」

彼女の受けた古典的な教育のもうひとつの成果が、よくバランスのとれた知性と気配りだった。ジャスパーは彼女に向かってうなずいてから、促すようなまなざしでシドニーを見つめた。シドニーは牛乳のグラスの向こう側でさらに背筋を伸ばしてから——大きくて青い瞳だった——今日の午後、兄の新しい馬車に乗せてもらってもいいかと尋ねた。

絶対に大丈夫だから、とシドニーは言い添えることを忘れなかった。

そのとおりだということはわかっていた。アンソニーは馬と馬車の扱いに長けているだけでなく、ずっと妹のことを守り続けてきた。ジャスパーがからだをこわばらせ、ぎこちない口調で両親の死を告げたとき……くそっ、あのときのことは思い出したくもなかった。

クリケットをしていたせいで頬を赤く染め、濡れた髪をあわててうしろに撫でつけた母譲りの美しい顔をした大人になりかけの少年は、当惑した面持ちで校長室へと連れてこられた。そこには存在だけは知っていた叔父がいて、ほとんど感情のこもらない最小限の言葉で両親の死を告げた。〝きみの父親の遺志で、わたしがきみときみの妹の後見人となる〟。

アンソニーはすすり泣き、ジャスパーは――自分が呪われてしかるべきだと彼は思った――石のような無表情で、なにも感じていないかのように無言でその場に立っていた。実を言えば心は張り裂けそうだったのだが、いったいどうやってそれを表現すればいい？　そのうえ、口を開けば――手を差し伸べたりすれば――自制心を失って、なにを口走るか、あるいはなにをしでかすか自分でもわからなかった。

そういうわけで、彼はなにも言わなかった。ただカラスのように悲嘆のなかを漂い、あまりに見慣れた顔立ちの見知らぬ少年が両親の死に涙する声を聞いていただけだった。

少年は、よく狩りに連れていってくれた父親の死をことのほか悲しんだ。

少年が涙を拭いて幼い妹のことを尋ねたときには、ジャスパーはいくらかほっとし、肩から重荷をおろす思いでシドニーは大丈夫だと告げた。事故のことはあまりよく理解できないようで、もう母親を恋しがって泣いてはいない。わたしが面倒を見ることに納得して、ウェルドン・プライオリーで養育係と暮らせることに満足している。彼女が成人するまでわたしがあの家で彼女の面倒を見るし、サー・アンソニー、きみもきみの財産も、成人するまでわたしが管理することになる（少年はサーをつけて自分の名前が呼ばれたのを聞いて、ぎくりとした）。

幼い女の子に心を奪われたことは言わなかった。面倒を見るべき人間がいることがどれほどすばらしいかを初めて知ったことも、十四歳の少年には言えなかった。それは、人生で二度目の恋だったかもしれない――今回は償いの意味合いを持つ純粋な恋だった。

彼はそう言う代わりに、自分は長年ギリシャ、イタリア、レバーント地方（地中海の東側沿岸地方）を旅し、古代文明の知識を利用して生計を立ててきたが、兄の遺志に沿い、子供たちと財産の後見人という責任を果たすためにイギリスに戻る義務があると言った。

その言葉は少年の耳にどれほど冷たく響いたことだろう。

「叔父さまはすごくお疲れみたい」シドニーの小声が、陰鬱な雲の合間に射しこむひと筋の光のように響いた。「目を開けたままで、眠っているみたいだもの。そんなに疲れているなんて、思ってもみなかった。ウェルドン・プライオリーにいるときには、昔の硬貨を探してすごく大きな穴を掘っているのに。執事は叔父さまのことを、正真正銘のボールトン・アンド・ワット社製エンジンだって言っているのよ」

ジャスパーは思い出から解放されてほっとすると同時に、カラスではなくエンジンになった自分を想像してうれしそうに笑った。「いいだろう、わかったよ。降参だ。午後、馬車で出かけてもかまわない。わたしもディナーパーティーに出席するとしよう」

アンソニーと彼の〝友人〟のレディ・ゴーラムの関係がどうなっているのかを見極めるのもいいだろう。純粋に私心のない理由からだ。義務。責任感。あの女性のことはたった一度、それもほんの一分ほど見かけただけに過ぎない。それなのにどうしてあんな想像を……？

シドニーが椅子から飛び降りて駆け寄ってきたので、なにも想像することはできなくなった。

「勉強を終えてからだぞ」永遠に彼に感謝し、すばらしい成績を収め、非の打ちどころのないくらい行儀よく振る舞うというシドニーの約束とキスの嵐の合間に、ジャスパーは宣言した。あやうく窒息し、コーヒーポットを倒すところだった。

「しっかり勉強するんだ」彼は繰り返した。「ちゃんと集中して。わたしが目を開けたまま眠っているふりをしていたあいだ――わかっているだろうが、ふりをしていただけだぞ――おまえたちふたりが話題にしていたベルベットのスペンサー・ジャケットだかなんだかの話はなしだ」

シドニーは勉強部屋へと駆けだしていった。家庭教師がそのあとを追っていこうとしたところで、ジャスパーが呼び止めた。

「シドニーを乗せるときには注意しすぎるくらいに注意しろ、とアンソニーに言っておいてくれ。それから、五時半までには戻ってくるようにと。そうすれば、早めの夕食をとれる」

彼女が憂鬱そうにうなずくのを見て、ジャスパーは同情の念を禁じえなかった。ミス・ホバートはアンソニーのことが気に入らないのかもしれないと――それも彼以上に――以前から考えていた。彼女は、浅薄なもの、くだらないもの、意味のないものが我慢できない。エセックスの優秀な教区牧師の娘である彼女は、父の代わりに家を切り盛りし、教区の貧しい人々のもとを訪れ、夜は父といっしょに本を読んで学び、病に倒れた父を最期までかいがいしくも手厚く看病した。

ジャスパーの指示に不満を漏らしたことは一度もなかったが、昨年アンソニーがウェルドン・プライオリーを訪れた際には、彼の軽薄な言動にいらだっていたことにジャスパーは気づいていた。今回のロンドン滞在が彼女をひどく混乱させるのではないかと気がかりだった。社交シーズンの最中だったのは、だれにとっても不運だと言えた。

「すまないが、アンソニーが来る三時にはわたしは留守にしている。だがレディ・ゴーラムのディナーパーティーへの招待を受けるという手紙は送っておく」

昨日、博物館で見かけた女性だ、ジャスパーはあやうく言いかけてやめた。彼女の話を持ち出して、いいことはなにもない。レディ・ゴーラム。マリーナ。レディ・ゴーラム。ミス・ホバートが興味を持つはずもなかった。彼の唇と舌が、どれほど彼女の名前をもう一度言いたがっていたとしても。

「とにかくアンソニーとシドニーが戻るまでには、ケリングズリー子爵の彫刻の鑑定を終わらせて帰ってこられるようにする。万一わたしが遅くなったときには、書斎で待っているようにサー・アンソニーに伝えてほしい――なにか飲んでもらっていてくれ。もちろん、きみがいっしょにいる必要はない」

ミス・ホバートは落ち着かない様子でほっそりした長い手をもみしだいた。できることなら、不愉快だと感じている相手に会わないようにしてやりたいのだがとジャスパーは考えた。

だがケリングズリー子爵との約束を延期するわけにはいかない。おそらく長い会合になるだろうから、ドイツ人収集家に返事を書いたらすぐに出発しようと決めた。彼の期待を砕くようなことは書かないようにしなくてはいけない。もちろんアンソニーにも書かなければ。これまでの経験から、アンソニーに宛てたそっけない短い手紙を書くのに、どれほど時間がかかるかはよくわかっていた。ああ、そうだ。ブルック・ストリートのレディ・ゴーラムにも手紙を送らなければ。〝彼女の書くものは本当にすてき〟と言われるレディ・ゴーラム。その点については疑問だった。ふむ、途中で書店に寄ってみることにしよう。

ジャスパーは笑顔を作ると（いささかやけになっていたかもしれない）ミス・ホバートに向かってうなずき、立ち上がって背を向けた。

「ミスター・ヘッジズ」ミス・ホバートが呼びかけた。

なにか言い忘れたことがあっただろうか？

ジャスパーは振り返った。「なにかね？」

「さしでがましいとは思いますが、シドニーを連れて帰ってきたあと、サー・アンソニーにはおそらくここに残っている時間はないはずです。ご自分の家に戻って、ディナーパーティーに行くための着替えをしなければなりませんから」

そのとおりだ。それに、彼自身もどの上着を――それからシャツやそういったものを――着ていけばいいのかを、モウブリーと相談しなければならないだろう。

「よろしければ、わたしがミスター・モウブリーと話をしておきます」

「きみは貴重な人材だよ、ミス・ホバート。よろしく頼む」ときに古い石や鉄のかけらを荷馬車で運ばなければならないことを除けば、彼の従者の仕事は英国中でもっとも楽かもしれない。

　ディナーパーティーの前にアンソニーと話ができるかもしれないと考えるとは、まったくわたしもばかだ。正真正銘の愚か者で、それこそ、〝すこぶるつき〟のばかとしか言いようがない。着替えのほうが、頑ななかつての後見人に会うことより優先するのは当然だ。一杯飲みながら言葉を交わし――普通はそれを会話と呼ぶのだろう――呼びつけたことを容赦してもらうより、着替えのほうが大事に決まっている。

　ふん、まるでわたしたちが会話をしたことがあるようじゃないか。

　ジャスパーは顔を歪めて――失望ではなく、軽蔑をこめたことは言うまでもない――再び背を向けると、部屋を出た。


　冷静さを保てる限界だったと、ヘレン・ホバートは思った。あと一瞬遅れていたら、悲しげに笑い出すか、涙をこぼしていただろう。どちらだったかは神のみぞ知る。両方だったかもしれない。笑いのほうはもちろん、ミスター・ヘッジズがサー・アンソニーに対して複雑な感情を抱いていることはだれの目にも明らかなのに、人を寄せつけないようないかめしい口調でしか彼に話しかけられないことに対してだ。

　だが、雇い主の混乱した感情に口を出すのは家庭教師の仕事ではない――なにより自分自身の暴れる感情を手なずけ、涙をこらえ、悩ましい記憶を抑えこまなければならないのだから。

あの記憶。昨日、博物館を訪れてからというもの、彼女はそれ以外のことはほとんど考えられなかった。

その日、ウェルドン・プライオリーは、秋の日の午後にしては季節はずれとも言えるほど暖かかった。勉強するには暑すぎた。そこで彼女はシドニーと散歩にでかけ、上着を敷いて、ベストをかたわらに置いた姿でうたたねをするサー・アンソニーを川岸で見つけたのだった。突然の風にシャツが彼のからだにからみつき、上腹部の筋肉が波打つのがわかった。

シドニーはくすくす笑って兄を起こそうとしたが、ヘレンは無言のまま有無を言わせず彼女を追い払うと、この光景を覚えておくためにただひたすら彼を見つめた。いつでも好きなとき――たとえば自分だけの空想や夜のベッドのなかなど――に、しどけない彼のこの姿を思い出せるようにしておきたかった。

とんでもない間違いだったとあとになってわかったが、いまとなっては笑うことも泣くこともできない。彼女にはするべき仕事があった。幸いなことにちゃんと覚えていた。

モウブリーと話をする。

ミスター・ヘッジズの手紙を届ける準備を従僕のロバートにさせておく。

破れた裾をまつる――これは簡単で、肩の力を抜いてできる作業だ。大変なのは、青いベルベットのスペンサー・ジャケットを厨房に持ってきて蒸気にあて、シドニーがつけたなにかの染みを取ることだった。

シドニーのラテン語の書き取りの準備。ウェルギリウスの『アエネーイス』にしよう。〝悲しみの地……ギンバイカの森……報われぬ恋の生贄《いけにえ》たちがさまよう小道〟。

そして、新しい職場を見つけること。

今日は行動を起こすつもりはなかったが、ロンドンのシーズン中であれば簡単に見つかるはずだ――上流家庭がこれほど多く集まっているのだし、彼女はいたって有能で地味で役に立つのだから。貴重な人材だとミスター・ヘッジズは言ってくれた。彼を失望させ、シドニーと別れると思うと心が痛んだ。シドニーは教えがいがあるだけでなく、愉快で愛すべき少女だった。まるで妹のように思えた。理不尽にも妹に嫉妬を覚えてしまう姉がいるのならばの話だが。

その日の午後にやってきたサー・アンソニーはシドニーを抱きあげてひとしきりくるくるとまわってから、片眼鏡ごしにいたって真面目な顔で妹を眺め、はずかしげにくすくす笑う彼女に向かって、なんてかわいくなったんだと言葉をかけた。それからようやく――いつものごとく、ほんの少し遅れがちに――姿勢を正し、礼儀を思い出したかのように、ご機嫌はいかがですかとミス・ホバートに尋ねた。

彼女は不明瞭な返事をしてから、五時半までにシドニーを送り届け、馬車は細心の注意を払ってゆっくり走らせるようにと堅苦しい口調で告げた。アンソニーは肩をすくめ（彼女はそのたくましい肩をつい見つめてしまわないようにこらえた）顔をしかめることで応えてから――顔をしかめたアンソニーは不思議なくらいミスター・ヘッジズに似ているわ――叔父のまったく不要な指示に従うと返事をした。

「気をつけてくれることはわかっています」シドニーのボンネットの紐を結び直しながら、彼女は言った。「二頭立て幌なし四輪馬車《フェイトン》で楽しんでいらしてください」

太陽神ヘリオスの息子フェイトンは、太陽の馬車を引く炎の馬を御することができなかった。ゼウスが雷で彼を殺していなければ、大地は大火災によって滅びていただろう。

「楽しんでいらしてください」彼女は繰り返した。あたかもすでに炎に焼かれてしまったかのように、その声はかすれている。ここしばらく耐えている思いにくらべれば、そのほうが楽だったかもしれない。彼のいるロンドンに来たいま、つらさは増す一方だった。

そのつらさに彼女は徐々に押しつぶされつつあった。新しい職場を見つけなければならない。

馬車に乗ったアンソニーとシドニーが遠ざかっていくのを、彼女は玄関の階段の上で手を振って——ふたりは気づいていたかもしれないし、いなかったかもしれない——見送った。本当は彼に向かって叫びたかった。太陽に近づきすぎないで、と。

5

ディナーパーティーなどいまいましいだけだ、とジャスパーは思った。来ようと思ったわたしはなんて愚かだったのだろう。

そもそも着ているものからしてふさわしくない——つい一時間前はこれでいいと思えたにもかかわらず。モウブリーがブラシをかけ、風をあてたスーツは、窓間鏡で見るかぎりまったく問題なかったのだが、アンソニーの一瞥《いちべつ》がいとも簡単にその悲しい幻想を打ち砕いた。

正確には、アンソニーは二度見た。一度目は上着のすりきれて光っている箇所、二度目は右のカフスのインクの染みだ。

ジャスパーの顔にその視線がちらりとも向けられることはなかったが、そもそもふたりが心のこもらない握手以上のものを交わすことはめったになかった。

いったいどこでカフスに染みをつけたのだ？

帰宅したのは遅かった。ケリングズリー子爵の収集品と、そのうちのいくつかに対して抱いた興味深い疑問で頭のなかはいっぱいで、彫刻に関するファイルを調べてみたかったがその時間はなかった。当然のことながら、今朝〈ハチャーズ書店〉から届いた本を開く時間もない。残念だ。レディ・ゴーラムの最新作を読んでその中身のなさにひとしきり笑えば、気分も上向いていたかもしれないのに。

午後の会合の覚書を作るだけでせいいっぱいだった。ディレッタンティ協会のミスター・アイルストン・ジョーンズとのあいだにつかのま気まずい空気が流れたことを除けば、あれ以上は望むべくもないほど、上首尾にことは運んだ。その紳士は、残った破片から像を復元する方法について、完全に時代遅れのやり方を提示しようとしたのだ。ジャスパーは皮肉めいたことを言って、色白で太り気味でことのほか裕福な紳士を侮辱するつもりなどなかった。だが彼の熱意はひとりでに暴走をはじめ、いつしか専門的な細かい事柄をまくしたてていた。たいした害はなかったはずだとジャスパーは思った。その後ケリングズリー子爵は自分の書斎の目録も作ってほしいと言いだしたのだから、ジャスパーの言葉をおもしろいと思っただけでなく、有益だと受け取ったことは間違いなかった。

そういうわけでジャスパーは、ケリングズリー子爵とのつぎの会合のためにいくつか覚書を作っておきたかった。料金について話し合わなくてはならない。紳士たるもの、そのような仕事に代金を要求したくはないが、彼はもうかなり長いあいだ、必要な品々の購入を控えていた。

インクスタンドにペンを突き立てたまさにそのとき、家政婦が書斎に駆けこんできてシドニーの具合が悪いことを告げた。インクの染みを作ったのはそのときに違いない。だが心配と興奮のあまり、アンソニーがやってくるまで気づかなかった。明かりに引き寄せられる蛾《が》のように、その美しいハシバミ色の瞳はジャスパーの袖の染みに向けられたのだ。

「おまえの妹は吐き気を催している。いったいなにを食べさせた？」

「ありふれたものばかりですよ。ガンターの店であの子が大好きなケーキやアイスを食べました。ああ、それから砂糖をまぶしたチョコレートもいくつか……でも、ぼくが連れて帰ってきたときは元気だったのに。具合はどうなんです？　また例の耳痛ですか？　こんなことになるなんて思っても――」

「考えなかったのか？　食べさせすぎたとは思わなかったのか？」シドニーはしくしく泣きながら、なにもかもがあまりにおいしそうで選ぶことができずにいたら、アンソニーが食べきれないくらいたくさん注文してくれたのだと、すでに打ち明けていた。

いつものことだとジャスパーは思った。かわいそうな妹が甘い物を食べ慣れていないことを忘れてはいけなかったと、アンソニーがぼそりと皮肉ったのもまた、いつもと同じだった。甘い物をろくに食べさせてもらっていないだけでなく、叔父とあの恐ろしいほど優秀な家庭教師といっしょにいるせいで、なにひとつあの子には楽しみなんてないんだと、彼はさらに言い募った。

その言葉に当の叔父は、辛抱強くシドニーの背中をさすり、洗面器に覆いかぶさる頭を支えながら力づける言葉をささやいている〝恐ろしいほど優秀な家庭教師〟をすさまじい剣幕で擁護しはじめた。優秀なミス・ホバートはいつものとおり一番つらい仕事を引き受けているというのに、どこかの軽率な若者はなにも考えず、のほほんとしてロンドンをほっつき歩いているのだと、その優秀な娘とさほど年の違わない軽率などこかの若者のことを激しく非難した。

アンソニーと並んで玄関に向かうジャスパーがいつまでその調子で続けていたかは、オリンポスの神々にしかわからないことだった。話題になっている娘の姿が目にはいらなければ、まだ文句を言い続けていたかもしれない。青白い顔にひときわ目立つ高い頬を鮮やかな赤に染めた彼女は、急ぎ足で階段のほうへと歩いていった。

歩道に停められた新しい彼の馬車のまわりには、見物人が集まっていた。怒りのあまり押し黙っていたアンソニーだが、見張っていた少年から手綱を受け取ると、駄賃としてきらきら光る大きな硬貨を笑顔で与えた。

浪費家なだけあって、少なくとも気前はいいようだとジャスパーは思った。

背の高い軽やかな馬車が美しいことは、認めざるを――少なくとも自分自身に対しては――得ない。

いったいいくらぐらいしたのだろうという、ぞっとするような疑念がなかったわけではない。アンソニーの収入はわかっていた。いまは値段を訊かないほうがいいだろう――馬車だけでなく、昨秋、ウェルドン・プライオリーを訪ねてきたときからさらにたくましくなったからだを包む象牙色の錦織りのベストについても。いまはただ黙って馬車に乗り、柔らかな革の座席に座り、鮮やかな手綱さばきで混み合う道路に巧みに馬車を進める若者の美しさを、ほれぼれと眺めていよう。

この十五分のことは考えるまい。苦々しくも認めるほかはないこの思いを——愛を——伝えるすべを知らなかった過去についても考えるまい。激しい口論の日々は、とりあえず脇に置いておこう。若者は借金を作り、小競り合いをし、大学を停学処分になったが、一方の叔父には思いやりが欠如していた。いまはただこのひとときを楽しむことだと、ジャスパーは心のなかでつぶやいた。

馬車が黄色いガス灯の明かりの下を通り過ぎると、アンソニーのベストの銀糸の刺繍がその光にきらめいた。マケドニアのアレキサンダー大王の象にまたがっているかのごとく、ふたりは人々の注目を集めながらきらびやかにオックスフォード・ストリートを進んだ。

ジャスパーは前方に顔を向け、入り乱れる馬車のあいだを巧みにすり抜けていく馬の耳のあいだの空間を見つめていた。片眼鏡の紳士たちの視線、女性たちの偽りの笑み、宝石とベルベット、羽根飾りとターバン、混み合う大通りを走る高級な馬車にみすぼらしい馬車。ゴシップ紙のページがこすれる音すら聞こえてきそうな気がした。噂が飛び交っている。サー・アンソニー。レディ・ゴーラム。マリーナ。愚かで気取った名前だ。実際に話してみれば、彼女自身もおなじくらい愚かで気取った女性であることがわかるだろう。

リージェント・ストリートとの交差路は恐るべき有様を呈していたが、馬車はうまくそのあいだを縫って進んだ。アンソニーはよちよち歩きの幼児につけた紐のように、見事な技術と冷静さで手綱を操った。まるで、シドニーがまだ隣に乗っているかのような丁寧さだ。

あたかも私が子供であるかのように。ジャスパーはいくばくかの不愉快さと共にそう考えていた。**あるいは、真綿でくるんでおかなければならないひびのはいった古い器のように。**

シドニーは大丈夫だろう。気の毒なのは、その世話をしなければならないミス・ホバートだ。ケリングズリー子爵が充分な額を支払ってくれれば、エセックスの商人たちへの支払いを済ませられるだけでなく、もっと人を雇うこともできるかもしれない。

ジャスパーは、今朝ドイツから届いた手紙とそこに記されていた彫刻に思いをはせた。新しく作らせた飾り戸棚と鍵、そして一連の彫刻版と共にそこに並ぶもののことを考えた。ギリシャからの手紙と、長らくあきらめていた夢を思った。

馬車の流れが速くなり、ジャスパーの思考を脇へと押しやった。〝彼女がつきあう若い男〟とはどういう意味だ？　わたしが考えているとおりの意味だろうか？　ばかばかしい。ほかにどんな意味があるというのだ？

馬車は再び速度を落とした。ジャスパーは悪態をつこうと口を開きかけてやめた。そこは手入れの行き届いた小さな家の前だった。美しい鉄製の装飾品、すっきりした煉瓦《れんが》の壁につややかな黒いドアと鎧戸《よろいど》、玄関へと歩いていくきれいに着飾った人々。

ブルック・ストリート。耐え難い道中は、あまりにも唐突に終わりを告げた。

アンソニーはすでに馭者《ぎょしゃ》席から飛び降りていた。「手を貸しましょう、ジャスパー叔父さん」**おしゃれなロンドンの町はぼくの縄張りですよ。**

ジャスパーは自分に差し出された手袋に包まれた美しい手を眺めた。わたしに手を貸すだって？　いったいわたしをどれほどの年寄りだと思っているのだ？

危なげなく軽々と降り立ったジャスパーは、今夜初めてにこやかな笑みを浮かべた。アンソニーが目をしばたたくのを見て、ジャスパーの笑みはさらに広がった。勝てるところでは勝っておかなくては。

「行こうか？　アンソニー」

レディ・ゴーラムが、有名な画家であるローレンスの手による彼女自身の肖像画の下に置かれた、黄色い錦織りの肘掛け椅子に座って客を迎えることは周知の事実で、一度も招かれたことのない者ですらそのことは知っていた。まるでワイン樽の商標のようだとコルバーンがその様子を評したことがあって、さすがに世慣れた目をしているとマリーナは考えていた。人は、変わることのないもので自分を表現したがる。いつの世もそうだった。

今夜彼女がまとっていた緑色のドレスは椅子の黄色い生地によく映えて、いつものごとく印象的だった。衰える肉体と移りゆく流行のなかで常に同じ仮面をかぶりつづけていることに彼女もときに疲れを覚えはしたが、概して自分の居場所——肖像画の下の椅子であり、彼女がいる世界そのもの——が気に入っていた。

「サマーソン伯爵に伯爵夫人、いらしていただいて光栄です」

「ありがとうございます《グラッツェ》、伯爵夫人。ええ、本当にお久しぶりですわ」

マリーナはいまの自分の立場におおいに満足していたし、これだけのパーティーを催せる自分の財力が誇らしかった。主菜は、四本のシャンパンと一ポンドのトリュフと共に煮込んだ巨大なサーモンだ。

「コルバーンご夫妻。ようこそいらしてくださいましたわ。ええ、ありがとうございます、ミセス・コルバーン。マダム・ガブリの仕立てなんですの。お気に召したようで光栄ですわ。つけていらっしゃるダイヤモンドは――新しいものですか？　今夜のために？　まあ、ご主人こそが宝石のようなすばらしい方ですのね。いいえ、ミスター・コルバーン、まだお目にかかっていません。叔父さまもまだですわ。でも……」

「あら」コルバーン夫妻がイタリアの伯爵夫人のほうへと移動していったあと、戸口に新たな客のグループの姿を見かけて、マリーナはつぶやいた。中央には見事な――そしてとてつもなく高価であろう――クリーム色のチョッキを着たサー・アンソニーがいて、ミスター・ディスラエリの言葉に笑い声をあげている。

贅沢を好む若き准男爵はロスチャイルド家の人間と結婚できればよかったのにと、マリーナはぼんやり考えた。だが社交シーズンはまたとない機会を与えてくれるはずだ。アメリカから途方もなく金持ちの若い娘がやってきたという話を聞いているし、もちろんレディ・イゾベルもいる。

マリーナはアンソニーと目が合うと、問いかけるような表情を作った。彼は、ええ叔父を連れてきましたよ、といわんばかりの笑みを部屋の向こうから投げかけた。

マリーナが笑みを返すと、アンソニーは彼のややうしろに立つひとりの紳士を頭で示した。アンソニーと同じくらいの長身だ。目にはいったのは、がっしりした肩とどこか緊張したような控えめな態度だけだった――どこかで見たような印象を受ける。

この人のことを覚えておいたほうがいいらしい。それにしても、半ズボンをはいてかつらをつけた滑稽な叔父さまはどうなったのかしら？

からし色のベルベットを身につけた従僕が人ごみのなかを通り過ぎた。ひと握りの男たちがそのあとを――あるいは彼が手にしているトレイの上のシャンパンのあとを――追って移動したので、アンソニーと大英博物館で見かけた男性の姿がマリーナからはっきり見えるようになった。

あの人だわ。眼鏡の奥の愉快そうな目。短く刈った髪。今日は手袋をしているあの手。追い立てられるように今日のパーティーの準備をしていたあいだ、マリーナの脳裏ではしばしば青いリボンを手早く結び直す彼の指のイメージが蘇り、そのさりげない仕草に望みもしない欲望が頭をもたげたことを思い出した。

どうして彼がこんなところに？　名前すら知らない。名のある人ではない。彼の装いはようやく人前に出られる程度にすぎない――あの手袋にしても。それなのに彼はここにいて、気乗りしない様子で彼女の家の応接間の入口に立っている。

どうして？　いったいだれなの？

観察眼の鋭いひとりの客が、マリーナのほうに顔を向けた。なにか声に出して言ってしまったようだ。あるいはなぞなぞの答えが不意にひらめいたときのように、驚きのあまり息を呑んだのかもしれない。最初からそこにあった手がかりに気づいてみれば、それまでの困惑が滑稽なほどに答えは明らかだった。

ぼくが……シドを傷つけるようなことをすると？　シドは弟だとマリーナは思いこんでいた。髪に青いリボンを結び、ギリシャの彫刻に関する並はずれた知識を持つ少女ではなくて。

そういうことね。マリーナは詮索好きな客に笑顔で首を振り、会話に戻るように促してから、ジャスパー叔父と判明した男性に視線を向けた。ミスター・ヘッジズ。ジャスパー。

つかの間息が苦しくなったのは、腰を締めあげているコルセットのせいに違いない。普段は不愉快な代物だと感じていたが、今夜はマダム・ガブリの格言を思い起こさずにはいられなかった。〝その効果を考えれば、からだの中央部を締めつけることにもそれだけの価値はあるものですわ〟一理ある。ドレスの襟ぐりからのぞく胸のふくらみを意識した。

ちょっと待って。部屋の反対側からミスター・ヘッジズを見つめている人物がほかにもいた。ただ見つめているわけではない――ミスター・アイルストン・ジョーンズの目つきは険しい。にらんでいると言ってもいいほどだ。なぜだろうかとマリーナはいぶかった。今夜は女主人として、双方に注意を払う必要がありそうだ。本当はそのうちの一方、黄色い安楽椅子に座る彼女の姿勢をさらに正してくれる相手だけに意識のほとんどを注ぎたいところだったが。

だがあの人は、ファッションやゴシップやいまの彼女を作りあげているものの大部分を嫌悪しているのだ、とマリーナは厳しく自分に言い聞かせた。学者で、古臭い家名にこだわり、あまりに高尚すぎて、この二千年のあいだに書かれたものはなにひとつ読まない。

つまり、熱烈なファンや成金やそれ以外の人たちのために彼女がお金をもらって書いている大人気の読み物も、彼は読まないということだ。わたしはあらゆる知性と機知を総動員して書いているのに、とマリーナは傲然と考えた。

ふたりは彼女のほうへと近づいてきた。サー・アンソニーは有名人が持つ輝きをあたりに放ちながら、笑顔で歩いてくる。ここにいるだれもが彼を知っていて、彼に知ってもらいたがっていることを充分に承知しているようだ。そのすぐうしろを歩くミスター・ヘッジズの表情からはなんの感情もうかがえず、姿勢は身構えているよう——マリーナにはそう見えた——だった。広い肩をそびやかし、古い黒のベストに包まれた胸をぐっと張っていた。

マリーナはさらに背筋を伸ばし、彼のことを風変わりな田舎の聖職者だと思っていたときと同じ笑みを浮かべると、可能なかぎり大きく息を吸って、彼が笑みを返してくるのを待った。だれかに紹介してもらうときには、必ず笑顔を作るものだ。

6

だがアンソニーが嬉々として紹介する声にかき消され、ぼそぼそとつぶやくミスター・ヘッジズの挨拶の言葉は気がつけば終わっていた。繊細さがアンソニーの長所だったことはないとマリーナは改めて思ったが、今夜はいつにも増してそれが目立った。ほんの数分のあいだに、アンソニーは彼女のファーストネームを六回は口にしただろう。

わたしはいったいなにを期待していたというの？

ミスター・ヘッジズの顔にはなんの表情もないままだった。だが、眼鏡の奥で何度か瞳がきらめいたのは、なにかを理解しようとしていたのかもしれない。

あるいは、単に退屈していただけだろうか。

やがて――あまりに早すぎた――食事の時間になった。

アンソニーがマリーナを、ミスター・ヘッジズがミセス・コルバーンをエスコートすることになっていた。マリーナは、ミスター・ヘッジズに腕を預ける出版業者の若い妻の笑顔とえくぼを見つめていた。ダイヤモンドのペンダントは、今夜の役割に対する報酬の前払いらしいが、与えられた仕事は予期していたほど難儀ではなかったようだ。

わたしたちみんながうまくかつがれたのね。叔父は偏屈で気難しいという世間知らずの若者の言葉を間に受けるなんて。

マリーナはテーブルに目を向けた。選んだ献立は正解だったようだ。彼女自身はあまりサーモンが好きではなかったが、客の胃のなかへと消えていく速度を見るかぎり、値段だけの価値はあったらしい。とりわけミスター・アイルストン・ジョーンズは料理が気に入ったのか、ミスター・ヘッジズをにらみつける回数は激減し、精力的にサーモンを口に運び、飲みくだす合間に顔をあげるだけになっていた。

マリーナはアンソニーに向き直った。

「熊にそれほど鋭い爪はなかったわね。心配していたけれど、メイフェアのディナーの席でドラゴンが火を噴くことはなさそうよ」

アンソニーは声を立てて笑った。「そのようですね。故郷では、叔父と牧師はディナーの席でよくラテン語の冗談を言い合っていたものです——かなりにぎやかでしたよ。とてつもなく優秀な牧師の娘はどこで笑えばいいのかちゃんとわかっていたので、ぼくはどうしようもないほどばかなんだという気にさせられましたけどね」

不愉快な記憶が蘇ったのかアンソニーはしばし口をつぐんだが、やがて気を取り直して言った。「今夜の叔父は人間らしく見えますね。少なくとも、ああやってミセス・コルバーンに微笑みかけているときには」

微笑んでいる？　宝石で飾り立てたあのわがままな小娘のどこに、彼は興味を持ったというの？　マリーナは傍目にも明らかなほどまばゆいばかりの笑顔をアンソニーに向けた。

「叔父はまったく流行遅れの引きこもった暮らしをしているんです」アンソニーが言った。

「ぼくに対してはとんでもなく厳格でうるさいんですよ」マリーナは重ねてきたアンソニーの手を握った。いつもしていることよ、と彼女は心のなかでつぶやいた。

「ですが今夜の叔父は、驚くほど普通の人のようだ。さっきの叔父は……マリーナ、叔父は間違いなくあなたに恋をしたとぼくは思いますね」

アンソニーは楽しげに笑い、しばし遅れてマリーナの笑い声が重なった。

ふたりはあそこまで顔を寄せ合う必要があるのか？　ミセス・コルバーンがイタリア人伯爵と話をはじめたので、ジャスパーはその隙にテーブルの端の席をじっと見やった。彼女とアンソニーはいったいなにをささやき合っているのだ？

またただ。

アンソニーはまた彼女の手に触れた。やはりふたりは愛人なのだろうとジャスパーは考えた。ひと目でわかる親しげな雰囲気、居心地のよさそうな……。

ちょっと待て。

居心地のよさ？　アンソニーは親密そうな印象を作り出そうとしている――なんのためかは、見当もつかないが。わたしがなにを思おうと――彼女のことであろうがなんであろうが――アンソニーが意に介さないことはわかっている。だとすると、あのいまいましいゴシップ紙とやらのために違いない。なぜ個人的な事柄を活字にしてまで人々の目に触れさせたいのか、ジャスパーにはまったく理解できなかった。

だが不動産業者がメイフェアと呼ぶ、リージェント・ストリートの西側でオックスフォード・ストリートの南側にあるごく小さな地域とそこに住む人々のことについて、ジャスパーは、ほとんどなにも知らない。あまりにも長く田舎で暮らしてきたせいで、知っていることといえば、コインや彫刻や詩や、ある美しい女性に対する抑えきれない愛の恥ずかしくもすばらしい思い出くらいのものだった。

とはいえ、情熱と居心地のよさが相容れないものであることくらいはわかる。ジャスパーはいま一度、アンソニーを――彼女を――盗み見た。ほぼ……間違いないと思えた。ほぼ。もしこれが工芸品にまつわることであれば自分の評判を落としかねないが、なににつけ絶対というものはない。テーブルの一番向こうで顔を寄せ合っているふたりからは、情熱と欲望につきものの炎が感じられなかった。手を伸ばしても決して手に入れられないとわかっているものに対するぞくぞくするような感覚が伝わってこない。彼女に目をやるたび、まさにその感覚が彼のなかの分別を徐々に消し去り、じりじりと彼を侵食していた。

従僕がデザートを運びはじめた。綿菓子を載せたケーキ、パイナップル、マスカットとベルガモット風味のアイスクリーム。美味な魚料理をもっと楽しめなかったのは残念だった。

彼の隣では、伯爵夫人がべつの話題を切り出していた。彼女の夫のイタリア人伯爵はミスター・コルバーンに自伝を出版してもらいたがっているらしい。

陳腐な貴族たちが、もしそこになにかがあるのなら頭の中身を、なければ人生そのものを切り売りするというのは、ジャスパーが考えている以上によくあることなのかもしれない。そう言えばミセス・コルバーンは、ジャスパーが書いたものを彼女の夫が出版したがっているようなことをほのめかしていた。バイロン卿が『チャイルド・ハロルドの巡礼』に対する報酬を受け取っていたなら――紳士である彼はもちろん受け取らなかった――さぞや金持ちになっていただろう。かたやレディ・ゴーラムは現代風のそのやりかたになんの違和感もないようだ。

レディ・ゴーラム本人だろうが彼女にまつわるほかのことであろうが――文学も金銭面もそれ以外のことも――ジャスパーには関係のないことだった。彼女がどれほど美しかろうと、芸術品がちりばめられたこの家のなかで宝石のように輝いていようと、彼の知ったことではない。彼女の瞳がどれほど激しさをたたえていようとどうでもいい。たとえ、すっと背筋を伸ばした高慢そうな彼女の姿勢が、ドレスやコルセットに締めつけられていないときにはどんなしどけなさを見せるのだろうと、狂おしいまでに興味をかきたてられたとしても。

ジャスパーはテーブルの一番端を見つめすぎないように注意した。彼女とアンソニーは彼を笑っているのだろうか？　偏屈な男を冗談の種にしている？　ふたりの関係についての彼の判断は、結局のところ正しかったのだろうか？

美しい……それは間違いなかった。だがインテリ女性という評判は……そうは見えないからこそ興味をかきたてられた。

いいかげんにしろ、ジャスパーは自分を叱りつけた。聞いたことのある尊大な太い声で話しかけられ、テーブルの反対側に視線を移さなければならなくなったときには、心のどこかでほっとしていた。

アイルストン・ジョーンズ。うやむやのまま終わらせることができないものが世の中にはあるらしい。

マリーナはそのささいな言い争いに初めのうちは気づかなかったが、内容を悟るのはさほど難しいことではなかった。

「ナポレオンが偉大なる美術品泥棒だというのなら、ミスター・アイルストン・ジョーンズ、エルギン卿はどうなのです？　ささやかではありますが、わたしはどうでしょう？」ジャスパー・ヘッジズはいらだたしげに言葉を継いだ。「地中海の東側を放浪し、探検し、そして略奪したそのほかの英国紳士たちはどうなります？」

一本筋が通っていて、辛辣で。彼は敵を作るのを怖がらないとコルバーンは言っていた。彼は本のなかでならそれでいっこうにかまわないが、メイフェアのディナーパーティーではそうはいかない。

アイルストン・ジョーンズは大声でまくしたてている。うしろに立つ従僕は気もそぞろらしく、彼の前のデカンターはほぼ空だった。

「あなたがたのようなロンドンに暮らす普通の人々がグレート・ラッセル・ストリートを歩

いていき、博物館にはいり、この世で作られた最高の彫刻を観るのはすばらしいことだというのは認めましょう」ジャスパーは続けた。「ですが普通のギリシャ人にとっては……ギリシャの国民にとってはどうでしょうか？　国民という概念を生み出した人々は、最近になってようやく国民になろうとしているのです。彼らに力がなくオスマントルコの標的となったせいで、エルギンがスコットランドの自宅にあの彫刻を飾りたがったせいで、彼らが歴史的遺産を失ったことを考えると、心が痛みますよ。エルギンはこの国の文化生活を豊かにしたかったのだという主張についてですが、彼が英国政府に彫刻を売ったのは、離婚訴訟で全財産を失ったあとだということを思い出していただきたいですね」

テーブルについている人々は徐々に会話を中断し、ふたりのやり取りに耳を傾けはじめた。そのうちどちらかの側につこうとするだろう。ミスター・ヘッジズは青い目を輝かせ、顎をぐっとあげている。力強い角ばった顎。けれどそのことを考えるのはあとにしようとマリーナは思った。いまは……。

「まあ、地中海ですって？」彼女はいささか唐突ではあったが快活な声をあげると、もっとも華やかな笑みをイタリア人伯爵夫妻に投げかけ、南国の風のようなぬくもりをテーブルに漂わせた。「夫とわたしは地中海の旅をそれは楽しんだものですわ。今夜、伯爵夫妻はもちろんのこと、ミスター・アイルストン・ジョーンズとミスター・ヘッジズをお迎えできてこんなにうれしいことはありません……」自分の機転がこの場を収められることを願いながら、マリーナは語り続けた。

この話題についての知識はほとんどなかった。論理だった話など到底無理だ。だが彼女の魅力でなんとかしないかぎり、ジャスパー・ヘッジズは、ディナー・テーブルを議論の場に変えてしまうだろう。

「地中海の神話にまつわるある難問を解き明かしていただきたいと、今夜の聡明なお客さまがたにお願いできるなんて、本当に光栄ですわ」

さあ、これでいい。あとはゆっくりと話し続けること。客たちはたっぷりした食事をとったあとだから、頭にはあまり血液がまわっていないだろう。

「その難問というのは、神は愛情を向ける対象として――肉体的な意味ですわ。大理石から切り出された彫刻に見る神や女神を想像してくださいな……」

思いどおりに笑いのさざなみが広がった。〝肉体的な意味の愛情〟というだれもが興味を持つ話題に会話を向けるのは、いかにもレディ・ゴーラムらしかった。

マリーナは笑みを浮かべた。「大きな力を持つ不死の存在である神が、命に限りのあるはかない存在の人間に、どうしてあれほど情熱を注ぐのでしょう？　あれほど完璧で、無限で……」マリーナは無限という言葉が好きだった。

「退屈している」ジャスパー・ヘッジズが言葉をついだ。

その口調は、マリーナには少しとげとげしく感じられた。

だが彼を見ると、その言葉が心からのものであり、個人的な感情から出たわけではないことがよくわかった。マリーナは彼のほうに顔を向けた。日に焼けた茶色い肌のなかで、瞳が明るく輝いている。**どうぞ続けて。**

「彼らは自分の完璧さに飽き飽きしているんです。そしてもちろん不死にも」

彼は歯切れのいい声でひと息に言った。

「神は使用人の部屋に忍びこみたがる甘やかされた子供のようなものです。あるいは、馬車を駆らせてもらうために、馭者にエールをつぎつぎとおごってやる金持ちの若者か。わたしたちと同じように、神は手にはいらないものを欲しがるのです」

彼の眼鏡の銅縁に光が反射した。「そして彼らを興奮させ、好奇心と欲望に身もだえさせるのは、レディ・ゴーラム、死の可能性です。命に限りのあること。わたしたちの肉体のはかなさ、時の流れに対する無力さ。人間の限界は神が決して理解できないものであるがゆえに、その情念を美しいと感じるのでしょう。彼らは人間を通してしか、死の情念を経験できないのです」

マリーナのからだに震えが走り、そのあとに温かいものが広がった。

意図していたよりも長く彼を見つめていたあいだに、そこここで再び雑談がはじまるのが聞こえてきた。彼の主張はあまりに逆説的すぎ、話し方は速すぎた。だがもはや若いとはいえない女性にとっては——情念やはかなさや欲望といった言葉に神秘が揺らめくのを感じる女にとっては——彼が彼女に聞かせるためだけに語ったかのように感じられた。

手にはいらないものを欲しがるということに関しては……いまそれを考えるのは複雑すぎる。

ともあれ、言い争いを回避することはできた。アイルストン・ジョーンズは困惑のあまり、なにも言えずにいる。コルバーンは興味深そうにふたりのやりとりを眺め、サー・アンソニー・ヘッジズは右手に座っている美しい女性に注意を向け、客の大部分は会話を再開していた。

全般的な雰囲気は満足のいくものだった。料理はすばらしく、女性たちは美しく、会話は楽しい――その手の会話を好むのであればの話だが。

「ええ、そのとおりですわね」マリーナはジャスパー・ヘッジズにそう応じていた。「とても聡明でいらっしゃるのね。ギリシャの神もまた、わたしが小説のヒーローとして選んだおしゃれな若者と同じように退屈していたことを、よくご存じですのね」

ジャスパーの目が大きく見開かれ、口の端がぴくりと動いた。

マリーナはわずかに勝ち誇ったような気分になった。「そのうち、わたしの本のいずれかを試してごらんになりませんか、ミスター・ヘッジズ。わたしの感性に退屈しないと思われるようでしたら」

ジャスパーは微笑んだ。マリーナは、彼が応接室にはいってきたときから見たいと思っていたあの笑顔を――博物館で見たあの笑みを――ようやく作らせることができたと思った。だがすぐにあのときと同じ笑みではないと気づいた。なにかに挑んでいる笑みなのか、あるいは応じている笑みなのかもわからない。

さらに言えば、ふたりのうちどちらが挑んでいるのかも定かではなかった。

彼の笑い声は、銀食器やグラスが当たる音の下を川のように流れた。やがて彼が口を開いたとき、その声はあたりのとりとめのない会話にかき消されてしまいそうなほど低かった。だがどういうわけかマリーナには、彼がなにを言っているかがわかった。

「退屈ですって？　いいや、ありえない。あなたを読むことが退屈なはずがありませんよ、レディ・ゴーラム」

7

その夜の後片付けがほぼ終わったころ、部屋着にショール、柔らかな室内履きという格好のマリーナは再び階段をおりてきて、使用人たちの今夜の見事な仕事ぶりに礼を言い、残りの作業は明日にするようにと告げた。

「火は勝手に消えるまでそのまま放っておきなさい」従僕に命じた。ディナーパーティーを催したあと神経がたかぶって眠れないときによくそうするように、ランプの明かりが残る薄暗い階下にしばらくひとりでとどまるつもりだった。

いつもであればそんな夜は室内履きを脱ぎ捨て、ゆったりした安楽椅子に膝を折って座る。けれど今夜は居間や書斎を歩きまわっては、そこの長椅子に腰をおろしたり、また立ちあがったりを繰り返した。クッションに身を預けると、その豪華なベルベットの生地に残る彼の温もりが感じられるような気がした。

「こちらへ、ミスター・ヘッジズ」食事のあとコルバーンがジャスパーに歩み寄るのを見て、マリーナは言った。「書斎にご案内しますわ。おふたりで静かな時間と上等のブランデーをお楽しみになって」その場に残りたい気持ちを抑え、マリーナはアンソニーを伴って客間に向かった。イタリア人伯爵夫人がピアノの弾き語りをするあいだ、アンソニーは楽譜をめくり、マリーナはほかの客たちといっしょになって彼女を称賛した。

そういうわけで、ふたりの男性がどういう合意に達したのかマリーナは知らなかったが、辞去の挨拶をするコルバーンの表情を見るかぎり、ジャスパー・ヘッジズは彼が提示した以上のものを要求したようだ。

そして彼女が提示したものは……。

それは彼女自身だった。さりげない会話のなかでごく遠まわしにほのめかしたつもりだ。騒ぎの種になるようなことはしていない。ジャスパーは、人目のあるところで、彼女に言い寄ってくるような男ではないはずだ。これまで知らなかった種類の人間だと考えたところで、マリーナは首を振った。ただの取るに足りない男なのかもしれない。ひと晩ぐっすり眠ったあと、書き物机の前で生産的な時間を過ごせば、きっと考えも変わっているだろう。

とはいえ、マリーナが自分自身を提示したという事実に変わりはなかった。

わたしの本……試してごらんになりませんか……わたしの感性……。

より若く、より裕福で、よりほっそりしている自分自身が、ローレンスの肖像画のなかから彼女を見おろしていた。軽蔑の、あるいは憐憫《れんびん》のまなざしで。

もう眠ったほうがいい。これ以上起きていても、いいことはなにもない。**認めなさい。あなたは彼を待っているのよ。**マリーナは自分を叱りつけた。どれくらい待っていただろうか。玄関をノックする音が聞こえてくることを願い、望み、待ち続けていた。

彼がお辞儀をし、今夜は楽しかったと礼を言って帰っていったとき、その瞳に合意の光を見たと思ったのは想像にすぎなかったのだろうか？

〝退屈なはずがない〟、彼のその言葉の意味を理解したつもりだった。自分にはそういうことに対する直感があると思っていた。

だがその直感は、もはや過去のものなのだろう。

それどころか、ドアをノックする音を想像で作りあげてしまっていた。

いかにもそれらしい音を。聞こえた気がしたその音は、彼ならこう叩くだろうというような、せわしないノックだった――不本意で、気まずさを覚えているようなノック。

想像力を駆使することで生計を立てている人間は、細かい部分に気づく能力を身につけるものだ――最後はよりひそやかなノックまで聞こえてきた。いい加減、ベッドにはいる潮時だ。

はだしで階段の下までやってきたマリーナはそこで足を止めた。肩をすくめると、苦々しい表情を浮かべつつ、玄関ホールへと向かった。

歩いて帰るとジャスパーがアンソニーに告げたあと、夜は冷えこんできた。白い霧が道路を覆っている。すでに夜警と二度すれ違っていて、二度目には不審そうなまなざしを向けられた。鉄柵に囲まれ、入念に手入れされたメイフェアの広場をどれほどの時間歩きまわっていただろう。教会の鐘は役に立たなかった。幾度鳴ったのかを覚えていない。十五分ごとに鳴る鐘の音は、彼の頬に、口に、肺に突き刺さる霧に呑みこまれては消えた。

彼が必要としていたのは、凜《りん》とした冷たい空気だった。こうして同じ場所を歩きまわっているのも、ブランデーのせいに違いない。そうでなければ、多額の金と引き換えに古代の神とギリシャの骨董品に関する本を出版することに同意したはずがない。これまでに集めた版画の写しを載せたいとジャスパーは言い張り、コルバーンも最後には同意した。仕事の交渉がまとまったうえに、ごく上等のブランデーまで飲んだ。頭のなかがまわっているように感じられるのも無理のないことだ。気がつけば彼はブルームスベリーにある自宅に向かう代わりに、再びブルック・ストリートに戻っていた。本来の目的地である南東ではなく北西に彼の足が向いたのは、まぎれもなくブランデーのせいだ。

まぎれもなく、か。彼は唇の端を吊りあげ、それから下唇を噛んだ。自分をごまかすのは痛ましいだけだ。

通りを歩く人影はなかった。彼女の家は闇に沈んではいなかったが、明かりをいくつか灯したままにしておくのは彼女の習慣なのかもしれない。それとも、使用人たちがまだ片付けをしているのだろうか。

それとも。

彼女が待っていると思ったのは正しかったのだろうか? 彼女の家をあとにしたときには、ふたりのあいだに合意ができていることを疑いもしなかったが、いまはなにひとつ確信が持てない。持てるはずがない。報酬を求めない女性と最後になにかの合意に達したのは、いつたいいつのことだ？

玄関をノックしても彼女はとうに床についているだろうから、不機嫌そうな玄関番と対峙することになる。ただの愚か者にしか見えない。

だが、愚か者に見えるよりも悪いことがあった。機会を捨ててむざむざ家に帰るのもそのひとつだ。なかでも最悪なのは――ジャスパーの頭のなかをいくつものイメージが横切った。彼女にささやいているアンソニー、彼女の手に触れているアンソニー、テーブルの一番端の席で当然のような顔をして彼女の隣に座り、いっしょに声をあげて笑っているアンソニー。

さっきまで彼は、ふたりはただの友人同士だと確信していた。だがいまは？

アンソニーの馬車はブルック・ストリートに戻ったのだろうか？

つきまとって離れないそのイメージを一掃するために、ジャスパーはドアノッカーを乱暴に叩かずにはいられなかった。そしてあたりをさまよっているかもしれない幽霊を追い払うために。

返事はない。玄関番は眠っているのかもしれない。

もう帰ろう。ジャスパーは自分に言い聞かせた。**いい加減、妄想を振り払わなければ。家に帰って、彼女のことは忘れるのだ。**

最後にもう一度だけ、上品すぎるノックをした。

ドアが開き、戸口に彼女が現われたのはそのときだった。

彼が想像していたのは、髪を垂らし、きつい下着から解放された部屋着姿の彼女ではなかった。彼女の淡い色彩とその影に、ジャスパーは大きく心を揺すぶられた。

豊かな黒髪を印象的なシニヨンに結った彼女が現われるとばかり思っていた。首から肩に垂らされた小さくカールする髪は、廊下のわずかな明かりさえも吸収し、輝いている。肌はいまにも壊れそうなほどはかなく、目の下や首のくぼみ、形のいい鎖骨の下に紫色の影を作っていた。

なにか気の利いたことを言おうと思ったが、湿った夜の空気のせいで喉は締めつけられたようになっていて、はいってもかまわないかとざらついたささやき声を出すのがせいいっぱいだった。

彼女はうなずき、ジャスパーを緑の大理石に囲まれた玄関ホールへと招き入れた。緑をレースでかがった幅広の袖とショールがめくれ、丸みを帯びた腕があらわになった。肘から先の象牙色の肌を見ただけでどうして部屋着の下はなにもつけていないと思えるのか、自分でも理解できなかったが、間違いないという確信がジャスパーにはあった。

彼の背後でドアが閉まるのがわかった。背中に感じる夜気が消えた。

まだブランデーの酔いが残っているのだろうか？　時間があまりに早く進みすぎる？　それとも遅すぎる？

人はなにかにとりつかれ、それから逃れようとするとき、できるだけ早く終わらせてしまいたいと思うものだ。だがジャスパーはそうではなかった。それどころか、いま起きていることのすべてを把握し、記憶にとどめておきたかった。人生はあまりに短い。いまこの瞬間をつなぎとめ、自分のものにし、その重みを感じたかった。

だが彼の五感が感じていたのは、彼女の手首を握ったときに伝わってきた脈の速さと、肘に指を這わせたときに細く淡い腕の産毛が震えて光っていたこと。そして抱き寄せた彼女の胸が上下していたことと、貪るようにふたりの唇が重ねられたことだけだった。

そうだ、これでいい。

だがまずは、知るべきことを知る必要があった。

ジャスパーは彼女の両肩をつかんで、からだを離した。傷口を無理やり開くような気がした。

「ひとつ訊きたい」

彼女はうなずいた。瞳はほとんど黒に見える。

もっときちんとした言葉で尋ねるつもりだったが、口から出たのは「アンソニーは……」のひとことだけだった。ありがたいことに、彼女は理解してくれたようだ。

「いいえ」彼女は、驚きと勝利感のにじむ低い声でゆっくりと答えた。「一度もないわ。信じてちょうだい、ジャスパー。世間の人はそうだと考えているけれど、一度もそんな関係にはなっていない。彼はそれを望んだけれど、わたしは……一度もないわ。彼は若すぎるの。怖れを知らなすぎるのよ」

彼女の言葉にふたりはそろって笑った。いまのやりとりがおもしろかったからではなく、ふたりのあいだにどれほどの違いがあろうと、良識と責任がなんたるかについての意見は一致していると――唐突で乱暴ではあったが――互いに悟ったからだ。そして、ほかならぬこの一点に関する責任が明確になったいま、ほかの責任はあとまわしにしていいことも。

それ以外のあらゆる良識も。

二度目に抱き合ったふたりの脳裏から、ほかのことはすべて消えた。ジャスパーの眼鏡が少し歪んだ。マリーナのうなじにジャスパーが手を這わせると、その指のあいだで彼女の髪がもつれた。うなじにキスをし、背骨の突起を唇でなぞると、彼女はからだをのけぞらせた。シルクが肌に、ウールに、リンネルに、さらにべつのシルクにこすれた。マリーナがジャスパーの上着の下に手を差し入れると、彼女のショールが背中のほうにずれた。さらにベストの下に、そしてシャツの下にと手を忍ばせていく。腰に触れる彼女の指先は柔らかく乾いていて、驚くほど軽やかで、氷のように冷たかった。ジャスパーは身震いし――心地いい震えだった――足元に目を向けた。

なにも履いていない彼女の足は、ピンクの大理石のタイルの上で青白く見えた。

「寒いんだね」ジャスパーは眉を吊りあげ、彼女の謁見室の方角を顎で示した。マリーナはそこにある肖像画の下で来客を迎えるのだ。

ジャスパーはそこで彼女を自分のものにしたかった。

マリーナは首を振った。「二階へ」

だが階段はあまりに長すぎると、マリーナは気もそぞろだった。一日に六回はなにも感じることもなくのぼりおりしている階段だが、今夜はただのぼっているだけにもかかわらず、どうにも時間がかかりすぎた。

のぼりきったところで足を止め——いくらか息が荒くなっていた——寝室にいざなおうとして手を差し出したが、ジャスパーはその手を取る代わりに彼女を抱き寄せ、これ以上待てない、あるいは待つつもりがないかのように壁に彼女を押しつけた。

このまま床に倒れこもうかとマリーナはつかの間考えた。いまここで。この廊下で。だがそれは、レディ・ゴーラムのやり方ではない。マリーナは意志の力を総動員して、彼から顔を背けた。

「お願い」ささやくように言う。「右手の二番目の部屋。こっちよ。お願いだから、これ以上、時間を無駄にしないで」

ふたりはもつれるようにして寝室にはいった。ジャスパーはドアを蹴りとばして閉め、マリーナは彼を引きずるようにしてベッドに倒れこんだ。優雅という言葉からはほど遠い——互いをつかみ、うめき、転げまわる。髪を引っ張り、一度ならず膝をぶつけ、相手を肘で押し、つかめるところはところかまわずつかんだ。

妙だわ、とマリーナは考えていた。レディ・ゴーラムは、いつももっと上品にこの段階を乗り切るものなのに。

彼女はわたしのことをひどい野蛮人だと考えているに違いない、とジャスパーは思った。激しいまでの衝動に駆り立てられたふたりは、どちらも彼のズボンの同じボタンに手を伸ばした。

ジャスパーは彼女の手を振り払った。

マリーナは息を呑み、驚いたように彼を見つめたが、やがて肩をすくめて笑った。いったいなぜ彼女にボタンをはずしてもらわなかったのか、ジャスパーは自分でも全くわからなかった。

プライドのせいだろうか？　そうかもしれないが、間抜けだったからと言ったほうが正しい。彼女の美しく繊細な指にそれを委ねるのは、どれほど快いものだっただろうかとジャスパーはつかの間考えた。いろいろな意味でそのほうがずっとよかったはずだ――いつまでも我慢できるはずもないのだから。

だが彼女の顔を見れば、さっきの動作を撤回し、我を失っているせいでボタンやネクタイをうまく扱えないのだと懇願するには手遅れであることがよくわかった。

マリーナはもう一度小さく笑うと、彼から離れた。

「わかったわ。でもそれなら、なにもかもはずしてちょうだい。ストッキングを足首にからみつかせているような人をベッドに連れていくつもりはないの」

彼女の口の端がぴくりと動いた。顎にくぼみができたように見えた。

「さあ、どうぞ。喜んで見学させていただくわ」

目のさめるような美しさ。そしてあの緑の瞳。生意気で不遜《ふそん》な態度。顎のくぼみは状況をさらに悪化させただけだった。ジャスパーは仕方なくベッドの横に両足をおろすと彼女に背を向けて座り、悪態をつきながらボタンと格闘しはじめた。

モウブリーがジャケットの下襟《ラペル》につけろといってきかなかったいまいましいピンが手に刺さって、ジャスパーは悲鳴をあげた。マリーナは一度だけ手を貸した――幅広ネクタイ《クラバット》をほどかずにシャツを頭から脱ごうとして、窒息しかけたところを助けたのだ。

彼女がくすくす笑っている声が聞こえた。肩越しに目をやると、彼のシャツを手に持ち、インクの染みのついたカフスを見ながら首を振っていた。

「きれいな背中だわ。引き締まった腰から肩に向かって筋肉がVの字形についていて、本当にきれい。それほど美しい背中には、もう少し上等のシャツを着ることを考えてもいいのではないかしら」

「ありがとう」あまりありがたくもなさそうにジャスパーは言った。「いずれそうしよう」

マリーナの声は腹立たしいほど冷静で皮肉に満ちていた。「どういたしまして」

ジャスパーはズボンを脱ぐことに意識を戻し、下着を結んでいる紐をほどいた。

「どう……いたしまして」マリーナはまったく異なる口調で、同じ言葉を繰り返した。

マリーナはからだの脇で両手を握りしめた。彼に触れたくてたまらなかったが、それでなくとも手間取っているのにこれ以上ことの進展を遅らせたくはない。

彼の肩越しに見える光景は……そうね、人を夢中にさせると言ってもいいかしら？　上向きに反り返った男性自身に浮き上がった血管は、まるで彫刻のように美しい。もちろん、必要以上にじろじろと眺めるのは品がない。でもわたしはごく当たり前の注意を払っているだけだと、マリーナは自分を納得させた。

自分の口元が緩んでいること、脱ぎかけた下着からのぞく彼の一部が長さとたくましさを増していく光景に、自分が唇を噛んでため息をこらえていることに気づいたなら、マリーナは自分の滑稽さを楽しむことができたかもしれない。そのあいだもジャスパーは、あわてて古い黒のズボンを脱ごうとする自分の無様さに悪態をついている。やがて靴を脱ぎ捨て、ようやくのことで憎むべき衣類の最後の一枚から解放された。

ああ、やっとだわ。ジャスパーが最後に残ったストッキングをむしり取るのを見て、マリーナはベッドの向こう側にまわった。彼の前に立ち、室内着をするりと脱いで床に落とすと、その上をまたぐようにして彼に近づいた。自由と優雅さと己の肉体の持つ力だけをまとって。

ジャスパーは自らをあざ笑うように、彼女に任せるべきだったと言うつもりでいた。

衣服の最後の一枚を放り投げ、なにか言おうとして口を開きかけたジャスパーは自分が笑みを浮かべていることに心のどこかで気づいていた。これほど戸惑い、神経が張りつめ、痛いほどに興奮していること――彼女にからかわれたせいでひどくなるばかりだ――を考えれば、おかしなことだった。

いや、笑っているのだから、ひどいという言葉はふさわしくない？　だが彼には空気が変わってしまったのが感じられた。**あきらめろ、ジャスパー。この情熱的で激しいひとときは、おかしくて、楽しくて、心地よいとさえいえるものに変わってしまった。**

だが視線をあげたとたんに、用意していた言葉も口元に浮かんでいた笑みも消え、新たな感情がどっと湧き起こった。玄関で彼女の姿を見たときに感じたのと同じ温かな思いに、いくばくかの驚きの念が混じる。白く小さな片方の足をほんのわずか前にずらし、身じろぎもせずに彼女がそこに立っていた。開いた唇、呼吸に合わせて上下する乳房、暖炉から流れる暖かな空気にこめかみのあたりの黒い巻き毛が揺れていた。

そのからだはうっすらとピンク色を帯び、ところどころにインクを落としたような黒と土色の部分があった。豊かな胸は急激なカーブを描いてほっそりしたウエストへと続き、なだらかな腹部の下には黒い三角形が広がっている。そして息を呑むほどなまめかしい腰の曲線とふっくらした長い太腿。

ジャスパーは片方の手を伸ばした。さらにもう一方の手も添えて彼女の手を取ると、ゆっくり自分のほうに引き寄せ、ベッドに横たえた。その上に覆いかぶさり、唇を、舌を、指先を彼女の上に滑らせていく。どこまで耐えられるのかはわからなかったが、できるかぎり長いあいだ彼女に触れ、味わい、なぞり、その曲線や触感を記憶に刻みたかった。

マリーナがからだをのけぞらせると、腹部が浅くくぼんだ。彼の手から乳房がこぼれ、指のあいだで乳首は濃さと硬さを増していった。

こんなふうに彼女が感じているのを見るだけで、我慢する価値はあると思えた。そう、それだけの価値はある。**あともう少し。**

ジャスパーは自分の顔が乳房の上に来るようにマリーナをベッドの頭板のほうにずらすと、片方の乳首を口に含んだ。そしてもう一方。舌と歯に当たる乳首が硬くなるのを楽しみつつも、歯はごく軽くしか立てないように注意した。必要以上に挑発したくはない――いまはまだ。いずれ……彼女のことがもっとよくわかってからだ。

いまはただ舌を使い、軽く噛んでじらすだけでいい。そのあいだも片方の手を背中のくぼみに這わせ、指先でヒップの曲線をなぞりながらそのふくらみが太腿と合流する敏感な地点を探っていく。そこに触れれば彼女はきっと――そのとおりにマリーナは苦しげなうめき声をあげ、あえぎ、満足そうに小さく息を吐いた。つらそうな彼女の息遣いはそれだけでも耳に快く響いたが、ストッキングをつけたままの男をベッドにはあげないという気難しい女性が漏らした声だと思うと、ことのほかそそられた。

しっとりと潤った秘所に指を差し入れると、彼女が喉を震わせた。ジャスパーは彼女の顔を見た――勇気づけるような（そして勝ち誇ったような）笑みを向けるつもりだったが、あいにく彼女の目は閉じられていた。**だめだ。**

マリーナはたまらないほどの快感にうっとりしながらも、非難するような小さな声を聞き漏らすことはなかった。妙なことにそれは、自分の書いたものに対して時折心のなかから聞こえてくる声とよく似ていた。だがいま、ベッドに横たわったレディ・ゴーラムが男の愛撫に身を任せているこの状況で耳にするには、ふさわしい声とは言えない。

こういうことは、以前にも何度もあったのでは？　その声が言った。乱暴にからだをまさぐられたり、無理やり触られたりすることを愛撫と呼べるのであればの話だが。

どちらにせよ、いま目の前にいる男も、ハリーの死後愛人にしてきた若者たちと同じように扱うほうが無難なのかもしれない。馬に乗るような気持ちで御すればいい。自分の意志をはっきりさせれば、新鮮味はたいしてないかもしれないがすべてが順調に進む。

耳の奥で警告の声が響き、閉じたまぶたの裏に分別と判断がちらついた。邪魔だ――どこかに追い払いたかった。だがすべての記憶と思考を排除してしまえば、この寝室に彼とふたりきりで残されることになる。

実を言えば、そうすることが怖かった。

問題は、彼がいますぐにマリーナを奪い、さっさとことを終えようとしていないように思えることだ。だが太腿と腹部に当たる彼自身の感触からすると、さっき肩越しに見た切迫感は少しも衰えていない。

自分の快感がどこまでで、彼の快感がどこからなのかがわからなかった。

少なくともいまは。彼は巧みに動く指を止めようとはしなかったが、乳房から口を離した。

だめよ。

マリーナが目を開けると、ジャスパーは片方の肘をついてからだを起こし、彼女を見おろしていた。

「目を開けていてほしい」彼はささやくように言った。「わたしは服を脱いだ。きみと同じく、わたしも見られたいんだ」

マリーナは決めつけられたことにむっとしたが、彼の言うことは正しかった。マリーナは人に見られるのが好きだった。昔からそうだったし、そのおかげで生きていくことが今よりずっと楽だった時代があった。

見られる喜び――称賛するような視線を浴びる喜び――を男の人が味わってはいけない理由があるだろうか？

「そうしてくれるかい？　マリーナ」

彼女は笑ってうなずくと、両手をジャスパーの首にまわして引き寄せ、唇を重ねた。もちろん、目を開けたままのキスはそれほどいいものではない。だがマリーナは彼が覆いかぶさってきたときにも、その顔から視線をそらそうとはしなかった。彼の腰に脚をからめ、腰を押しつけながら、分かち合う歓びにいつしか頬が緩むのがわかる。彼がはいってくるとマリーナは「ああ」とひそやかな声を漏らし、ふたりは見つめ合ったまま動きはじめた。

マリーナがジャスパーの腰をはさんだ太腿にぐっと力をこめると、彼が感じていることがひと目でわかった。そのあいだも彼女は深々と貫かれ、隅々まで満たされ、力強く奪われている。

マリーナは小さく笑った。ジャスパーはにやりとすると、鼻先に軽くキスをした。ふたりは再び、互いのリズムを合わせるように動きはじめた。

マリーナが太腿の力を少し抜き、ジャスパーはその脚を肩にかつぐような体勢になった。もっと深く、もっときつく、もっと感じるように。彼もこのほうがいいらしいとマリーナは思った。唇が震えているのが見える。彼も見られていることを知っている。

ジャスパーはうめきはじめた。本当に見られるのが好きなんだわ、とマリーナは思った。自分のことを知られるのが――ほかの場所では違ってもベッドのなかでは――好きで、自分をさらけ出すのをためらわない。

だがそう考えたのも一瞬のことだった。打ちつけ合う肉体ときらめく閃光に支配される直前、なにかを考えることができたのはそれが最後だった。あとには湿った闇と荒い息、からみ合う汗に濡れたからだとうっとりするような無の時間だけが残された。


どれくらいの時がたったのだろう。マリーナにはわからなかった。彼がまだ自分の上にいること以外は、すべてが意識の外にある。満足し、堪能しきった自分のからだの上にぐったりと覆いかぶさるたくましい肉体が心地よかった。炉棚の上の時計を見ようとすれば、自分だけでなく彼のことも動かさなくてはならない。

あとにしようと決めた。いまが何時であろうと確かめる必要があるとは思えない。

だが彼が身じろぎし、うめきながら彼女からからだを離そうとした。マリーナは彼にまわした腕に力をこめた。

「いまのは……」耳元に響く声はざらついていた。「いまのは……ふむ……いまのは……」

彼のように雄弁な男に言葉を失わせたのだと思うとわくわくした。「ええ、そうね」マリーナはささやいた。「そのとおりよ。まったくだわ」ふたりは声を揃えて笑った。

「重くないかい？　押しつぶされそうだろう？」

「いいえ、あなたの重みが好きよ」

「ふむ、わたしも好きだが、公平とは言えないな」

ジャスパーは彼女を抱いたまま、ごろりと体勢を入れ替えた。マリーナが彼の上になり、ふたりはキスをした。その拍子に彼の眼鏡がかたむいたので、マリーナが正しい位置に直した。その仕草がなぜか笑いを誘い――今度は腹の底からの笑いだった――重なったふたりの腹部が激しく揺れたので、ジャスパーは彼女をおろさなくてはならなかった。

マリーナは息を整えながら、笑いすぎて溢れてきた涙をシーツの隅で拭いた。

「なにがそんなにおかしかったの？」

「よくわからない。この家を出たあと、再び戻ってくるのをひどく怖がっていた自分のことかもしれない」ジャスパーは彼女の顎にキスをした。「やっぱりここにくぼみがある――かわいらしい小さなくぼみ。画家は気づかなかったのかい？　肖像画にはなかったと思うが」

気づいていたとしても、だれにも言われたことはない。サー・トーマス・ローレンスでさえも。「観察眼が鋭いのね」

ジャスパーは肩をすくめた。「そうならざるを得なかった。きみはどうして笑った？」

「服を脱ごうとしたあなたが、すっかりからまったことを思い出したのかもしれないわ。それにしても、あのシャツはどれくらい前のものなの？」

「見当もつかない。着るものを気にしたことはないんだ。それにここ数年は、そういうことに使える金はなかった。とりわけあのあとは……」

ジャスパーの表情が不意に変化した。

彼は顔を背けた。

8

どういう状況に置かれようと、金銭的に苦しいなかで地所を管理することの大変さを打ち明けるつもりはなかった。

無礼だと思われてもかまわない。わたしの問題に首を突っこまないでもらいたい、と危うく口走るところだった。法的に言えばアンソニーの問題だが。幸いなことに、アンソニーは一年に数回狩りにやってくる以外、めったにウェルドンに顔を見せることはなく、家計の切り盛りに関しては退屈で冷淡な時代後れの叔父にすっかりまかせっきりだった。

ジャスパーの兄夫婦は珍しい品々を手に入れるために多額の金を使った。イタリアで最後に会った日にセリアがそう言っていた。賄える以上の額を、とも。そのときは彼の関心を引くために、大げさに言っているのだろうと考えていた。

だが英国に戻ってみると、彼女の言葉がいささかも大げさでなかったことが判明した。それどころか、免れえない事態を覚悟した彼女は自分にできうる限りのことをしていた。資産が本当に消えてしまう前にジョンを説得し、子供たちのためにいくばくかのものを信託財産にしておくように計らったのだ。ジャスパーが見たときには、地所を維持するために必要なものは大半がなくなっていた。

弁護士は不本意ながらも感嘆しているような口調で説明した。長らくこの仕事をしていますが、これほど驚くべき速さで財産が消えるのを見ることはめったにありません。

兄夫婦の死は大きな混乱をもたらしたため、ジャスパーには彫像をギリシャに送り届けるだけの時間がなかった。そのことが幸いした。彼は心を鬼にして、もっとも高い値段をつけた人物にその像を売った。その代金はおおいに役立ったが、それもここ数年底をつき、事態はかなり厳しくなっている。抵当にはいっていた地所の一部を買い戻すべきではなかったのかもしれない――少なくとも、あわてる必要はなかっただろう。屋根があれほどひどい有様だったのだから、その修理を優先するべきだったのだ。だがアンソニーや彼の子孫のために地所を取り戻したとき、ジャスパーは心底安堵した。父親はそれくらいのことをするべきだ――たとえ息子が、そうしてくれた男が自分の父親であることを知らないとしても。アンソニーが父親だと思っていた男の浪費のせいで、そうする必要が生じたのだとしても。

ジャスパーには怒りに支配されるときがたまにあって、彼はそんな自分を嫌っていた。そういう時間は不意に、そして都合の悪いときに限って訪れる。だがいま以上に不都合なときはなかった。

ジャスパーは、マリーナの顔に浮かんだ驚きと懸念の表情を盗み見た。いまのわたしは、絞首台の上で絶望のふちに立たされた男のような顔をしているに違いない。**怒りを抑えこむんだ。そんなものはないふりをしろ。**

ベッドの上でことが終わったあとに女性とたわいのないお喋りを楽しむことと、男が自分の秘密を打ち明けることはまったく別の話だ。

もう少しでその話を持ち出してしまいそうになったことが、そもそも驚きだった。だが今夜は驚くことが山ほどあった。考えるのはあとにしよう。

ジャスパーは申し訳なさそうにうなずくと、せいいっぱい冷静な表情を装った。

マリーナの声は優しかった。「詮索するつもりはなかったの。すりきれたシャツをからうことが、詮索することになるとは思わなかったわ。ただおもしろいと思っただけなの。だって――いまわたしたちがこうしていて……それ自体がありそうもないことなのに、でも……」

いまわたしたちがこうしていて。

現在形だった。

その言葉を聞くまでは、それぞれの欲望を満たすため、満足するために互いをベッドに誘ったのだとジャスパーは考えていた。存分に楽しんだあとは、さっさと関係を終わらせて過去のものにし、つぎへと歩きだす。

だがこういうことはいつ終わって、いつ過去になるのだ？　不意に、現在形で話すことがひどく難しいもののように思えてきた。

だが、いまはまだそれを決める必要はないのかもしれない。

彼女のひと筋の長い髪が、ジャスパーの胸に垂れていた。彼がゆっくりとそれを指に巻きつけていくにつれ、ふたりの顔が一センチ、また一センチと近づいていき、さらに数センチ近づいて……。

輪になった髪からジャスパーが指をほどいたときには、マリーナは再び彼の腕のなかにいて、彼は乳房の重みを手で受け止めながら自分自身を彼女の秘部にこすりつけていた。マリーナは腰を前後に動かしては、その部分がからだに当たるたびにくすくす笑い、腿とその付け根のあいだのくぼみで彼が硬さを増していくのを感じると、低い声をあげた。

「ああ」ジャスパーはため息をついた。

マリーナは笑った——どこか邪《よこしま》な笑いだと彼は思った。

「あなたは見られるのが好きなのだと思ったわ」

「わたしが好きなのは……」自分の声が少ししわがれていることにジャスパーは気づいた。「ああ、待ってくれ。もう少しゆっくり、マリーナ。そうだ。それでいい——ああ、わたしが好きなのは……」

だが彼がなにを好きなのかを言葉にすることはなかった。ふたりが共に好きなことがなんであるかが、またたく間に明らかになったからだ。ふたりは四つん這いになった。今回は——その姿勢のせいだったかもしれない——より性急で、より卑猥《ひわい》で、様々な可能性を秘めた行為だった。

彼女の背中の上に倒れこんだジャスパーは、うなじにからみつく黒髪をつかんだ。彼女の唇から漏れる満足げな声にうっとりと耳を傾ける。部屋の反対側にある背の高い窓に目を向けると、レースのカーテンの上の細いすきまから空が見えた。ただ暗いだけではなくインクを流したように真っ暗だ。

夜は更けていた。今日は、とりわけ長く疲れる一日だった。このまま朝まで過ごし、胸に当たる彼女の乳房を感じながら目を覚ませたらどんなにいいだろう。それとも、腹に押しつけられたヒップのほうがいいだろうか。彼にはわからなかった。あるいは、ふたりが夢のなかでさえも互いのからだをまさぐっていたことを知って、驚きと共に目を覚ますほうがもっといいかもしれない。

ジャスパーは奥歯を噛みしめた。本気で朝までいようと考えているのか？　彼女に話したくないばかりに、あれほどあからさまに不機嫌になっておきながら？

だが否定はできなかった。彼はごく自然に、自分のいないシャーロット・ストリートの家の朝食のテーブルを想像した。もう何年もなかったことだ……いや実を言えば、彼が朝食のテーブルにつかなかったことはこれまで一度もない。この十年余り、欠かすことなくそうしてきた。シドニーがパンと牛乳を育児部屋で食べていたときですら、必ず顔を出しておはようと声をかけ、よく眠れたかいと尋ねた。

両親を亡くした子供には、それくらいのことはしてやるべきだと思ってはじめたことだった。父も母もいなくなってしまったのだから、毎日同じ時間に後見人が来ることがわかれば、少女も安心するかもしれないと。だが彼は時がたつにつれ、テーブルの向こう側に子供がいるのはいいものだと認めるようになっていった。たとえそれがこぼれた牛乳やわがままやたまの癇癪《かんしゃく》を意味していて、本であれ新聞であれ読むことができなくなったとしても。十一年ものあいだ、女性と朝まで過ごしたことはなかった。そうしたいと思ったことはない。女性といても、途中で必ず勘定を払い、風雨のなかを家に帰ろうという気に——そうしなければならないような気持ちに——なるのが常だった。けれど今夜はそんな気は起こらなかったから、帰らなければならない理由はなかった。

だが彼女を侮辱したくなかったから、ジャスパーは帰らなければならないと気乗りしない口調でつぶやいた。

マリーナはこじ開けるようにして目を開き、彼からからだを離して枕にもたれた。どこか悲しそうな笑い声に乳房が揺れた。「そうね、帰らなくてはいけないわ。残念だけれど、わたしも明日はすることがあるの——ミスター・コルバーンに手綱を握られているのも同然なのよ」

ずいぶんと冷たい言い草ではないか？　わたしにここにいてほしいとすら思っていないのか？

たとえ彼が、義務や家族のために誘惑を退けようとしているからといって、帰れと言われて平気だということではない。

だがそれはばかげている。人間は相反することがらを同時に欲することができるものだろうか？　もし彼女の乳房がそこで揺れなければ、〝手綱を握られる〟という通俗的な言いまわしを彼女が口にしなければ、その言葉にみだらで心をかき乱すイメージを連想することもなく……。

驚きの夜はいったいどこまでわたしを困惑させ、狼狽させれば気がすむのだろう？

ジャスパーは無言のまま下着をつけ、紐を結び、いくらか苦労して残りの衣服を探し出すと、ベッドの彼の側にシャツとストッキングとズボンとクラバットを並べた。整然と並べると、服のみすぼらしさが際立った。このシャツは彼女の言うとおりだ。インクを拭くのに使ってもいいくらいだ。コルバーンのところで出す本の代金で新しいリンネルを買ったほうがいいだろう。それにしても、右の靴はどこにいった？

曖昧な言葉はもうたくさん、マリーナは思った。どちらかがはっきりと言わなくては。

彼女は目を細め、冷静なまなざしを作った。「今夜はあなたも楽しんだと考えてもよろしくて？　あなたもわたしと同様、今宵のひとときに興じ、関係を継続することを望んでいるように思えたのだけれど、間違っているかしら？」

本当は興じるではなく、陶酔したと言うつもりだった。だが、目を開けていてほしいと言った当の男が彼女と視線を合わせないようにしているのを見て、そうしなくてよかったと思った。

わたしの過ちなのだろう。貪欲で、居心地がよくて、それほど興味をそそられない若者を相手にしなかったことに対しての。これ以上、なにも言うべきではない。口を開けば、しつこいと思われるだけだ。

だが、それならそれでよかった。「お別れのときにはキスとお礼の言葉を交わし、つぎの約束をするのだと思っていたわ。わたしは今夜の出来事を誤解していたのかしら。今年の社交シーズンが終わるまでは、愛人でいることに合意したのだとばかり思っていたのだけれど」


ようやく彼がこちらを向いた。眼鏡の奥で光る目が、マリーナをまっすぐに見返した。

「きみはそういうことをしているのか？」苦々しい声ではあったが、純粋な好奇心も含まれていると彼女は感じた。「シーズンごとに相手を変える？」

「これまでだれからも口に出して訊かれたことはないわ。でも、そうね、それが慣習になっている。早春から夏の終わりまでの時間があれば、相手のことを理解し、欲望を知り、歓びを極めるには充分――」


マリーナは言葉を切った。「あなたは結婚していない。でも、これまでずっとそういうことと無関係だったわけではないのは明らかかね。どうしていたの？」

「金を払っていた。わたしの唯一の贅沢だ。夜の十時から夜中の一時までの時間があれば、ふむ……ベッドの相手を理解したり、きみが言うとおりのことをしたりするには充分だ」

「あなたは皮肉屋の放蕩者なのね。意外だわ」コルセットも締めていないのに、マリーナの息遣いは浅く速くなった。だがここでやめるわけにはいかない。「それで、今夜わたしたちがいっしょに過ごした時間は、わたしを理解するのに充分だったということかしら？」


彼がそうだと答えたら、いったいなんと言えばいいだろう？

だが彼は声をあげて笑った。「放蕩者と言われたのは初めてだ」

「放蕩者というのは、目新しい官能に病的なほど熱中する人のことよ。同じことの繰り返しに耐えられない人のこと」

「病的に？」

「ええ」

ジャスパーは眉を吊りあげた。「なかなか鋭い観察だ。ある意味、的を射ている。だれの言葉だろう？」

マリーナは勝ち誇ったような口調にならないようにしながら答えた。

「去年のわたしの本のなかでファリンドン卿が言ったことよ。彼は……」

ジャスパーは、感嘆の表情を浮かべるだけの礼儀は持ち合わせていた。

「つまり、きみの言葉だということか、レディ・ゴーラム。きみときみの退屈なヒーローたちが上流社会のことをどう評しているのか、目を通しておく必要がありそうだ。だが、ファリンドン卿の――つまりはきみの――観点から言えば、わたしは放蕩者からはほど遠い。新しいものも同じことの繰り返しも、どちらも好みだ」

彼女のなかの欲望に忠実で情熱的な部分は、〝まあ、よかった。わたしもよ〟と言いたかったが、実際は目を伏せて、無言で同意を表わしただけだった。

だが口にされることのなかった言葉は、彼女の唇に笑みを作った。

「それからわたしたちの関係についてだが、きみを充分に味わうにはどれくらいの時間が必要なのか、予測するのはとても無理だ」

マリーナは極力ゆっくりと息を吐いた。「シーズンの長さがあれば大丈夫でしょう。それまでにはきっとわたしを堪能するわ――互いを堪能できるはず――秋が来るまでには」

ジャスパーは笑った。「とにかく、了解に達したようでよかった」

「それは合意の了解かしら？」

「そのようだね」

「女はこういうことをはっきりさせておきたいものなの。確信が欲しいのよ」

ジャスパーの口の端が持ちあがり、笑みらしきものを作った。彼が枕のほうに身をかがめてマリーナを抱きしめると、彼女はそのからだを引き寄せて自分の隣に横たえた。

「確信したかい？」ややあってから彼が尋ねた。

「完全にとは言えないわ。わたしはできるかぎりたくさんの確信が欲しいの……目新しいものも同じものも、あなたが与えてくれる確信のすべてが」

「なるほど。きみに確信してもらうために、明日の夜も来てもいいかい？」

「明後日の夜にしてもらえるかしら。明日はそれほど早くは帰ってこられない……夜会とそのあと歓迎会があるの。でも、そのつぎの夜なら……ええ、大丈夫。十一時には向こうを出られるわ」

ジャスパーの顔に失望の色がよぎったのを見て、マリーナは頬が緩んだだけでなく両脚の付け根がうずくのを感じた。「毎晩会うことはできないわ――でも、あなたがそうしたがっていることを知って、とてもうれしいし、光栄だし、それに……心が躍る思いよ」脚の付け根のうずきが下腹部へと広がっていく。

「でもわたしの生活には」マリーナは言葉を継いだ。「わたしが選んだ人生には、大げさな華やかさが必要なの。ある種の人たちにたっぷりとわたしを見てもらわなくてはいけないのよ」

「みすぼらしい学者とはまったく違う種類の人生だね」

彼女の笑みが歪んで、悲しそうな表情になった。「悲しいかな、わたしのもっとも忠実な読者は、みすぼらしさにも学者にもまったく重きを置いていないわ。わたしの読者は、自分たちを大切に扱うどころか、歓迎すらしてくれない排他的な社交界に憧れているから、わたしの暮らしぶりやわたしの本は、その代用品の役割を果たしているのよ」

いかにもそれらしく聞こえる、とマリーナは思った。自分の秘密をすべて打ち明けているかのように。

ジャスパーは思慮深げにうなずいた。

「気に入らないのね。でもそれが現実なの。わたしが築きあげた世界は、誇張と嘘ばかりの物語のなかにあるんだわ。世間に知らしめるための物語のなかに。よかったら新聞を読んでみて――まるでロゼッタ・ストーンの難解な碑文を解読しているみたいよ」

「なるほど。だとすると、わたしたちには共通点があるらしい。少なくとも、どちらもプライバシーを必要としている点は同じだ。住む世界は違うが。きみは上流社会で……」

「その縁にすぎないわ。スキャンダルのこちら側よ」

「わたしがいるのは、さらにその外側だ。純真な子供の厳格でお堅い後見人として」

マリーナの脳裏を、金色の髪に青いリボンを結ぶ日に焼けた彼の手がよぎった。ほんのかすかな嫉妬と悲しみと不満に心の奥が痛んだが、そんなものに屈するつもりはなかった。

「きみも同意してくれるだろうが、わたしたちの生活の異なる部分は完全に異なるままにしておくことが、極めて重要だ」ジャスパーは静かに言った。

とりわけ彼の家族は。**いいわ、そういうことにしましょう。**

「完全に切り離すのね。小さな仕切りで分けるように」マリーナは笑顔を作り、最後に残った不満を振り払った。「大英博物館にある昆虫や骨のかけらや鉱物のはいった容器のように」

「そういうことだ」

「心配はいらないわ。誇張することや注目されることと同じくらい、わたしは秘密を守るのが上手なの」彼が思っている以上に秘密を守るのは得意だ。

「それでは、明後日の夜、十一時半に来るとしよう。静かに、ひそやかに。確信を欲しがる女性を確信させるために。約束しよう、きみの望みどおりにすると」

マリーナはいまだ残る緊張感を振り払うために笑みを浮かべた。今夜の歓びとこれからの歓びを思っての笑みでもあった。

「ええ、そうしてちょうだい。シーズンの残りの日々を、わたしを確信させることに費やしてちょうだい」

9

ロンドンの新たな社交シーズンが幕を開けた。レディ・ゴーラムは初期のころの作品で春から盛夏までのその時期のことを〝行事と催しのつづれ織り〟と呼んだ。手のこんだ織物だ——とりわけ、豪華な応接室に招待される地位の高い人々にとっては。絹や花で飾られた舞踏室でのダンス、ロンドンの邸宅の息苦しくなるほど混み合った階段や人とぶつかってこぼれる飲み物、上等の手袋に包まれた手が後生大事に握る貴重なオールマックスの招待状、そして翌朝ゴシップ紙でそれにまつわる話をすべて読むこと。

それほど地位の高くない人々の家でも、同じくらい頻繁にディナーパーティーや舞踏会や夜会や歓迎会が行なわれた。貿易や製造業で財を成した人も多かったから、かなり贅沢なものになることもしばしばあった。だが中流階級のこういった催しで大勢の人がキスをし、食事をし、結婚の約束を交わしたとしても、多くの人はそこに二番煎じのにおいを感じた。そこにあるものは真似事にすぎない。そして、ゴシップ紙や上流社会のことを描いた小説に登場するような人たちなら、どこかうんざりするこういう暮らしをもっと楽しんでいるに違いないと考えた。そういうわけで、ロンドンの町の住人や成金たちは綿や石炭の価格を指示するときと同じ熱心さで、レディ・ゴーラムが記す〝上流社会〟の物語を読んだ。

『パーリー』は、幅広い支持を得た。書評家のミスター・ディガスティバスが〝見識、機知、審美眼〟、サー・イグニス・ファトゥスが〝機知、感受性、絶妙な差別〟と呼んだものを、英国文学界は高く評価した。

刊行当日、〈ハチャーズ書店〉のウインドウに相当数の彼女の本が小さくも優雅な山を作り、翌日の夜には紫色の絹のドレスと黒真珠をまとった目も文《あや》なレディ・ゴーラムがドレイトン卿夫妻の舞踏会に姿を見せた。だがなにより衝撃的だったのは、彼女はリンネルのシャツとピンク色のサテンのベストに身を包んだ輝くばかりに端正なサー・アンソニー・ヘッジズと一度も踊らなかったとゴシップ紙が報じたことだった。そのうえ彼女は、十一時半になる前に舞踏会をあとにした。

そういったことを踏まえ、レディと准男爵は一度だけ丁寧にお辞儀を交わしていたものの、もはや恋人同士ではないという噂は事実に違いないと、数日後の《ニュー・マンスリー・マガジン》は伝えた。

《アシニアム》誌によれば、お辞儀は二度でどちらもそっけないものだったらしい。

だがロンドンでもっともハンサムな若き貴族は、ファトゥスとディガスティバスの両方が高く評価したレディ・ゴーラムの最新作のヒーローのモデルだと思われることに変わりはないと《リテラリー・ガゼット》誌は読者に伝え、フィンズベリー・スクエアにある書店〈テンプル・オブ・ザ・ミューージズ〉には『パーリー』だけが並べられた大きなテーブルがふたつあると記した。

翌週のはじめにはほかの数紙が、これからの数カ月間、文化的な会話をするためには――それどころかディナーを満足できるものにするためには――『パーリー』に目を通しておくことが絶対に必要であると書きたてた。幸いなことに、〈ハチャーズ書店〉のウインドウにほかの本は並んでいないから、手に入れるのは難しくない。また、主な登場人物の正体について闘わされている議論も、まもなく刊行される『パーリーを読み解く』によって終止符が打たれるだろうとも報じられていた。

オールマックスの招待状がシーズン最初の舞踏会のわずか一週間前になってようやくレディ・ゴーラムの手元に届いたことや、その夜、舞踏会場の女性後援者たちと彼女のあいだで交わされた挨拶がかなり冷ややかだったことは、ゴシップ紙には記されていなかった。だがそれもたいしたことではなかったかもしれない。その夜の一番のニュースは、サー・アンソニーはアメリカから来た美しい資産家令嬢と一度、今シーズンのもっとも魅惑的なデビュタントであるレディ・イゾベル・ワイアットと二度踊ったことだったからだ。その若き淑女は『パーリー』に登場するミス・ランダルのモデルかもしれないと噂されていたから、読者はもっと彼女のことを知りたがった。

悪くない、最初の二週間の売り上げ高を聞いたコルバーンは思った。オールマックスでのレディ・ゴーラムの様子が記事になったのは幸いだったし、《ガゼット》誌がサー・アンソニーとレディ・イゾベルのことを取りあげたのは、もっとよかった。実を言えばその話は、エールの酔いに任せてつい口を滑らせたふりをしてライバル誌に暴露するよう、彼が自分の社の記者に命じたことだった。競争相手をうまく利用した。シーズンが終わるまで、その記者はただで酒が飲めることだろう。数日したら、レディ・イゾベルがレディ・ゴーラムの疎遠になっている義理の娘であることを公表しよう。まったく悪くないじゃないか、とコルバーンは思った。

「悪くないわね《パ・マル》」マダム・ガブリはドレスの注文数を数えながら、うれしそうに肩をすくめた。レディ・ゴーラムの紫色の絹のドレスと同じようなものを注文した客はいやになるほど多かったが、それでもまったく悪くない。簡単に作れることはわかっていた。それが似合うかどうかはまたべつの話だ。

彼女は顔をしかめた。服の着こなしがわかっているロンドンの女性がどれほど少ないことか。ラベンダー色の見事な綾織りの生地を持参した小柄な女性のような賢明な客はめったにおらず、レディ・ゴーラムの肌の色やからだつきや物腰には似ても似つかないというのに、彼女の真似をしたドレスを求めた女性は十人はいただろう。とはいえ、いい商売であり、いい宣伝になることは間違いなかった――レディ・ゴーラムにとっても、彼女の放つ輝きのなかで生計を立てているマダム・ガブリのような商売人にとっても。

もっとひどいことを書かれてもおかしくはなかったわ。マリーナは自分に言い聞かせた。

それにしても、記者たちが彼女にかぶせた仮面はあまりにも愚かすぎる。

かまわない。マリーナは新聞を置くと、アイルランドの海で行方不明になったミスター・パーリーの双子の弟に意識を集中させようとした。いまだまとまりがついていない（いいえ、アイルランドはだめ——アイルランドはやめよう。この下書きも捨てたほうがいい。イリュリアにしよう。そう、そのほうがずっといい。イリュリアがどこにあるかすら、だれも知らないのだから）。

ジャスパーに『パーリー』を読むつもりがなかったなら、いやな気分になっただろう。取るに足りない物語だと思われたなら、つらい気持になったに違いない。

だがジャスパーは読んでくれた。「今週のロンドンにほかの本はなかったんだよ」彼は最初そう言った。「すまない、マリーナ。きみをからかったんだ。いい作品だったよ。ファリンドン卿が言った放蕩者のくだりと同じくらい、興味深い箇所もいくつかあった」ジャスパーはそう言うと、キスの合間に本の長所を並べ立てながら顔を下へとずらしていった。**巧みで、品があって、洗練されていて、機知に富んでいて、知的で……。**

マリーナは、知的までしか聞いていなかった。わたしの虚栄心には限度があるということかもしれないと、あとになってマリーナは考えた。だが食欲に限界はないようだ。朝七時にして——彼といっしょに、夜中の十二時以降になにかを食べるという、これまでは考えもしなかった行為にふけってしまったにもかかわらず——彼女はいつになく空腹だった。口のなかに、いまだ甘さが残っている。彼はケーキと果物とワインを楽しんだ——執事が彼のことをボールトン・アンド・ワット製エンジンにたとえたという話を聞いて、燃料が必要なのね、と彼女は冗談を言った。

ふたりは声を揃えて笑い、マリーナはその記憶を大切にしまいこんだ。予防措置に関する当然の質問は例外として、互いのことは詮索しないという約束を交わしていたから、いっしょにいるとき以外の彼のことは、ほとんどなにも知らない。

その件に関しても、やりとりは簡潔だった。病気の心配はなかったし、長々と説明をしなくとも、ある種の方策を何年か続けることで女性は妊娠しないからだになる場合があることを彼はわかっているようだった。どちらにしろ、その点について心配する必要がないのはいいことだ。それよりは、彼がしきりに勧める食べ物を口にするかどうかで騒いでいるほうがはるかに楽しかった。〝ほんのひと口だけだよ、マリーナ。ブドウをひと粒――いや、ふた粒だ――ほら、食べさせてあげよう。私はワインを飲もう。最高に麗しい盃《さかずき》から〟。

いい加減、執筆に戻らなくては、とマリーナは思った。それはつまり、椅子の上でしていたみだらな動きをやめなくてはいけないということだ。いったいわたしはどれくらいのあいだ、この幾晩のことを――仰向けに横たわって、腹部のくぼみに彼が赤ワイン《クラレット》を注いだときのぞくりとするような感覚や、彼がそれを飲み干して、お腹をきれいになめたときのざらついた舌の感触を――思い起こしながら両脚をこすり合わせ、腰を揺らしていたのだろう？

シーツの洗濯代は途方もない額になっていたし、睡眠時間はまったく足りていない。だがどちらもどうでもいいことだった。『パーリー』が売れているあいだは。ジャスパーはあの本を気に入ったようだし、マリーナはと言えば、彼が自分に向ける関心をおおいに気に入っていた。彼女の人生は完璧だ——完璧のはずだった。シーズンがこれほど速く、飛ぶように過ぎ去っていかなければ。間抜けな双子の弟を主人公にしたこのいまいましい原稿に集中できれば。意味もないアイルランドの描写をそこここに書き散らしたりしていなければ。

マリーナは夢見るような満ち足りた笑みを浮かべ、林檎にかじりつくと、アイルランドのこともすばらしく精力的な愛人のことも頭から追い出して、書き物机の上の原稿用紙に目を向けた。いずれ、いやでも現実が侵入してくる。それまでは、死者を眠りから起こす必要はない。

だが昼食のために階下におりたマリーナは、執事の不安げな顔を見て、現実が容赦なく侵入したことに気づいた。

いくらなんでも早すぎるわ。

「失礼いたします、奥さま。書斎で、どこかの商人らしきかたがお待ちです」

「書斎なの？　マートン」その執事が彼女のところで働くようになったのはここ一、二年のことだったから、これまでその〝商人〟を見たことはない。だが彼はトラブルを嗅ぎ分ける鋭い鼻の持ち主だった。

「厨房に案内しようとしたのですが、どうしてもそこで待つとおっしゃいまして。レディ・ゴーラムは承知していると言われました」

忘れてはいけないのは、自分がレディ・ゴーラムであり、この男の訪問もレディ・ゴーラム――伯爵夫人――として対応しなければならないということだった。

「わかりました。あなたはよくやってくれたわ、ありがとう、マートン」

マリーナは書斎に向かってゆっくりと足を運んだ。大きく広がったポプリンのスカートが衣擦れの音を立てた。


その〝商人〟――彼女が第一債権者だと考えている男――はこちらに背を向けて立ち、オーク材の長いテーブルの向こう側にある本棚を見つめていた。胸の悪くなるような甘ったるいにおいがする――薄くなりつつある髪にたっぷりと塗りたくったポマードの獣脂のにおいだ。からだにぴったりしすぎている派手で真新しい、茶色い上着のベルベットの襟に、ポマードの染みができているに違いないとマリーナは思った。

彼女の鼻に人を見下すようなしわが寄った。彼女の父親は財布が空のときでも、他人の服の着こなしやマナー違反に対しては、その格好のいい鼻に同じようなしわを作ったものだ。

死者の眠りを妨げることはしないと自分で決めたのではなかった？　自分のこと、いま手にしているものとこれからも手にしていたいもの、そして失いたくないもののことだけを考えなければ。

「我が家の書斎に興味を引くものがおありかしら、ミスター・ラッカム？」

男はゆっくりと振り返った。

「そのとおりですよ、レディ・ゴーラム。お宅の書斎は実に興味深い」

男はぽってりした青白い手に、『パーリー』を持っていた。その手が汗ばんでいるのを見て、マリーナは自分の本に同情した。「あなたの書いたものを読むのは、実に楽しい――絹のドレスにすばらしく上品な人々、そして――」男の舌が厚い唇をぺろりとなめた。「――そう、あのいかにもおいしそうな料理が並んだディナーパーティー。あなたの家のテーブルを描写したものなんでしょうな。いずれわたしもご相伴にあずかりたいものだ。取り澄ましたミスター・パーリーと同じくらい、上等のトラウトは魅力的ですからな」

あなたが食堂に現われる前にわたしのほうがどこか遠くへ逃げ出すわ、とマリーナは心のなかでつぶやいた。

ハリーの死後間もなく、ラッカムが初めてマリーナの元を訪れたとき以来、ふたりは同じ会話を繰り返してきた。いまでは、韻文で書かれたありきたりの戯曲の台詞を読んでいる気がするほどだ。ラッカムは拍子を取っているかのように頭を上下に振っていたが、やがて悲しげにため息をついた。

「だがつまるところ、アイルランドで食べたあのサーモンに勝るものはない。風味があった。実にいい風味が」

ラッカムの目がヒキガエルのようにふくらんだ。ちょっとした用事を言いつけるとき、スプレイグ大尉は彼を〝カエル〟と呼んだものだ。彼女のかつての恋人が、当時一番下っ端だった下士官をあれほど軽々しく扱わなかったなら、いま目の前にいる男はとうに過去になっていることを持ち出していつまでも彼女を苦しめたりはしなかったかもしれない、とマリーナは時折考えた。

　だが彼がどんなふうにお金を巻きあげようと、どうでもいいことなのではない？　マリーナの過去は、いまもまだ彼の手のなかにある当時の新聞に生々しく記されていて、彼の大事な資産となっている。マリーナは風通しの悪い彼の事務所と机の上の帳簿、彼だけにわかる暗号で几帳面に記された月々の支払い帳に思いをはせた。ラッカムは一度、彼女に関する記事のひとつを声に出して読んだことがある。こういう情報が、秘密を持つ貴族たちのもうひとつの『貴族名鑑』に載っているのだと、彼は自慢した。

　もちろん金は重要だ。だれにとってもそうに違いない。だが彼女を支配できることのほうが、ラッカムにとってはもっと意味があるのだろうと思えた。月々の支払いを帳簿に記入し、その利息を計算するときの卑劣で欲深い喜びは、彼が毎回欠かさない台詞――「商売はことのほかうまくいっているんですよ。なにもかもあなたのおかげです。心からお礼を言いますよ」――を口にするたびに感じる快感には及ばないらしい。

　オールマックスの女性後援者は、ゴーラム伯爵夫人についてゲリー・ラッカムが知っていることを聞くために、いくらくらい出すだろうか？

　マリーナはつんと顎をあげると、はるか上から見おろすような口調で言った。

「支払い期日は明日ですわ。五月一日。日付を間違えるなんて、あなたらしくありませんのね、ミスター・ラッカム。それに、わたしがそちらにうかがうというお約束になっていたはずですわ」

「銀行手形でしたね」いま初めて思い出したかのようにラッカムは言った。「そうでした、そうでした。まさにそのとおり――見事に的を射ていますね、レディ・ゴーラム」

ラッカムが笑顔になると、一段と目が飛び出して見えた。

「やむを得ず料金を値上げしなくてはならないことを告げるためにわたしがわざわざ足を運んだのは、親切心からだと見る向きもあるかもしれませんな。ほかの顧客にもいつもそうしているんですよ。彼らの運がぐんぐん上向いていると判断したときにはね。新しい本はすばらしい売れ行きじゃないですか。わたしたちのおかげで、コルバーンの懐も潤っているというものだ」

いい、わたしたち。マリーナは、思わず身震いしたくなるのをこらえた。

「だが、以前のわたしの申し出が忘れられたのかと思うと、これほど悲しいことはありませんな」

忘れられるものなら、忘れたかった。

「いつでも歓迎しますよ。あなたがわたしの支援を受け入れる気があるのなら」

彼はその申し出を支援と呼んだ。

「……割安でね。満足できるものになるんじゃありませんかな。それに、あなたも満足するかもしれない。ほら、あんな若造ばかりとつきあってきたあとですしね」

マリーナは鼻で笑いたくなったが、なんとかそれを押しとどめた。

「都合のいいときに、ふたりでゆっくりと語り合うというのはどうですかな。クラレットでも飲みながら。落ち着いた宿を知っていますよ。ここからさほど遠くもない」

身震いするべきだろうか？　それともせせら笑う？　あるいは二度とそんな申し出をする気がおきないように、思いっきり笑ったほうがいいだろうか？　だが彼女はあくまでも、見下すような口調を崩さなかった。

「ありがとうございます、でもお断わりしますわ。あなたへのお支払いはすべて、金銭的なものだけにさせていただきます。これまでの取り決めに変更の必要はございません。あといくら必要なのか、それだけおっしゃってください」

ラッカムは肩をすくめた。「とりあえず、毎月あと二十五というところですかな」

「わかりました」家計を組み立て直さなければならない。ディナーパーティーに手のこんだサーモン料理はもう出せそうもない。だが、ほかに選択肢があるだろうか？

「あなたのおっしゃるところの料金の値上げを伝えるために、わざわざいらっしゃる必要があったのかしら？　この国の郵便はとても優秀ですわ。一度試してごらんになったらいかがかしら」

「いい、レディ・ゴーラム」自分はなんとでも好きなように相手を呼べるのだと言わんばかりに、ラッカムはその言葉を母音を伸ばしてゆっくりと発音した。「私の顧客はみな、個人的な場所で個人的に語りかけてもらったほうが、自分の義務を思い出しやすいようでしてね。記憶を呼び起こすというんですかね」

彼は部屋のなかを見まわした。「見事にしつらえていますな。いつだったかお訪ねしたときは、たしかもっと寒々としていたように記憶していますが。あれはたしか、気の毒な老伯爵が亡くなって、後継者がハンプシャーのお屋敷からあなたを追い出した直後でした。そういえば、もっとべつの書斎も覚えていますよ――もちろんこちらのほうがはるかに立派だが、全体としての雰囲気は……」ラッカムはわざとらしくねっとりしたため息をついた。「まったくいい思い出じゃありませんか。酒、賭博、大きなオーク材のテーブル、バイオリンが奏でる〝ルール・ブリタニア（イギリスの愛国歌）〟に合わせてその上で踊る、脚の長いアイルランドの尻軽娘。彼女が身につけていたのは、赤い靴と緑色のゲートルだけだった」

「ガーターよ」考える間もなく、マリーナの口から言葉がこぼれていた。ラッカムは勝ち誇ったように目を細めた。

「ほほう、覚えていらしたようですな」ラッカムが甲高い声で笑っているあいだに、マリーナは彼女が解き放った記憶をどうにかしてせきとめようとした。アイルランド、部下に囲まれたスプレイグ大尉、踊る彼女をもの欲しげに見つめる男たちのまなざし。

つかの間マリーナは、記憶の海でおぼれかけた。

そんなことはさせない。ゲリー・ラッカムにとってもこの儀式はあなたにとってと同じくらい大変なものなのよ、とマリーナは自分に言い聞かせた。〝割引〟の申し出を受け入れたら彼はいったいどうするだろうと、彼女は時折考えた。かつては手の届かなかったものを急にさし出されたら、狼狽して逃げ出す可能性はおおいにあった。

だがそうならない可能性も同じくらいある。

長い脚のアイルランドの尻軽娘なら賭けに出たかもしれない。マリア・コンロイ——それが当時の彼女の名前だった——は若く、怖れを知らなかった。

そして失うものもなかった。

ラッカムは『パーリー』を書棚に戻した。かつての上官と、緑色のガーターをつけた彼のかわいらしい愛人に対する鬱憤《うっぷん》を晴らせたことで満足したらしい——少なくとも今日のところは。上官は彼女を部下に見せるだけで、決して触らせようとしなかった。

「銀行手形はいま書きます」マリーナは言った。「あなたには一日分の利息が余分にはいるし、わたしはシティまで出かける手間が省けますから」

余分の利息と聞いてラッカムは唇を湿らせた。出かける手間が省けるなどと彼女が言わなければ、手形をここで受け取る気になっていたかもしれない。だがもちろん彼は、マリーナをシティまで出かけさせたかったのだ。

ラッカムは常に携行しているぼろぼろの手帳に、腹立たしいほどゆっくりなにかを書きつけた。彼女の名前だろうか？　暗号で書いている？　それともだれにでもわかる言葉で？

マリーナが見つめているあいだもラッカムはさらに時間をかけて書きつづけ、それからようやく顔をあげてにやりと笑った。「そういうわけにはいきません。決まりは決まりだ。支払い期日は明日。毎月一日だ。これまでどおりに」

あの笑みは、明日もまたわたしをいたぶれることへの期待だとマリーナは思った。ともあれ彼は、手帳と鉛筆を上着のポケットにしまっている——無理やり押しこんでいるように見えるのは、上着がきついからだ。ようやくこの会見が終わることを告げる仕草だった。

「さてと、今日のところは……」ラッカムはあえてゆっくりと発音した。「これで失礼しますよ、マリア」

彼が隠し持つ最後の武器だった。マリア。彼がイギリス風に発音すると、ごくありふれた名前に聞こえる。英国軍兵士たちの声が彼女の頭のなかで響いた。「よお、パディ。エールをくれ。急いでな」だがアイルランド人が呼ぶその名は、フルートが奏でる音楽のように聞こえたものだ。

「おっと失礼、レディ・ゴーラムでしたな。つい昔のよしみでその名で呼んでしまった」ラッカムは自分の言葉が相手に与える影響を決して見逃さなかった。

彼がいつか昔の恨みを忘れてくれることを願っていたわたしがばかだった、とマリーナは思った。

あるいは、スプレイグ大尉とほかの部下たちは命を落としたにもかかわらず、彼ひとりが助かったという奇跡的な幸運に慰めを見出してはくれないかと願っていた。アイルランドの反乱軍の一味が大尉たちを納屋に閉じこめて火を放ったとき、彼だけは大尉に用事を命じられて外出していた。

マリーナはそのときイギリスにいた。安全で、これまでにないほど大切にされていて、新たな人生をはじめようとしているところだった。借金の肩代わりをしてもらう謝礼として、スプレイグ大尉が彼女をゴーラム伯爵に譲ったのだ。定期船の甲板でアイリッシュ海の風を浴びながら、彼女はマリーナと改名した。

彼女とゴーラム伯爵は、結婚前に彼女が暮らしていたメリルボーンのこぢんまりした小さな家で、この事件を報じた新聞をいっしょに読んだ。窓から射しこむ朝の光のなかで、手をつけないままのトーストとコーヒーが冷たくなっていった。

新たな庇護者を探さなければいけない事態になる前に大尉の元を去ったことは、マリーナにとって大きな幸運だった。当時はまだだれもラッカムが生き残ったことを知らなかったから、マリア・コンロイとしての最後の日々を覚えている人間はいないと思っていた。したがって、伯爵が彼女と結婚するための障害もなかった。

大きな大きな幸運だった。

半ダースもの男たちが悲鳴をあげている夢を見る夜が時折あることを幸運と呼べるのであれば。ヒキガエルのようなゆすり屋が永遠に彼女を苦しめるつもりであることを幸運と呼べるのであれば。

「従僕がお見送りしますわ、ミスター・ラッカム」マリーナは言った。

彼が出ていったあとのドアが閉まる音が聞こえ、彼が間違いなく通りに姿を消して自分の事務所に向かったと確信が持てるだけの時間がたったところで、マリーナはようやくコルセットとウエストを締めあげたポプリンのドレス姿で可能なかぎり体を丸め、両手で頭を抱えた。脳裏に奇妙なイメージが浮かんでいることに気づいたのは、しばらくたってからのことだった。乾いた昆虫の死骸や骨や水晶の断片がそれぞれの区画にきっちりと収められたガラスのケース。

それはあたかも、捕らえられ、閉じこめられ、大きな秘密で分断された人生のようだった。

10

わたしもとうとうここまで堕ちたか。

翌朝ジャスパーは自嘲気味に考えていた。キリスト生誕の数世紀前のアテネのことを考えているべきときに、一八二九年五月一日のゴシップ紙に目を通している。

ジャスパーは本や古い小さな工芸品がずらりと並ぶ書斎にいて、執筆中の原稿に取りかかる前にしばし無為なひとときを過ごしていた。マリーナについて書かれた記事を探すのが、最近の習慣になっている。だれそれ夫人の夜会や、どこかの公爵のレガッタやレディなにがしの舞踏会で某紳士と踊っていた彼女を探し出すのは、難しいことではなかった。

あるコラムには、その某紳士がレディ・ゴーラムの一番新しい愛人かもしれないと書かれていた。だが一方で、競争相手であるべつの新聞は懐疑的だった――彼女が早い時間にひとりで帰っていったというのがその理由だ。

自分だけが知っていてゴシップ紙の知らないことがあると思うと、ひとりでにジャスパーの頬が緩んだ――だがその笑みはすぐにため息に変わり、彼は首を振った。噂好きの人々がごく一部の真実しか知らず、根拠のない話がいかにそれらしく書かれているかを思えば、サー・アンソニー・ヘッジズがこっちの裕福な若い女性を送っていったとか、あるいはあっちの女性といっしょだったと記されたほかの記事も、鵜呑《うの》みにすることはできない。書かれていることが事実かどうかということすら、自分は一般読者と同じ程度のことしか知らないという現実に、ジャスパーはひどく落胆した。たとえ記事に書かれていることが本当だとしても、自分にはアンソニーのことがほとんどわかっておらず、彼にとって結婚がいいことか悪いことかすら判断できないのだと思うと、同じくらい気持が沈んだ。

それで借金が返済できるなら（アンソニーには借金があるはずだ——あの新しい馬車の代金だけを考えても……）いいことなのだろう。クロックフォードの店の危険に満ちた賭博台から彼を遠ざけておけるなら、やはりいいことに違いない。だれにわかる？　結婚することで、目的意識や責任感すら芽生えるかもしれない。

だがもし……ジャスパーはジョンとセリアのことを思った。死の直前ですら、ふたりが互いに退屈していたことは、だれの目にも明らかだった。にもかかわらず、ふたりの結婚は非常にうまくいっていると言われていた。その結婚によってヘッジズ家の古くからの家柄とささやかな財産に、セリアの人並み外れて莫大な持参金とやはり人並み外れた美貌が加わったのだ。

美貌と家柄はつぎの世代に引き継がれていた。その両方がそろっているのだから、アンソニーはロンドンの結婚市場でかなりいい結果を残せるに違いないとジャスパーは皮肉交じりに考えた。伴侶探しという生涯を左右する課題に費やされる短くも華やかな日々を、アンソニーなら最大限に活用できるはずだ。おそらく、相当に裕福な女性と結婚できるだろう。

それを〝うまくやる〟と考えるのであれば。

アンソニーは、それだけではない結婚ができるだろうか？

両親よりいい例を見本にする機会があったならできるかもしれない、とジャスパーは思った。あるいは、後見人よりも。

叔父としては、そのことを話し合う必要があるかもしれない。アンソニーがなにを考えているのかを知り、よき相談相手になるのだ。共感して耳を傾けてやるのだ。

想像すらできなかった。あのディナーパーティー以来、ふたりの関係はこれまで以上にぎくしゃくし、混乱していた。近頃では、シャーロット・ストリートの家の玄関ホールですれ違うたびに、アンソニーはこれまでどおりの老いた世捨て人の叔父を探そうとするかのように困惑して叔父を見つめる。都会風のジャスパー叔父は、世間的には受け入れられやすくなったかもしれないが、魅力や積極性が増したわけではない――それどころか、ますます無口になっていた。

だが――ふたつの相反する思考が彼のなかでせめぎ合っていた――自分が抱えている秘密を思えば、無口にならざるを得ないではないか、ジャスパーは心のなかでつぶやいた。マリーナとの情事は彼の生活に満足と興奮を与えてくれたが、それは彼だけの個人的な事柄だ。家族には決して知られてはならない。

これ以上時間を無駄にするのはやめろ、ジャスパーは自分を叱りつけた。彫刻の復元についての覚書を作らなくてはならないし、収集している貴重なギリシャの版画やローマ時代の複製品のなかに、鍵となるものがないかどうかを探したかった。コルバーンのところから出す本にそれを盛りこみたかったし、午後にケリングズリー子爵と会うときにはその知識が役に立つかもしれない。さらにその前には、彫像を売りたがっているドイツ人とシティの倉庫で会う約束があった。

ジャスパーは机の上に意識を集中させた。紙になにか書いてある。そんなものを書いた記憶はなかったが、自分がなにを考えていたのかは謎でもなんでもなかった。

下。上。中。外。

位置を表わす言葉は、ラテン語やギリシャ語ではもっと美しいはずだ。だが粗野な混成語である英語の表現は的確だった。今夜、彼とマリーナはどうやって――？いや、今夜ではない。今夜彼女には他に予定があった。明日だ。今日すべきことをすべて終えたあとで。ジャスパーは微笑んだ――手の届くところに褒美があるのはいいものだ。彼はいい気分で、古い彫像の謎に取りかかった。

仕事は順調にはかどったうえ、ドイツ人収集家との会合はさらに上首尾に終わった。その男が売りたがっている膝をついたアフロディーテの彫像は、十年前、彼が売らざるを得なかったまさにその像だった。いまの自分にはそれを買い戻すことができると思うと、ジャスパーは心が躍った。報酬のために執筆することは、それほど捨てたものでもないようだ。もっと早く、古臭い考えは捨て去るべきだったのかもしれない。

取り決めはまとまり、感謝の言葉が交わされ、ふたりはいっしょに葉巻を吸った。倉庫を出ると、馬車で送りましょうとドイツ人は申し出たが、ジャスパーは断わった。ロンドンでの暮らしは座ってばかりだったから、少し脚を伸ばしたかったし、歩いているときのほうが頭が働く。ドクター・マヴロティス宛の手紙の内容を考えるつもりだった。アフロディーテがようやく故郷に帰るのだ。どう告げるかを考え、その事実を楽しみたかった。

ジャスパーはケリングズリー子爵の家まで近道をしようと、最近になって見つけた裏道を歩きはじめた。治安のよくない地域だったから、そこを歩くときには物思いにふけって札入れの存在を忘れてしまわないように注意する必要があった。

立派な馬車の窓から見慣れた端整な横顔がのぞいていることに気づいたのは、そのせいに違いない。

崩れかかった煉瓦造りの壁にすすで黒ずんだ窓、うらぶれた建物がひしめき合うこんな場所で彼女の姿を見かけたことが意外だった。マリーナの馭者は道を間違えたのだろう。それとも、近道としてこの通りを使っているのだろうか。

彼女はわたしに気づいただろうか？　ボンネットから垂らした黒いベール越しでは、なんとも判別できない。ひと目で彼女に気づいた自分に驚いた。昼間の明かりのなかで見る彼女の顔には、いつもとは違った美しさがあった。哀愁のようなものが漂っている。それともあれは光のなせるわざだろうか。あるいは、このあたりの憂鬱な空気がそう思わせるのかもしれない。

マリーナが彼に目を留めるより早く、馬車は通りすぎてしまうだろうと思えた。いや、ちょっと待て。馬車は止まっていた。林檎を積んだ荷車が馬車の前でひっくり返り、持てるだけ抱えて逃げる浮浪児たちに向かって林檎売りの老女が大声でわめいている。ひっくり返った荷車が道路をふさいでいた。馬車が向きを変えて引き返せるほどの道幅はなかったから、通れるようになるまでマリーナはここで立ち往生することになる。浮浪児たちの叫び声と彼らに向けて林檎売りが悪態をつくなかで、馭者は懸命に馬をなだめていた。老女はかなりの歳だった。あの不格好な荷車を彼女が引いていたこと自体が驚きだ。ひとりで起こすのは到底無理だ。

この混乱に乗じて馬車に近づけば、マリーナと言葉を交わすこともできる。ジャスパーの口が歪んだ。道端で林檎を売っている弱々しい老女に降りかかった災難を利用して、美しい愛人と言葉を交わそうというのか……。

「旦那さん、あんたは神が遣わした天使だよ」老女がしわがれた声で幾度も同じ言葉を繰り返すなか、ジャスパーは押したり、持ちあげたり、両脚に力をこめたりしてようやくのことで荷車を起こした。

その賛辞に対してジャスパーが礼を言うと、老婆はつややかな黄色い林檎を感謝の印として彼に贈った。

少なくとも、腰を痛めたりはしなかった。体幹を使うことを知っていれば大丈夫だ。大理石を移動させるときと同じく、林檎を載せた荷車にもその技術は有効だった。だが明日は筋肉痛に悩まされるだろう。とりわけ、小さな林檎泥棒を最後に何人か捕まえたときに使った筋肉が痛みそうだった。あたりにいたいくらかまともそうな子供たちに金を渡して、つぶされたり、盗まれたり、食べられたりしていない林檎を取り戻すのを手伝ってほしいと頼めばよかったのだと気づいたのは、あとになってからだった。

「これも彼女に渡してくださいな」馬車の窓から声がした。手袋をした手が一ポンド札を差し出している。

「あなたを見ているのは楽しかったわ」彼が近づくと、マリーナが言った。「でも、あなたは見られるのが好きなんですものね」

「そんなふうには考えなかった」そう言われたとたん、全身に力をこめて重い荷車を持ちあげている自分に向けられていた彼女のまなざしのことしか考えられなくなった。感情と感覚のほとばしりを〝考え〟と呼べるのであれば。

この種の〝考え〟の問題点は、それ以外のものすべてを頭から追い出してしまうことだった。

「大都市の片隅できみに会えるとは驚きだ。名もないこんな場所で。わたしはここを近道として使っているんだ。名もない場所は千もの場所につながっているように思える……きみにもつながっているように……きみもきっと……」

気に入らないのは――ばかなことを口走っているという事実はおいておくとしても――ケリングズリー子爵との約束に遅れないためには、いますぐにこの場をあとにしなければならないということだった。いったいいまは何時だ？　懐中時計を取り出すのは彼女に失礼だ。ジャスパーは老朽化したビルの壁の上のほうに取りつけられた時計をちらりと見た。数十年前からその針は八時半を指したままだ。

マリーナが微笑んだ。悲しげな表情は消え、彼が口走った無意味な言葉に当惑しているようだ。

「名もない場所……？　近道？　ああ、そういうことね。ええ……わたしの馭者はこの通りを近道として使っているわ」

ふたりはしばし無言のまま、笑顔で互いを見つめ合っていた。

「実を言うと、今日の午後は約束があるの」

わかっていたことだ。約束はひとつではなく、夜にもあるのだろう。明日の朝のゴシップ紙にすべてが書かれているはずだ。

あなたを送っていく時間がなくて残念だわとマリーナは言った。

まったく残念だとジャスパーは応じた。彼が別れの挨拶をすると、マリーナは出発するようにと馭者に声をかけた。

ジャスパーはぼんやりしながら、ひたすら黄色い林檎を握りしめていた。歩き出した彼の耳の奥で、石畳の上を遠ざかる馬車の音だけが響いていた。

なかなかの見物だった。

ジェラルド・ラッカムは、事務所の角の小さな窓から無理に道路を見おろしていたせいで痛くなった首をこすった。気の毒な老いた林檎売りを笑うのは、少しばかり意地が悪かったかもしれないと彼は思った。

だが重要なのは、荷車がひっくりかえったせいでレディ・ゴーラムを数分長く視界に留めておけたことだ。正確には、彼女の馬車を。

それにしても、あの教師だか牧師だかは余計なことをしてくれた。眼鏡と黒の上着を着たあの男は、なんともすばやく荷車を元どおりにした。いまいましいよきサマリア人め。あいつが邪魔をしなければ、老婆はいまもわめき続けていただろうし、馬車の女性――ラッカムが気にかけている相手――はまだあそこにいたはずだ。

だがあの男には目の保養になっただろうと、ラッカムは恩着せがましく考えた。あの男のようなお堅い人間は、めったに彼女のような女性を見ることはないはずだ。

おれもしょっちゅう彼女を見ているわけではないが。

ラッカムは冷たい川からあがった犬のように身震いすると、自分を呑みこもうとする凍《い》てついた沈鬱さを振り払うつもりなのか、頭を前後に振った。無理もないと心のなかでつぶやく。彼女を間近で見るという興奮を味わったあとなのだから――それも二日も続けて――落胆の沼にひきずりこまれても無理はない。たとえ彼女のあのいまいましいプライドの高さに、深く傷つけられたとしても。ラッカムがどれほど言葉をつくそうと、彼女が動揺することはなかった。

だが今日はもう少しのところだった、とラッカムは考えた。一番新しい愛人——もちろんゴシップ紙に書かれていたあのミスター貴族のことだ——の話を持ち出したときだ。彼女は一瞬驚いた様子で、それどころか(ラッカムは想像をたくましくした)少しつらそうにすら見えた。だがすぐにいつもの傲慢そうな態度で目を伏せ、高らかな笑い声をあげた——彼がなにもわかっていないことを知らしめるかのように。

つまり、ここ最近彼女のベッドのなかにいるのはミスター貴族ではないということだ。ほかの記事に書かれていたように、まだ新しい愛人はいないのかもしれない。

彼女の愛人がだれであれ、ひたすら憎しみを注いできたにもかかわらず、そう思うとなぜかラッカムはいらだった。

彼には憎しみしかなかった。著名で、たいていは称号を持つどこかの優美な若者を頭のなかに思い描いているときのほうが、どういうわけか耐えられる気がした。もちろんその男の隣には彼女がいる。

長年のあいだに、彼にはその図が欠かせないものになっていた。とりわけ夜遅い時間には。ラッカムは発作をおこしたかのような唐突さで机の引き出しを開けると、なかから新聞の束を取り出し、部屋を暖めている(彼女に対する思いと同じで熱くなりすぎていたが、部屋にいくらか煙がたちこめても、彼はそのほうが好きだった)ストーブに放りこんだ。

彼は顧客の動向を把握するため、毎朝一番に新聞を読む。それから、個人的な目的のためにもう一度目を通す。そして必要とあらばもう一度――何度でも読み返す。彼女の写真で頭をいっぱいにするために。マリーナ。マリア。

カップにジンを注いだラッカムは、彼女のあの長い脚のイメージがはっきりと浮かんでくるまで、火格子を見つめ続けた。新聞を燃やしている炎のように、素早く、そしてまばゆい光を放つように踊っていた脚。ジンのおかげで、いらだちがいくらか和らいだ。この状態が続くはずはないと彼は思った。派手でにぎやかな催しから、彼女がひとりで早めに帰るなどということが、今後も続くわけがない。賭けてもいい。

だがもし……それは、あまりに無情なイメージだった。ラッカムはそのつらすぎる考えを頭から追い出さないようにするために、さらにジンをあおった。もしも彼女がひそかにだれかと会うために、パーティーを抜け出しているのでなければ。彼女をひとり占めしている男。彼女の崇拝者たちの目を盗んで、ひそかに続けられている情事。

おれの目すら盗んで、とラッカムは心のなかでつぶやいた。自分のものにできないのであれば、少なくともすべてを知る権利がおれにはある。

妙だ。彼女はいままで一度もこんなことをしたことはないのに、どうして？

だがこと彼女に関しては、絶対ということはありえない。それに使用人からも、なにも聞き出せないことはわかっていた。彼女は充分なものを彼らに支払っている。老伯爵から学んだことなのかもしれない。

炎に包まれた新聞紙の切れ端が最後に明るく輝いて燃え尽きた。ラッカムはさらにジンを注ぎ、大きくあおった。

上着をからだに巻きつける。常に温もりを好むおれは冷血動物に違いない——内側をジンで温め、新聞を燃やした熱で外側を温めるのはいい気持ちだった。上着が腰のあたりで引っ張られ、ポケットがメモ帳でふくらんでいることに気づいた。帳簿に早く書きこめとそそのかしている。ラッカムの頭のなかでは、マリーナは彼のものだった。秘密の暗号で帳簿に記せば、さらに彼だけのものになる。

彼の帳簿、暗号、夢……近いうちに、真夜中のブルック・ストリートを徘徊《はいかい》しようとゲリー・ラッカムは考えていた。

11

翌日の夜、玄関を開けてジャスパーを迎え入れたマリーナは、そこで目にした光景に思わず笑みを浮かべた。彼はなにも言おうとはしなかったが、玄関ホールにゆっくりと足を踏み入れながら、痛みに口の端を歪めた。昨日あの老女を助けたせいで全身が筋肉痛なのね、とマリーナは思った。

あの不格好な古い荷車に決然として肩を押し当てていた彼は、なんてすてきだったことか。マリーナは彼の首に腕をまわすと、引き寄せてキスをした。

いつもならあわただしく階段をのぼっていくふたりだが、今夜は高窓から射しこむ月明かりのなかで、おそるおそるキスを交わした。

「おやおや、まるで病人扱いだな。来ないほうがよかったかもしれない」

「とんでもない。来てくれてうれしいわ。それもこんなに早く来てくれるなんて」

ジャスパーはうめいた。「辻馬車を使った。初めてだ。普段は歩いてくるんだが。いや、実を言えばところどころ走っているくらいだ」

「今日くらいは自分を甘やかして、馬車に乗ってもいいはずよ。今度また走ればいいわ。わたしはその様子を想像して楽しむから。でも今夜は、階段をあがれるかしら……」
「もちろんあがれるさ」ジャスパーは顎を突き出した。「そんな心配は――」
「ええ、心配はしないわ。さあ、まずお風呂にはいりましょう。こっちよ。さあ、わたしの手を取って。お湯が冷めないうちに」

マリーナが風呂にはいる部屋は、以前にも見たことがあった。光沢のある葉の植物と鉢植えの大きなシダに囲まれるようにして、ゆったりしたほうろうの浴槽が緑色の大理石のタイルの上に置かれている。クリーム色の太い蠟燭《ろうそく》を刺したいくつもの枝つき燭台《しょくだい》に火が灯されていた。

だが見ることと――家のなかを案内してもらったときに、ちらりと見たことがあった――経験すること――香りのよい石鹸水が溢れんばかりになみなみとたたえられた浴槽、水蒸気に曇った部屋のなかでゆらめく蠟燭の明かり――はまったく違う。その官能的な贅沢さを自らのからだで味わうのは、またさらに別物だった。

マリーナはごく事務的に彼の服を脱がせていった――かつてふたりの言い争いの種になったズボンのボタンに手をかけたとき、押し殺したようにくすくす笑っただけだった。すべて脱がせ終え、優しく眼鏡を外して安全な場所に置くと、彼がお湯につかるのを手伝った。
「温度はどうかしら？」せわしなく歩きまわる彼女の声が、いい香りのする蒸気のなかに響いた。「好きなように調節できるわ。冷たい水のはいった手桶《ておけ》がいくつかその隅にあるし、暖炉の火でお湯を暖めてあるの。でもあなたは熱いお湯が好きだろうと思ったのよ」

そうだ。熱い湯が好きだ。ジャスパーは鼻のあたりまで、深々と身を沈めた。

「レディ・ゴーラム、きみは神に遣わされた天使だと言われたことはあるかい？」

水蒸気のなかから紅潮した顔で現われたマリーナの笑い声は、さっきよりも大きく響いた。

室内着を脱いで頭頂部にさりげなくまとめた髪をピンで留めていたが、すでに何本かのおくれ毛が首筋や耳の前に垂れている。あたりには蜜蠟の蠟燭が燃えるにおいが漂い、お湯には彼の知らない香りがつけられていた。

ジャスパーはもの珍しそうににおいを嗅いだ。

「蓮《はす》よ」

ジャスパーはつかの間目を閉じて、さらに深くにおいを嗅いだ。蓮にこんな香りがあることなど、たったいままで知らなかった。驚きと喜びに頰が緩んだ。マリーナはなんの飾りもついていない、ごく薄手のモスリンのシュミーズを着ていて、彼女が身を乗り出してきてキスをすると、硬くなった乳首とそのまわりのふくらみがガーゼの生地ごしにはっきりとわかった。

マリーナは彼の腕から肩、そしていくつもの筋肉が集まっている背中のあたりへと指を滑らせていく。ジャスパーは青銅や大理石で作られた男性像を連想した。槍を振りかぶった像、円盤を投げようとしてからだを丸めた像……。

マリーナが背中のある一点を強く押したので、ジャスパーは考えるのをやめた。

「痛い」

「ここが痛むだろうと思ったの」

彼女の顔と乳房が再び水蒸気のなかに消え、ジャスパーは取り残されたような気持になった。行かないでくれ、マリーナ。そう叫びたかった。

だが再び背中に触れる手を感じて、なにも言わなくてよかったと安堵した。肩のすぐ下の痛む場所に当たる彼女の指が急になめらかになっている。なにかのオイルを塗ったに違いない。ギリシャ人がワインの香りづけに使う松脂《まつやに》のようなにおいがした。ほかのにおいもある。ジャスパーは大きく息を吸いこんだ。「麝香草《じゃこう》だ」人里離れた古代ギリシャの村でエロスとアフロディーテの像を見つけた日、岩の合間のあらゆるところにその植物があった。そこには壊れた神殿があって、彫像は何世紀ものあいだ土の下に埋もれていたのだ。どういうわけかジャスパーには、どこを掘るべきなのかがわかっていた。発掘の瞬間は心が躍ったが、その後何年も彼は自分のしたことを盗難であり、もっとも恥ずべきことだと考えていた。

だがもうその必要はない。なぜならあの像を持ち主の元に返すことにしたからだ。今朝彼は、アフロディーテを書斎の戸棚にしまって鍵をかけ、ギリシャ宛の手紙を投函《とうかん》した。ひざまずいた小さな女神は、この夏、ドクター・マヴロティスがロンドンに着くのをシャーロット・ストリートで待つことになる。議員、ジャスパー、そしてギリシャ解放委員会の面々と会ったあと、マヴロティスは女神を故郷へと連れて帰るのだ。

マリーナの指が動きを止めた。「いまなんて言ったの?」

「香りだよ。麝香草だ。ギリシャ。だが気にしないで――」

「そうじゃないわ、そのあとよ。たしか……」彼女はくすりと笑った。「もういいわ」彼女の指が再び動きだし、硬くなった筋肉と腱をほぐしはじめた。

「ああ、そこだ、マリーナ」

気持のいい痛みだった。温かな血液が再び背中と肩に流れはじめたようだ。

血液は彼のほかの部位にも、さらに速い速度で流れている。ジャスパーは目を開け、腹の向こうで石鹼の泡から突き出している膝を見た。そして水面が乱れているもうひとつの場所を。

「そろそろからだを洗うわね」

再びバスタブの脇に膝をついたマリーナは、大きな海綿を泡立てた。虹色の小さな泡がたくさん生まれ、そのうちのいくつかはシャボン玉になって宙を漂い、やがて蠟燭の熱にはじけた。

マリーナは彼の手からゆっくりと洗いはじめた。手首の骨にことさら時間をかける。「今日はインクの染みはないのね」左右の腕を交互に洗い、肩から胸、そして引き締まった腹部の先にある煙るような黒い毛……。

男性自身の先端が水面からのぞいている。マリーナはうっとりとそれを眺めた。水面から顔を出した蓮のようだわ。

「こほん。つぎは足を洗いましょうか。わたしが男の人の足にことのほかうるさいのは、あなたももうご存じね……」

ジャスパーは再びうめいた。「だれがきみのことを天使と呼んだって？　もしわたしがそう呼んだなら、残念だが間違っていたようだ」

マリーナはこの場にふさわしい邪な笑みで応じた。彼をからかうのは楽しかったし、彼の足は本当に好きだった――大きいけれど細くて、くっきりした弧を描く土踏まずにまっすぐな指。それほど毛深くもない。片方を水面の上まで持ちあげて、特に指の下を念入りに洗った。両方洗ってから、ふくらはぎ、膝、そして太腿へと移動していく。

ようやく――そして嬉々として――マリーナは彼が望んでいたあたりにたどり着いた。

だがまずは太腿の筋肉を少しほぐしてからだ。玄関ホールにはいってきたときの彼のぎこちない足取りを思い、昨日荷車を持ち上げたとき、太腿の筋肉がどれほど張りつめていたかを思い出した。そこも揉みほぐして、痛みを和らげる必要がある。マリーナは海綿を置いた。

だが痛むところに体重をかけすぎて、いま以上に痛い思いをさせたくはない。

ジャスパーはそんな彼女をじっと見つめていた。「気をつけて」

気をつけるとマリーナは約束した。彼の引き締まった脚、そこにくっきりと浮かびあがる形のいい筋肉はすばらしかった。

彼が顔をしかめた。**いけない**。マリーナは角度を変えようとして、膝をついたままからだを持ちあげた。手にかかっている力が均等になるようにバランスを取りながらさらに身を乗り出す。

気をつけて……。

突如として動けなくなったのに、どう気をつけろというの？　マリーナは彼の手を振りほどいて、からだを離そうとした。

いったいいつ彼はその日に焼けた大きな手で、わたしの腕をしっかりとつかんだのだろう？

どうして彼の青い瞳はうれしそうに笑っているの？

そして彼はどうやって――勝利の雄叫びにも似た彼の声と息がつまったかのような彼女の悲鳴、石鹸水の派手なしぶきを道づれに――わたしを浴槽のなかへと引きずりこんだの？

「このほうがずっといい」ジャスパーが言った。「左脚を向こう側に移動してくれるかい、マリーナ。ほら、もっと上に来て。わたしを押しつぶす心配はしなくていい。きみがわざとわたしをじらしていたことに比べれば、少しばかりの筋肉痛などなんでもない。いや、頼むからもっとからだを押しつけてくれないか。ああ、そうだ、それでいい……これは……」

「……最高だわ」マリーナはあえぎ声とくすくす笑いのなかでつぶやいた。

「最高だ」ジャスパーは同じ言葉を彼女の耳元でささやくと、その首に顔をうずめるようにして彼女のなかにはいっていった。マリーナはからだを滑らせてしっかりと彼を内側に捕らえると、彼にまたがったまま背中を伸ばした。

最高だわ、改めてマリーナは思った。女性の敏感な箇所にとって石鹸水は理想的な潤滑剤とは言えなかったが、彼のからだを撫で、マッサージし、楽しんでいるあいだに、準備は整っていたようだった。

腰を突き上げるたびに彼は小さくうめいていたけれど、それでも最高だった。彼が痛みを感じていたとしても、歓び以外のなにものでもない表情で彼女を見あげていたから、特別な痛みに違いない。マリーナは太腿で彼を締めつけた。うめき声と乳房を愛撫される感覚に彼女があげたあえぎ声に交じって、彼の笑い声が響く。彼の硬い指先が、濡れたモスリンごと乳首をつまんだ。痛みに近い感覚だったけれど、やめてほしくはなかったから痛みではありえない。リズミカルに腰を揺らすマリーナの口から声が漏れた。「そうよ、いいわ」

「ああ、いい」ジャスパーが応じた。

今回は、目を開けているようにと言う必要はなかった。マリーナもジャスパーも、相手の歓びの表情を見ないではいられなかったし、自分が味わっている快感を相手に伝える機会を逃すつもりもなかった。マリーナは、波となって揺れ、縁を越えて床に落ちる水しぶきの音に負けないくらいの感極まった歓びの声をあげていた。

彼の腰に、彼自身に、そしてかわいそうな痛む太腿にまたがって頂点へと駆けあがっていきながら、マリーナは声をあげ、叫び、そして笑った。彼に引き寄せられるままその胸に倒れこむ。腰を揺すって突き立て、笑い、うめきながら快感の極みに達して歓喜のうちに自らを解放する彼を、からだ全体で――それ以上の優しい気持ちで――抱きしめた。

「寒いでしょう」胸の上から声がして、どこかをさまよっていたジャスパーの意識を現実に引き戻した。「ずいぶんたったんじゃないかしら。お湯がすっかりぬるくなっている。かわいそうなあなたの筋肉が、冷えて硬くなってしまう……」

硬くなるという言葉がほのめかすものに、ふたりは声をあげて笑った。学者とインテリ女性か――笑いを共有できるのはいいものだとジャスパーは考えた。腹部が笑いに波打ったので、ふたりは互いを抱きしめる腕に力をこめた。

だが彼女の言うとおりだとジャスパーは思い直した。少なくとも彼女は寒いはずだ。彼自身は充分に温かかったが、彼の胸の上に置かれたふっくらした腕には鳥肌が立っている。身に着けたままの濡れたコットン――見事にびしょ濡れで、ほとんど透けてしまっていた――が彼女のからだを冷やしていた。ジャスパーは手でまさぐり、シュミーズがウエストまでまくれあがって、胸のあたりに絶妙にからみついていることを確かめた。

マリーナは震えはじめた。「出よう」ジャスパーは彼女を抱きしめたまま、からだを起こした。

バスタブから出ると、ジャスパーは濡れたシュミーズを脱がせて残念そうに脇に放った。あたり一面水びたしで、ところどころにまだ虹色のシャボン玉が残っている。濡れた大理石で滑らないようにとマリーナが声をかけ、ふたりは手を取り合って暖炉の前に移動した。柔らかなトルコタオルがその前で温められていた。

ジャスパーは驚いてくすりと笑った。イギリスにこの手のタオルはあるにはあるが、まだ珍しい。ふっくらと空気を含んだコットン地のタオルで水気を拭き——互いを拭き合い——吸水性のいい柔らかなそのタオルをからだに巻きつけるのは贅沢の極みだと言えた。人類の快適さと幸福にこれほど貢献したことを思えば、彼が愛してやまないギリシャがオスマントルコ帝国に支配されたことも、許していいような気にさえなった。

ふたりのあいだに置かれた皿のイチジクをつまみながら、ジャスパーはワインを飲んだ。

「きみの使用人たちは、これだけの水をすくって手桶に入れ、捨てに行かなければならないわけか」

「あなたが考えるほどではないのよ」マリーナが答えた。「タイルのあいだに下水管が通っているの——ほら、見える？　あれが鉛管に通じていて、そこから外の排水溝に流れるようになっているの。これを提案した建築家は——最新の設備なんだと思うわ——好きなだけ水をこぼしても大丈夫だと言ったわ。水漏れやあと始末の心配はしなくてもいいって。でも、ひとりの人間が——あら、ふたりね——こんなに水をこぼせるなんて、想像していなかったでしょうね」

ジャスパーは笑った。「夢にも思わなかっただろうね……わ、た、しの夢にさえ出てこないよ。以前東洋で訪れた風呂は、男女別になっていた。この下水設備は……ふむ、まったくすばらしい。もちろん、ローマ人のかつての風呂とはまったく違っているが……」

マリーナは髪に残っていたピンを外しながら、学者ぶったことを言いはじめたジャスパーに愛情のこもった笑みを向けた。

「……だが我々英国人もいずれは追いつくだろう」

「この部屋を作るのに、最初の本で手に入れたもののほぼすべてを費やしたわ」ピンをはずしたマリーナは炎の前で髪を揺すって乾かそうとしたので、顔がその陰に隠れた。「ずいぶん贅沢だと思ったでしょう？」彼女は静かに言い添えた。

「そんなことを思うような恩知らずの人間ではないつもりだ」

「そうね。でも紳士たるもの――淑女ならなおさらね――お金のために執筆するのは不名誉なことだと、あなたが考えているのはわかっているの」

不思議だとジャスパーは思った。口にすることのなかった習慣や礼節に対する考え方の相違が、いつのまにか埋まっているようだ。正確に言えば、数ある相違のひとつが。

「いまはそれほどでもない。時代は変わる。たとえ気難しい老いた学者であっても、時代と共に変わらなければならない。だがこれほどの大きな変化は、わたしの偏見にとっては衝撃だったよ。社交界を描いた小説が、きみの本のように優れたものになりうるとは……」

マリーナは顔にかかった髪を肩のうしろに払うと、彼ににじり寄った。「そんなことばかり言うのなら、いますぐあなたをベッドに連れていくわよ」

「少し待ってくれ。金のために執筆するという話だが、私は今日、コルバーンから受け取るはずの代金を全額、ずっと……遠い昔から手に入れたかったものを買うために使った」

アフロディーテの話は、家族のだれにもしたことがなかった。その像が届けられたときシドニーとミス・ホバートは外出中だったし、ふたりが戻ってきたときにも、彼が遠い昔、イタリアのコモ湖の村に持っていった女神の像のことは話せなかった。

おまえはあの像を一度見たことがあるんだ、シドニー。まだおまえがほんの子供だったころに……。

ママとパパを最後に見た日に。

その記憶は胸の奥でしこりとなっていて、口にすることができなかった。

だがだれかに話したかった――像の美しさとようやく正しいことができる喜びをだれかと分かち合いたい。ついいましがた、膝をついて彼の腰と股間を拭いていたマリーナの姿を思い起こした。彼女の事務的な淡々とした声が耳に残っていた。「もう少し脚を開いて。そのほうが拭きやすいから」

ジャスパーはそのとおりにした。彼女の落ち着いた手に身を任せ、その姿にうっとりと見とれた。そうとは知らずあの像と同じポーズを取った彼女の言葉には、過去も未来も永遠に変わることのない心地よくて素朴で官能的な響きがあった。

「なにを考えているの？」

わたしはどれくらい黙りこんでいたのだろう？「きみをベッドに連れこむことを考えていた」

「その前に、あなたが今日買ったすばらしいもののことを聞かせてちょうだい。あら、もちろんあなたが話してくれるのならだけれど。でも、ぜひ聞きたいわ、ジャスパー。新しい上着を買ったの?」

実を言えば先週のうちに一着注文していたが、彼女を驚かせるために秘密にしていた。

「女神アフロディーテの像を買った。五世紀のものだ。友人のギリシャ人が祖国に持って帰ることになっている」

マリーナの目が大きくなった。「立派だわ」

そう言ったあとで、ふとなにかを思い出したかのように顔を赤らめて笑いだした。

「そういえばさっきお風呂のなかで、あなたがアフロディーテと言った気がしたの。でもあのときのわたしは、とてもものを考えられるような状態じゃなくて……」

「わたしも同じだ。だからこそ、よりすばらしいひとときだった」

「ええ」マリーナは彼の手のなかに自分の手を滑りこませた。

なんて美しい笑顔なのだろう。彼女に彫像のことを話すのは、どれほどの喜びだろう。

話すつもりだった。

すぐに。

だがいまは……ベッドに連れこむ必要があるだろうか? ここには赤々と炎が燃えていて、下には柔らかなトルコタオルが敷かれているのに?

マリーナは大きめのタオルをからだに巻いて、左胸の上で結んでいた。ジャスパーはその小さな結びめをほどき、布がはらりと床に落ちる様子に息を呑んだ。

「ああ」マリーナは吐息のような柔らかな声を漏らし、ふたりは床に横たわった。

夜中の三時半になろうとしているにもかかわらず、彼女の寝室の窓にはいまだ明かりが灯っていた。

いつまでもこんなところにいるおれはばかだとラッカムは思った。夜警の目を避けながら彼女の家を見張るのは、簡単なことではなかった。彼女は蠟燭を消さずに眠ってしまったに違いない。それとも本を読んで、さらに知性を磨いているのかもしれない。

あるいは。

片づけなければならない仕事があり、そのあとは新たな顧客と会う約束があったせいでここに着いた時間が遅かったから、どこかの紳士が家のなかにはいったかどうかを確かめることはできなかった。だれかの秘密を知りたければ、ゲリー・ラッカムのところに行けばいいという話が広まってきたことに、彼は大いに満足していた。もちろん、秘密を守るためにゲリー・ラッカムがいま受け取っている以上の金額を出すことが条件だが。

提示された仕事は、彼女を訪れているのが何者であるかを確かめることに比べれば、さほど興味の持てるものではなかったが、明日には取りかかるつもりだった。今夜はこれで引きあげて、そろそろ移動する必要がある——夜警が戻ってくるころだった。

明日の夜、また来ることにしたほうがいいかもしれない。

ちょっと待て、あれはなんだ？　彼女の家の玄関がゆっくり開いて、ひと筋の光が隙間から漏れた。光が広がっていく。男のブーツが戸口にのぞいた。

あれがどこかのミスター貴族に違いない……

だが、どこかおぼつかないようにも見えるふわふわした足取りで階段をおり、通りへと歩いていく長身の細身の男は、どう見てもどこかのミスター貴族ではなかった。

ああ、マリア。

鉄製の門をくぐっているのは、昨日見かけた眼鏡の教師だ。

マリア、いったいどうして?

老女の荷車を起こした男は、慣れた手つきで、あたかもここが自分の家であるかのように楽々と門を閉めた。ラッカムが嬉々として憎み、憎むことに慣れきっているいつもの美しい若者とは似ても似つかない男。

彼女の好みとはまったく違っている。少なくとも、夜会や舞踏会やパーティーにいっしょに出かけていたような男たちとは違う。

それはつまり……それがなにを意味するかがわからないはずがない。六年ものあいだ、彼女についてメモを取り資料を作ってきたのだから。アイルライドを去ってから——あれはいったい何年前だ?——毎晩彼女を思い、夢に見てきたのだから。それはつまり、あの男は人に見せびらかすための存在ではないということだ。彼女にとってあの男は特別なのだ。あの男は……。

スズカケノキの向こう側にまわったラッカムは、からだの脇でこぶしを握ったり開いたりしながら、凍りついたようにその場に立ち尽くしていた。眼鏡の男は若くなかった。歩き方がぎこちない——昨日荷車を起こしたからだろうか？　いや、あいつの歩き方がぎこちないのは、それはやつが……彼女が……。

殺してやる。

だが今夜は無理だ。男は辻馬車を呼び止めて乗りこんだ。ほかの馬車がやってくる前に男が乗った馬車は見えなくなってしまったから、それ以上追うことはできなかった。だが時間の問題だ。夜は今夜だけではない。

ほかの夜、ほかのやり方であいつを排除し、そして——これだけの年月を経たいまになってようやく——彼女を手に入れるのだ。

12

社交シーズンは五月をつづれ織りのように彩った。山査子《サンザシ》がびっしりとクリーム色の花をつけ、ロンドンの公園や庭園では石楠花《シャクナゲ》が咲き誇り、小さなかわいらしい薔薇のつぼみはあちらこちらの華麗な舞踏室の壁を飾った。

レディ・ゴーラムの姿はそこかしこで目撃された。『パーリー』は売れつづけ、ハンサムなヒーローのモデルはだれなのかという話題の種を、ゴシップ好きの人間たちに提供しつづけた。ある裕福なアメリカ人女性とサー・アンソニーとの関係が友情以上のものになるのかどうかについて、ゴシップ紙はしばらく答えを出せずにいたが、最近になって（こういう関係が発展するのが四月から七月のあいだという短い時間であることを考えれば、迅速とは言えなかった）若き准男爵の興味の対象はレディ・イゾベル・ワイアットらしいという結論に落ち着きつつあった。ふたりはパーティーや舞踏会場やハイドパークのロットン・ロウで、しばしばいっしょにいるところを目撃されていた。

いい知らせだと、彼の仕立て屋や馬番や靴職人、とりわけ賭博場のオーナーのミスター・クロックフォードは考えた。未払いの請求書という観点から考えれば、心強い知らせに違いない。もちろん彼らは若者の幸せを願っていた。さらに言えば、今後も末永く顧客でいてくれることを。

だがその朝の新聞から顔をあげたジャスパー・ヘッジズは、この縁組がそれほどいいことなのかどうか確信が持てずにいた。金のために結婚してはいけない、アンソニー。ジョンは幸せではなかった。おまえに話してやることができたなら……。

もちろん、話すことはできなかった。伝えようとしたこともない。

だが本気で伝えようとはしてこなかったとジャスパーは思った。より正確に言うならば、自分とアンソニーの関係を変えるようなことは、これまでなにひとつしてこなかった。

必死になって地所を維持し、土のなかから骨董品を掘り出していた孤独な歳月のあいだ、アンソニーとは距離を置いてきた。少年が順調に大人への階段をのぼるために、彼にできることはほとんどないように思えたからだ。そもそもわたしは自分のためになにができたというのだ？

だが近ごろは事情が変わってきているのではないか？　ロンドンでそれなりに充実した日々を送っていることに、自分でも驚いているのではないか？　興味の尽きない仕事は言うに及ばず、執筆という新たな挑戦に加え、美しく魅惑的な愛人とひそやかな夜を過ごしている。人生のうちでこれまでなかったほど満足できる日々を送っているいま、アンソニーに手を貸したり、あるいは――なにかの形で――相談に乗ってやったりできないことが、なぜか不公平に思えた。

それでもなにもできない。そのことが彼をひどくいらだたせていて、マリーナに助言を求めようかという考えが頭をよぎったほどだったが、彼は即座にそれを抑えこんだ。

おまえはいったいなにを考えている？　ふたりの関係は家族とは切り離すと冷淡に宣言したその口で、いったいなにを言おうというのだ？　自分のことを〝純真な子供の後見人〟と呼んだのではなかったか？

シドニーについては、まだそのとおりだ。

これまでどおり、自分をふたつに分けておくほかはないとジャスパーは自分に言い聞かせた。

マリーナのベッドから明け方に帰宅する好色家のジャスパーは、ひと夜の快楽の余韻にあちこちの筋肉を震わせ、疲れ切ってはいるものの満足そうな、けれど知性のかけらもない笑みを浮かべながら、酔っ払いのような足取りで玄関の階段をのぼる。だが朝食におりてくるときには（必ず朝食にはおりてきた）、昨日の手本帳を見せなさいという命令に幼い姪が震えあがるくらいの厳格な紳士に戻っていた。

情事にうつつを抜かすマリーナの愛人と時代後れでお堅いシドニーの後見人が、ひとつの肉体に共存していたが、ふたりが言葉を交わすことはほとんどなかった。

さらに、アンソニーの父親としての彼はこれまで以上に混乱し、役立たずになっていた。

もうやめよう。ジャスパーはひとりごちた。いまいましい新聞は捨てて、新しい吸い取り紙を買いにいこう――上だの下だの、思わせぶりな落書きのない吸い取り紙を。あと十時間は彼女に会えないのだし、それでなくてもその時間はつらいものであることがわかっているのだから。十時間プラスマイナス十数分――自分のなかにこれほど正確な体内時計があることをジャスパーは初めて知った。あと十時間もすれば彼はベッドに横たわり、彼女の細い器用な指にボタンやネクタイを委ねていることだろう。

服を脱ぐという行為がせわしないものになる夜もあれば、そうでない日もあった。バスルームのときのように笑いながらたわむれることがあるかと思えば、一切笑うことなく手を動かすときもある。最近は服従ごっこをすることが多い。渋る彼女を説得しなければならないことが意外だったが、一度はじめてみると身震いするほど楽しかった。たとえ彼が服従する側だとしても。

きみの卑しいしもべ、とジャスパーは自らを呼んだ。

快楽のエンジン、マリーナはそう言うと、微笑みながら唇をなめ、男性自身の先端を指ではじいた。わたしだけの快楽のエンジン。

ジャスパーは彼女に給仕しているかのようにしゃんと背筋を伸ばしたまま、顔をしかめた。奥さまがそうお望みとあらば。

彼の望みは、マリーナの望みにほかならなかった。

ときにふたりは、いまだ試していない快楽を――言葉に頼ることなく――探究した。猥雑で粗暴でエネルギッシュなだけの夜もあった。ちょうどゆうべのように。ジャスパーはストッキングだけを身につけた格好で、激しくもすばらしいひとときを楽しんだのだった。

「みだらね」マリーナはくすくす笑いながらつぶやいた。「なんていまわしい趣味かしら。品のよさなんてかけらもないわ。あなたの血筋が……」

マリーナは言葉を切り、ちらりと彼に流し目を送った。ジャスパーは眉を吊りあげて、つぎの言葉を待った。

「どれほど古いものであろうと」マリーナは微笑み、ジャスパーは彼女の耳に歯を立てた。彼にからだをこすりつけながら、マリーナがつづける。「たとえば『ベルヴェデーレのアポロン』が——」

「あれほど過大評価されている像はない」

「もう。それじゃあ、パルテノン神殿のディオニソスが、ストッキングだけしか身につけていないところなんて想像できる……」だがそのあとの言葉は忍び笑いに変わり、頬を紅潮させた、温かくて浮わついた少女のような彼女だけが残った。そのときのことを思い出すだけで、ジャスパーはまた信じられないくらいうっとりした。

膝をついたアフロディーテの像のことを話したあとは、彼女といろいろと話ができるのもうれしかった。オリジナルと複製の見分け方や古い像の復元方法について熱心に語る彼女に、マリーナは辛抱強く耳を傾けた。彫像は故郷に返すべきだという彼の意見に関してはさらに辛抱強かった——熱心だったと言ってもいいかもしれない。

「ええ、そうだわ」ある夜、彼女は言った。「当然よ。帝国というものは、泥棒も同然ですもの。でも、わたしはアイルランド人だからそう思うのかも」

彼に言わせれば、その言葉にはいささか矛盾がある。アイルランドは英国の一部だ。だがジャスパーがなにかを反論する暇もなく、マリーナはもう遅い時間だといって彼を帰らせた。朝早く起きる習慣を彼女は決して変えようとはしない。もし帰らないつもりなら、小説を書くというのはどういうことかについてわたしがみっちり講義をしてあげると、彼女は笑顔とキスの合間に言った。

マリーナの自制心はたいしたものだ。わたしも仕事に取りかからなければ。ジャスパーはゴシップ紙に吸い取り紙をかぶせ、さらにそのうえになにも書かれていない紙を置いた。シドニーが書斎のドアをノックする音がしたからだ。ミス・ホバートが、大事な仕事をしているミスター・ヘッジズの邪魔をしたといって彼女を叱っている。

「はいりなさい」彼は言った。

「今日の午後の予定なんだけれど」シドニーが口を開いた。「ミス・ホバートとふたりでハイドパークへ散歩に行こうと思うの——ええ、叔父さま、従僕がいっしょよ。心配いらないわ。それで、ロットン・ロウでアンソニーと会うの。お兄さまは今日、仕立て屋に行っていて、ここまでわたしを迎えにくる時間がないのよ」

「靴職人のところだったんじゃないかしら、シドニー」

「そうだったわ、ミス・ホバート。忘れていた」

ヘレン・ホバートはため息を押し殺した。サー・アンソニーが言ったことはどんなことであれ、自分は決して間違うことはないとわかっていた。どれほどささいなことであろうと、意味のないことであろうと、仕立て屋や靴職人や賭博や拳闘についてアンソニーがなにげなく口にした言葉を、彼女は完璧に記憶していた。改めて考えてみれば、彼女がいるところでアンソニーが口にするのは、その手の話ばかりだ（〝恐ろしいほど優秀な家庭教師〟についての意見は例外だった）。

ヘレンは、彼女をそう呼んだ彼を憎んだ。少なくとも、あの一件から三日後、彼が再びシドニーを迎えにくるまでは憎んでいると思っていた。アンソニーはさも後悔しているような表情で、シドニーの具合が悪くなったことをいさぎよく自分のせいだと認めて謝った。彼のベストはいつもより地味で色使いも淡いように見えた。それとも、単に新しいものだったからかもしれない。ヘレンは彼の謝罪を快く受け入れようとしたものの、あまりそれらしい応対ができなかったことに気づいていた。

恐ろしげな応対になっていたかもしれない。アンソニーを憎んではおらず、それどころか怒ることすらできないとわかっていても、自分が彼に言われたとおりの存在でしかありえないことを認めなくてはならなかった。なぜなら、彼女は実際に恐ろしいほど優秀な家庭教師だったから。彼女にできることといえば家庭教師だけで、なにをするにせよ恐ろしいほど優秀だったから。

それほど優秀なら、ロンドンでもっとも裕福な女性たちに彼が言い寄っているとほのめかす新聞記事を無視することに、その優秀さを向けるべきだとヘレンは思った。

あいにく、彼女は一から十まで知っていた。いまいましい優秀さのせいで。シドニーが具合を悪くして吐いていたとき、家政婦のミセス・バロウズはヘレンの対応をおおいに称賛した。「あなたは少しもお高く留まったところがないし、ほかの使用人たちを見下したりもしないのね」ミセス・バロウズはこれまで何人も家庭教師を見てきたが、食べすぎたお菓子を吐いている子供の頭を支えてあげるような家庭教師は、とても珍しいと言った。

屋敷の使用人たちは、ミス・ホバートのよき友人となった。彼女が新聞に興味があることをふと漏らしてからは、ミセス・バロウズはくずかごに捨てずにとっておいてくれるようになった。そういうわけで、憎むべきゴシップ紙を手に入れたヘレンは、夜な夜な蠟が垂れた蠟燭の明かりで熱心に目を通した。

今日の外出は気が進まなかった。アンソニーがシャーロット・ストリートまでシドニーを迎えにくるだけでも心が重くなるのだ。彼の謝罪以来、ますますそれがひどくなっていた。だがここ最近、シドニーはとても行儀がよかったし、大嫌いな算数にもいつになく時間をかけて取り組んでいたから、褒美をあげるべきだと思えた。

「ロイヤル・ミナジェリー（一二〇〇～一八三〇年代まであったロンドン塔の動物園）はもう観たもの」シドニーはきっぱりと言った。「それにアストリーズ・サーカスも。それに大英博物館の工芸品を観るのは、叔父さまがいっしょのときのほうがずっと楽しいんだもの――気を悪くしないでね、ミス・ホバート」

「もちろんよ」ヘレンは笑って答えた。

「途中でお店のウインドウをのぞけるわ。それに本屋に寄ってもいい」

「そうね」

シドニーはそういったことを、叔父に向かっていたって冷静に説明した。

「それに、もしアンソニーが公園で会ったどこかの若い女の人に気を引かれているのを見たら、帰ってきたときに必ず叔父さまに報告するから」

シドニーの言葉に、ミスター・ヘッジズはきまりの悪そうな笑い声をあげた。彼もまた、甥の動向に興味を抱いていることがよくわかった。だがもちろん、そんなことを口にしたりはしない――シドニーにも、当然ながらそんなたわごとや軽薄な話を超越しているミス・ホバートにも。

いっしょに暮らす家族のあいだで隠し事ができると考えるなんて、まったくばかげている、とヘレンは思った。でも幸いなことに、わたしにはそれができるはず。

結局は、まわりの人々にどういう人間だと思われているか、なにを期待されているかが鍵を握るのだろう。それはつまり、彼女は少なくとも生活の糧《かて》を稼ぐことは心配しなくてもいいという意味だった。フランス語とドイツ語とラテン語が使え（ギリシャ語については触れなかった）、優雅に踊ることができ、手芸も巧みで、ピアノもそれなりに弾きこなせたから、職業斡旋所の事務員はつぎの仕事は簡単に見つかると請け合った。不足している点はひとつあったが（ヘレンは陶器に絵を描くことができなかった）、もっと給料がよくて楽な仕事、たとえば学校を――ハムステッドに若い女性のためのいい学校がありますよ――紹介できると彼は言った。あるいはもっと金持ちで気難しくない家はどうですか。ラテン語を使う必要もありませんよ（それがさも利点であるかのように、彼は言い添えた）。

もっと金持ちで気難しくない家庭のことを考えただけで、ヘレンはお腹に重石《おもし》を入れられたような気がした。数日後にまた来ると事務員には言ったが、それからすでに一週間がたっていた。

公園でサー・アンソニーがどこかの裕福な若い女性に言い寄っているのを見るのはいいことかもしれない。その光景が、きっと彼女を職業斡旋所に連れ戻してくれるだろう。ロンドンから遠く離れた地の仕事を紹介してもらおう。ほかの国でもいい。二度と彼に会わないですむ――。

「スパイも報告も必要ないよ、シドニー」ミスター・ヘッジズが言った。「ミス・ホバートといっしょに新鮮な空気のなかで散歩を楽しんでおいで。ああ、それからおまえの手本帳はいい出来だった。さあ、返すよ」

世界中に叔父さまの才能と偉大な彫像がどんなものかを教えてあげるすばらしい本を書いてねとシドニーは言い置き、ふたりはジャスパーの書斎をあとにした。

数歩うしろを従僕のロバートに守られながらシャーロット・ストリートを歩き、西に曲がったところで、手本帳はどうしたのとヘレンはシドニーに尋ねた。

「あなたが持っているんじゃないの？　ミス・ホバート」

「持っていないわよ。あなたがその手で受け取ったはずよ」

「そうだった。思い出した。ハンカチにくしゃみをしたとき、そのへんに置いたんだと思うわ。ジャスパー叔父さまの書斎に置いてきてしまったみたい。でもいいわ、明日取りにいくから。それに、もう新しい手本帳をはじめたのよ」

計画はうまくいきそうだとシドニーは思った。叔父の書斎は極めて神聖な叔父だけの場所で、叔父がいるときしかはいってはいけないことになっているけれど、忘れてきた手本帳を取りにいくところを見つかっても、それほど怒られることはないはずだ。そのとき——こっそり忍びこんで『パーリー』を読んでいるところを見つかるようなとき——がくるまで、手本帳は見つからないままだろう。エセックスの地所の記録簿のうしろに押しこんであるのだから。

数日前、読みたくて仕方のなかった本を——『ファリンドン』もあった。これまで読んだなかでもお気に入りの一冊だ——叔父の本棚に見つけたときはおおいに驚いた。どうしてそんなものがあそこにあったのかは——ジャスパー叔父さまは学者だから小説なんて読まないもの——頭の鈍いお人よしの崇拝者かだれかが見当違いの贈り物をしたのだろうとしか、思いつかなかった。

それにしても、なんて運がいいのかしら。シドニーは、去年のクリスマスにバースでいっしょに休暇を過ごした友人のアリス・クロフトンの母親が読んでいたものよりも、レディ・ゴーラムの小説のほうが好きだった。

休暇は楽しかった。少なくとも最初のうちは。だがシドニーは、頭脳明晰で愛情深く堅物の叔父を、だれかのおしゃれで優しい母親や父親、あるいはその両方と交換したいと思ったことはなかった。ウェルドン・プライオリーやここブルームスベリーでのまったく社交的とは言えない叔父との暮らしを気に入っている。ミス・ホバートとの勉強も好きだ。アリスの家族にはまったく知性というものが感じられなかった。上品に調えられた食堂が想像どおりだったように、食卓での会話も予想していたとおりだったし、アリスの姉たちが口にすることといえば、ボンネットや縁飾りに関するくだらない話ばかりだった。

社交界には人をわくわくさせるような、それでいて息苦しくなるようなものがあるらしいとシドニーは感じていた。上流階級の人たちは待ってはくれないから、遅れずについていくのは簡単なことではなかったし、称賛される存在でいなくてはならないという重圧は増大する一方だ。傍《はた》から見ている分には興味をそそられたが、ひどく疲れるものだということもよくわかった。

やがてシドニーは恐ろしくなって、ミセス・クロフトンの居間にこもり、そこの本棚に並んでいた社交界小説を読むようになった。そこには（少なくとも、彼女が気に入った物語には）、人生における不測の事態は機転と知性によって解決できると書かれていた。女性も知性で評価されることがあることを知って——なにはともあれ、この本のなかでは——シドニーは安堵した。そんな物語のなかでも彼女がもっとも気に入ったのが、レディ・ゴーラムの作品だった。

十三歳の誕生日が近づいてくるにつれ、シドニーはいやおうなしに突きつけられる責任を感じてはある種の絶望を覚え、それを癒すなにかを必要とするようになっていった。その責任とは、淑女に、それも母のような美しい淑女にならなくてはならないというものだった。

母親の記憶はなかったが、ウェルドン・プライオリーのもっとも目立つ場所には家族の肖像画がいまも飾られている。シドニーは幼いころから、青白い顔をした平凡な赤ん坊――それが彼女だった――を抱く、ハシバミ色の美しい目のほっそりしたからだつきの優雅な女性を眺めてきた。肖像画のなかのその美しい女性に似ているのは、アンソニーであって――いつだってそうだった――シドニーではなかった。兄がもったいぶった口調で言う、シドニーが大きくなったら〝恐ろしいほどかわいく〟なるという言葉が嘘であることは、アンソニーと鏡のなかの自分を見ればよくわかった。

わたしは決してかわいくなることはない。あの肖像画のなかの女性のように優雅にも上品にもなれない。それどころか、世間から認められる淑女にはなれないだろうと思っていたし、なりたくもなかった。

准男爵の娘という立場に、利点がないわけではない。なかでも、ミス・ホバートのように自分で生計を立てる必要がないというのが最大の利点だ。だが社交界に身を置き、常に称賛されなければならず、過ちが許されないというのは、悲惨な運命のように思えた。ときには、自分で生計を立てなければならないほうがましかもしれないという気もした。

問題は、准男爵の娘にできることはほとんどないということだった。例外はレディ・ゴーラムのように小説を書くことだ。それができれば、この難問も見事に解決できるとシドニーは考えた。上流社会を観察し、そのことについて書く人間になって、機転と知性でその世界を支配できれば、恐れる必要はなくなる。

言葉を駆使すれば、そこに架空の世界を作りあげることができるのでは？　感情と感覚だけに頼っている人間にはとても無理なことでも、知性なら対応できるのでは？

秀麗な若者と、勇敢で知的で正直で（やはり優美な）女性が、対等に言葉を交わす世界を作りあげることだってできる。

つまり、自分にできる最善のこと――シドニーの尊敬するレディ・ゴーラムのような小説家になること――をすれば、淑女になるという厄介で不可能とも思える務めも果たせるかもしれない。

そういうわけだったから、ジャスパー叔父の本棚に『パーリー』を見つけたのは、すばらしい――そしてまったく予期していない――幸運だった。〈ハチャーズ書店〉のウインドウで見かけて以来、ずっと読みたかったというだけでなく、つい二週間前に書きはじめたばかりの小説の手本にすることもできる。ちょうど今日、ロットン・ロウという絶好の場所でロンドン社交界をたっぷりと観察するつもりでいるように。

わたしは幸いにも天職を見つけたけれど、そのためにはすることがたくさんあるのね、とシドニーは心のなかでつぶやき、ミス・ホバートと腕を組んでオックスフォード・サーカスを歩きながら、親しみをこめて彼女に微笑みかけた。

13

ふたりがロットン・ロウに着いたとき、あたりにアンソニーの姿はなかった。シドニーはたいして驚かなかった。もしも自分が都会の若者だったなら、きっと遅れるだろうと思ったからだ。そして彼女が書く小説のなかのヒーローも。だがいま考えている物語の主人公である准男爵が遅れた理由が、賭博で大儲けをしたからなのか、拳闘の最中にだれかの顔を叩きつぶしてしまったからなのか、あるいは決闘を申しこまれたせいなのかは決めていなかった。物語の流れとしては、そのいずれでもかまわない。シドニーは、アンソニーが今日遅れている理由が決闘でないことを祈りつつも、サファイヤ色のベルベットで裏打ちされた美しい箱にはいった拳銃を兄が持っていて、いつか見せてくれればいいのにと考えていた。

だがくわしい話を聞かせてくれるのであれば、拳闘だろうと賭博だろうとかまわなかった。シドニーはアンソニーを待ちながらも、馬の背や馬車に揺られている紳士や淑女たちを観察する機会を得られたことをひそかに喜んでいた。女性のほとんどは、クレオパトラの船のように堂々とした趣の、フラシ張りで背の低いゆったりした幌つき四輪馬車《パルーシュ》に乗っていたが、なかにはしゃんと背筋を伸ばして手綱を握り、幌なし二頭立て四輪馬車《フェイトン》や軽量二輪馬車《カーリクル》を自分で駆っている人もいる。もちろん、空色の瞳に燃えるような赤い髪をしたシドニーのヒロイン、レディ・フィリパ・ドリンダ・ダーシー・デヴロー・デマレストもそうするのだ。

だがいまシドニーがすべきは、あたりで交わされている会話に耳をすますことだった。芝生の上を何気なく歩きまわるだけで、どれほどの知識を得られることか。少女と家庭教師の姿は目にはいっていても見えていないのか、ふたりがいるところでも人々はありとあらゆる事柄を口にした――アンソニーのことさえも。

初めのうちシドニーは、耳にしたことをミス・ホバートと話し合おうと考えていた。だが公園にやってきてまもなく、彼女の顔にはシドニーがアテナの風貌と呼んでいる表情が浮かんだ。伸びすぎた石楠花に負けじと頭を高く掲げ、激しい色をたたえた瞳はどこか遠くを見つめている。邪魔をしないほうがよさそうだった。なにか自分を高める難しいことを考えているに違いない。〝選良たち〟の会話など耳にはいっていないことは間違いないわ――シドニーは覚えたばかりの単語を使ってみた。

覚えかけと言ったほうがいいかもしれない。〈ガンターズ〉の異国風のアイスクリーム――金柑《きんかん》かライチーかしら――を味わうときのように、せ・ん・りょ・うとシドニーは声に出さずに口を動かしてみた。頭上で揺れる木の葉がこすれ合う音のなかでその言葉の風味を楽しみながら、正確な意味をつかみ取ろうとする。上流とか高級といった言葉といっしょに使われることが多いのはわかっていたが、この言葉にはそれ以上の意味があるような気がしていた。

世の中にはおしゃれな言葉や言いまわしがあまりに多すぎるし、家ではそれを練習する機会がほとんどなかったから、うまく使いこなすのは本当に難しかった。ジャスパー叔父は平易な言葉で話すことにこだわった。それに彼は噂話に興味を示さないうえ、たまに持ち出すお金の話題といえば、退屈な家計の話だけだった。

だがここでは、行き交う人それぞれに不可思議な魔法の数字があてがわれている。どういうわけか、この紳士は一年に一万稼いでいるとか、あの女性の持参金は二十五だったとかいうことをだれもが知っているようだった。

二十五と言うとき、そこには〇があと三つつくことをシドニーが理解するまでしばらくかかったが、いまではほかの人と同じく当たり前のように受け止めている。上流社会の人々はどれほど計算が早いことか。社交界は計算能力を必要とするようだった。これまでシドニーは算数を嫌っていたが、最近は自分から努力するようになっていた。ミス・ホバートは喜んだが、シドニーはそれが将来小説家になるための準備の一環であることを説明するつもりはなかった。

もちろん、いくら掛け算や割り算の筆算が上達しようと、馬に乗っていたり、馬車を駆っていたり、ぶらぶら散歩していたりする人の懐具合を探る能力が増すわけではない。優美な首に吊るした目に見えない掲示板を魔法で読み取るようなわけにはいかないのだ。だが社交界の人々が持っているらしいその能力にしても、ある一定額以上にしか働かないようだった。

「少なくとも四十はあるだろう」四人がけの豪華なバルーシュが通りすぎてゆくのを眺めながら、白髪の紳士が言った。「ゴーラム伯爵の娘のレディ・イゾベル・ワイアットだ。ほら、スイスの学校を出たばかりの……」おもしろいわ。あの人はまだ少女のようにしか見えないのに。

「サー・アンソニーがそのことを知らないとは思えない」紳士はさらに言った。「はっきり意思表示をしたわけではないが、新しいベストを見せびらかすように胸を張り、きれいな顎の線を見せつけているところを見れば、そちらに集中していることはあきらかだ。アメリカの金持ちではなくて」

アメリカの金持ちというのは、いったいどういう意味かしら？　だがベストと顎の線については、まさにそのとおりだった。ミス・ホバートもきっとおもしろいと思うに違いないわ。だが彼女の姿は見当たらなかった。役に立つ情報を手に入れることに気を取られて、少し遠くまで来すぎてしまったらしい。だが幸いなことに、彼女も石楠花もどちらもひょろひょろと背が高い――あそこだ。シドニーは、女性ふたりと言葉を交わしている家庭教師を見つけた。ひとりはミス・ホバートとおなじくらい長身だったが、当然のことながらはるかに洗練された高価なドレスをまとっている。風に乗って運ばれてきたその言葉に、とても変わったアクセントがあることにシドニーは気づいた。その意味を理解するより先に、抑揚や発音が耳にはいってくる。母音を長く伸ばすようなゆったりした口調で、鼻にかかった平べったいaや長いiの音はまるで果てしなく続く地平線のようだった。

「……きちんとしたイギリス人女性家庭教師は自分の条件を自分で提示できますし、上流階級の一員になりたがっているアメリカ人の雇い主を逆に支えることも……」

「あなたはアメリカ人なんですか？」しまった。彼女のアクセントにあまりに興味を引かれたせいで、考えるより早く口から言葉がこぼれていた。

「シドニー！」ミス・ホバートが叱りつけた。「驚かせないでちょうだい。こんなふうに口をはさむなんて、あなたの礼儀作法はどうしたの？　そもそも紹介もされていないのに喋り出すなんて、いったいなにを考えているの？」

幸いなことに新たな友人は礼儀をわきまえていたうえ、寛容だった。そして確かに、長身の女性はアメリカ人だった。さっき小耳にはさんだ〝アメリカの金持ち〟となにか関係があるのかしらとシドニーはいぶかったが、すぐに彼女自身のことに興味が移った。ミス・エディス・エイモリーと名乗ったその女性は、いとこのレディ・ワイザースを訪ねるため、信じられないほど美しい名前を持つ土地からやってきたという。

シンシナティという名前にはとても高貴な響きがあるとシドニーがうっとりしながら言うと、ミス・エイモリーは喜んだようで、ミス・ホバートに向かって満足げにうなずいた。シドニーは自分自身とミス・ホバートのことが誇らしくなった。

オハイオという地名は、それよりは発音しやすかった。イロコイ・インディアンが使っていた地名で、美しい川という意味なのだとミス・エイモリーは説明した。「わたしがほんの子供だったころから、家族はそこに住んでいるんです。パパが初めての外輪船に資金を援助したので」

シドニーはおおいに残念に思いながら、その返答として彼女の家族が陰鬱で古臭いエセックスの出身であることを話した。そのうえジャスパー叔父を除けば、三百年前にヘンリー八世からその地所を贈られて以来、祖先のほとんどはウェルドン・プライオリーを出たことがない。ミス・エイモリーはわたしたちのことをさぞかし退屈な一家だと思っているに違いないわ。ただ礼儀正しいから顔には出さないだけ。

「ロンドンの社交シーズンに出させてもらっているんです。本当に楽しいわ。それにあなたのお兄さんのサー・アンソニーはとても親切にしてくださるし」

ということは、ミス・エイモリーがやっぱり〝アメリカの金持ち〟なんだわ。彼女のパパはできるかぎりいい条件の結婚相手を見つけるために、娘をロンドンによこしたのね。准男爵は悪くない相手よ。そのうえ、その人が飛びぬけてハンサムで、親切で、気持のいい人ならば。

もちろん兄がオハイオ州シンシナティに行ってしまったら、恋しくてたまらないだろうけれど、訪ねて行けばいい。ジャスパー叔父さまは行かないだろうけれど、わたしはミス・ホバートといっしょに海を渡るの。外輪船でオハイオ川を下って、イロコイ・インディアンと会うのよ。ミス・ホバートがアメリカで仕事に励んでいる女性家庭教師たちと話をしているあいだに、わたしは血色のいいはだかの胸のことを書いたり、かぎ鼻の絵を描いたりするわ。

たったいままでシドニーの夢は、ギリシャとコンスタンティノープルを訪れることだった。

だがアメリカも同じくらい魅力的だ。そこの住人はひとところに住み続けないらしいことが、シドニーはとりわけ気に入った。

「わたしはボストンで生まれたんです」ミス・エイモリーが言った。「でもパパが、オハイオ川を下る人たちには必要なものがあることに気づいて、わたしたちを連れて七百マイルも西に移ったんですよ」

レディ・ワイザースが眉を吊りあげたのを見て、ミス・エイモリーは笑いだした。

「そうだったわ、レディ・エミリー・ワイザース。ここでは、商売で得たお金の話はしてはいけないっていうことをいつも忘れてしまうのよ」

意図したことではないとはいえ、確かに話がいささか道をはずれてしまったようだとシドニーは思った。だれかがもっと無難な話題を持ち出すべきだろう。

「まあ、見て」シドニーは言った。「兄があそこにいるわ。兄を待っていたことをすっかり忘れていました。話をしている相手は……」

だが社交的な会話の流れを変えるのは、シドニーが考えていたよりはるかに難しいようだった。アンソニーがバルーシュに乗った若い女性――商売で稼いだものではない四万ポンドの持参金を持つ伯爵の娘――に輝くばかりの笑みを振りまいていることには、気づかないふりをするべきだったのかもしれない。

「レディ・イゾベル・ワイアット」ミス・ホバートがこのうえなく冷ややかな家庭教師の口調で言った。「シドニー、最後まで言えないようなことは初めから口にするものではありません」

「本当ね」ミス・エイモリーの声はどこか上の空だった。「彼女といっしょだわ……」彼女がそこで口ごもったことに、シドニーはおおいに興味をそそられた。この人はアンソニーを愛しているに違いないわ。感情に支配された人間はなんておもしろいんだろう。沈黙のなかに無言の言葉の波が寄せては引いているみたい。書いていないことが、文字にしたことと同じくらい重要な場面というのがあるのね。『ファリンドン』にもいくつかそういう場面があった。家に戻ったらもう一度じっくり読んでみようとシドニーは心に決めた。

「レディ・イゾベルにはもう紹介していただきました」ミス・エイモリーの口調はそれまでより穏やかなものになり、ゆったりした話し方がさらに遅くなった。

「もちろん」彼女のいとこが朗らかに言い添えた。「エディスを歓迎して催すことになった我が家の舞踏会には、彼女も招待するつもりですわ。いま招待状を作っているところなんです。少し遅くなってしまったのですけれど……」

「仮装舞踏会にするつもりなんです」さっきまでの快活さを取り戻したミス・エイモリーは、シドニーに微笑みかけた。「もちろんお客さまがそうしてくださるならの話ですけれど――そうしなくてはいけないということじゃないの。でもわたしはどうしてもいろいろな衣装を着てもらいたくて――勝つまで譲らなかったんです。エミリーはいい人だからそんなことは言わないけれど、招待状が遅くなってしまったのは、わたしのせいなんですよ」

笑みが消えることはなかったものの、変わったアクセントのある彼女の声が説得するような調子を帯びた。「お客さまには生まれながらに定められたものではなくて、自分が夢みる姿になっていただきたいの。それって、いかにもイギリス人らしくない考え方ではなくて？ ミス・ヘッジズ。招待状を楽しみにしていらしてね、ミス・ホバート」

シドニーは目を丸くしながらも、大きくうなずいた。自分がなりたいものの格好をするというのはすばらしい考えだと思えた——女性小説家を実際に見たことがあれば、もっと簡単だっただろうけれど。それに、ミス・ホバートが招待されていけない理由はある？ たとえ(シドニーが勘ぐったように)ミス・エイモリーがいとこをからかうつもりで言ったとしても？ ミス・ホバートのお父さんは牧師さまだったもの。舞踏会に出たっておかしくないはず。シドニーは、ミス・エイモリーのことが気に入った。

「ごきげんよう、サー・アンソニー」ようやく彼がこちらに近づいてくるのを見て、ミス・エイモリーは声をかけた。「お会いできてうれしいわ。あなたの妹さんとミス・ホバートと、楽しくお話をさせていただいているところだったの」

「あの人と結婚するの？」アンソニーの馬車が動き出すと、シドニーはアンソニーに尋ねた。「それとも、レディ・イゾベルと結婚するの？」

アンソニーの笑いが収まるまでにはしばしの時間が必要で、しっかりと手綱を握れるようになったのはさらにしばらくたってからのことだった。

「まったくおまえはずいぶんと成長しているよ。新聞のゴシップ記事《オンディ》を読んでいるんだな？

まさか叔父やあの手ごわい家庭教師が許すとは思わなかった」

「オンディってなんのこと？　あ、ちょっと待って。知っているかもしれない――アリス・クロフトンのお姉さんたちが、バースで声を出して読んでいたわ。自分たちのことが載っていた日は、お祭り騒ぎだった。オンディ――フランス語で、〝そういう噂〟っていう意味でしょう？　それに、べつに読むことを禁止されてなんかいないわ。叔父さまの家ではそんなくだらないものを読む人はいないから、わざわざ禁止する必要がないのよ」

「禁止するべきだな。ぼくが禁止しよう。おまえはまだ若すぎる。小説を読むことを許されているのかどうかは、尋ねるまでもないと思うが」

シドニーは取り澄まして眉を吊りあげただけでうなずくことも首を振ることもせず、嘘にはならない答えを探した。「そうね、もちろん尋ねるまでもないわ」

「それで、おまえはどうしてぼくについての噂話を知っているんだい？」

「公園で聞いたの。わたしは人並みはずれて耳がいいみたい」

アンソニーはくすりと笑ってから、探るようなまなざしでシドニーを見た。彼女が耳にしたことをどうやって聞き出せばいいだろうかと考えているのかもしれない。

お兄さまの知らないことを知っているって、とても愉快だわ。「あまりはっきりとは覚えていないんだけれど……」遠くに見える木立の絵のように美しい風景に気を取られたふりをして、シドニーがうっとりとそちらを眺めていると、今日の午後はアイスクリームを食べにいく時間はなさそうだとアンソニーがつぶやいた。

「思い出したわ」シドニーは言った。「スイスの学校を出たばかりのレディ・イゾベルと彼女の持参金のことを話している男の人がいたの。お兄さまはそのことを知らないふりをしているけれど、でももちろん知っているはずだって」

「そうなのかい？　その人はほかになにを言っていた？」

「お兄さまはミス・エイモリーよりもその人のほうを気に入っているって」

「ふむ。おまえはぼくにどちらと結婚してほしい？」

「わたしに訊かれても困るわ。レディ・イゾベルに会ったことはないんだもの。でもどちらと結婚してもお兄さまはすごくお金持ちになるから、それはいいことだと思う。そうすれば、ウェルドン・プライオリーをきれいにできるもの。抵当ってなんのことなのかよくわからないけれど――もちろん、お兄さまは知っているでしょう？――叔父さまはようやく払い終えたんですって。でもまだ屋根の修理代金が残っているって執事に話しているのを聞いたわ。それに厨房も改装する必要があって……」

アンソニーの顔が険しくなった。突如として――そしてまったく彼らしくないことだが――怒っているような、不愉快そうな表情が浮かんだ。シドニーにはその理由が理解できなかったが、自分のせいに違いないと考えた。子供が金銭的なことを話題にするのは失礼だとミス・ホバートに言われている。例によって、彼女の家庭教師は正しかった。たとえ、ロットン・ロウにいる大人が話題にしていたのが、そのことばかりだったとしても。

シドニーを責めるのは筋違いだとアンソニーは思った。鋭い耳と回転の速い頭を持つ妹は、公園で噂話を聞いただけではなく、ウェルドン・プライオリーの財政状況を彼よりもよく理解していた――少なくとも、つい最近までの彼よりは。

財産を相続して以来たまに行なわれる退屈きわまりない話し合いの席でも、アンソニーはその内容をまったく理解していなかった。ジャスパー叔父と弁護士が際限なく話し続けているあいだ、ただ不機嫌さを隠し、椅子の上で眠りこんでしまわないようにしているだけだった。それなりに快適で贅沢な暮らしができ、シドニーに相応の財産が残してあることがわかれば充分だった。

だがそれ以外はあまりに複雑すぎた。話し合いは、弁護士のこんな台詞で幕を閉じるのが常だった。「ご立派です、ミスター・ヘッジズ。よくお支払いになれましたね。簡単ではなかったと存じますが」それはつまり、ジャスパー叔父は賢明でアンソニーは愚かだという意味なのだとそのときのアンソニーは考えていた。

あるいは、ジャスパー叔父はあの果てしなく続く数字の羅列に関心を示すほど暇だということなのかもしれない。

なぜなら、まともな紳士がどうして数字を気にかける必要がある？　愛すべき古い屋敷がいまもまだ地所内に建っていて、時折そこを訪れては狩りができるというのに。

アンソニーはまったく気にかけていなかった。少なくとも、地所を担保にしてお金を――少々手に余りはじめたいくばくかの借金を返すためのわずかな額を――借りようかと一週間ほど前に思い立つまでは。せめて、それが可能なのかどうかを確かめてみようと思った。将来についてなにか重大な決定をする前に、自分の資産状況を確かめておくため。人生で初めて、そして願わくば最後に、この退屈極まりない事柄についてある程度理解しておくため。

　そういうわけで彼は今日、ジャスパー叔父には絶対に秘密にするようにと命じたうえで顧問弁護士に会いに出かけたのだった。

　だがどうして秘密にする必要がある？　あの地所はぼくのものではないのか？　叔父はただ、自分で言っているとおりアンソニーの父親の遺言に従って、彼の代わりに管理しているだけではないのか？

　弁護士は、ミスター・ヘッジズには漏らさないことをアンソニーにも約束させてから、驚くような話を彼に聞かせた。自分のごくわずかな資産のなかから借金を返すために、ミスター・ヘッジズがどれほどつつましい生活を送っていたか（まあ、我々と同じように楽しみもあったようですが、普通の人に比べればごくたまのことでした）ということ、シドニーが無邪気に語った抵当のこと、そしてそのすべてをアンソニーには秘密にしてほしがったこと。屋敷は一時、かなりひどい状態だったらしい。

　彼が尋ねさえすれば、弁護士はさらに多くのことを教えてくれたのだろうとアンソニーは思った。

　だが彼は尋ねなかった。恥ずかしくて尋ねられなかったのだ。もちろん感謝の思いはある。

おおいに感謝すべきであるとわかっていたが、その気持は、退屈な叔父が身銭を切って借金を返してくれていたということだけでなく、アンソニー——つまるところ准男爵だ——にはこの件を理解する知性も能力もないと思われていたことへの恥ずかしさと怒りに、ほぼかき消されていた。

だが叔父は昔からぼくのことをわかっていたはずだ。あまり頭のよくない平凡な男だということを。まだ少年だったぼくは、両親に愛されるような明るくて人当たりのいい息子になろうと必死だった。両親が愛し合っていないことはよくわかっていたけれど、ぼくはせいいっぱい努力した。でもふたりは死んだ。

彼がより聡明で知性のある少年であれば、ジャスパー叔父は敬意を払ったのだろうが、そうしようとはせず、ただ彼を守ることに徹してきたのだ。

恥ずかしさは自分に対してだけでなく、すべての人間に対する怒りを生んだ。

だがいまとなってはどうしようもないことだ。

そういうわけで、アンソニーと弁護士は互いに秘密を守ることを約束し、アンソニーはつい最近買い戻されたばかりの地所を担保にして借金ができるかどうかを確かめることなく、弁護士事務所をあとにした。

借金などしない。できるはずもない。となれば、自分がすべきことはわかっていた。

ふさわしい結婚をしなくてはならない。愛するがゆえの結婚ではない。愛というものが彼にはよくわからなかった。だがそれを理解するために時間を費やすつもりはない。そうすることでだれかを傷つけたくないというだけでなく、そんなことをする理由もないからだ。彼がなにをしようとジャスパー叔父は気にしないだろう――叔父の意見を心配する必要はない。だがアンソニーは紳士らしい好ましいやり方で、彼にかかわる人たちの人生を安穏で快適なものにできるはずだ。

好ましい、というのが重要な鍵だった。

おもしろいことに、必死になって会話を続けようとしていたシドニーが、まさにその言葉でミス・エイモリーを評した。

「あの人はとても好ましいわ。そう思わない？　わたしはすごくあの人が気に入ったの。大がかりなパーティーを開いて、大勢の人を招待するんですって。ミス・ホバートも招待してくれたわ」

アンソニーはにっこりした。「おまえのきわめて優秀な家庭教師が舞踏会に？　ずいぶん妙な話だ」

シドニーは返事の代わりに鼻にしわを寄せた。もっともだとアンソニーは思った。妹の家庭教師をからかったりするべきではない。謝ろうとしたが、ときに彼が面食らうくらいに回転の速いシドニーの脳みそはすでにべつのことを考えていた。

「そうだ、忘れていたわ。オハイオでイロコイ・インディアンに会えるって知っていた？」

笑うしかなかった。「そいつは考えたことがなかったな。さっきの話だが、ミス・エイモリーはたしかに好ましい。だがそれを言うならレディ・イゾベルもだ。ふたりとも好ましい話相手だし、外見も同じようではあるが悪くない」

「お兄さまったらどうかしているわ。ふたりの外見は少しも似ていないのに」

ふたりの顔つきや体格のことではないのだとアンソニーは説明しようとした。結婚市場に身を置くことによってもたらされるもの——だれかと争うことや自分を際立たせなければならないことへのプレッシャー——が若い女性には負担となって彼女たちの表情を険しくし、同じような雰囲気を醸し出すのだ。

実を言えば、アンソニーが意識しているふたりの女性はその影響が比較的少なかった。それが、彼女たちを気に入っている理由でもある。どちらも莫大な資産が背後にあったから、自分の置かれた状況をあまり苦にする必要がないのかもしれない。

とはいえ、近ごろではそのふたりでさえ、ライバルに勝たなければいけないという緊張感を漂わせはじめていた。表に出さないようにはしているものの、レディ・イゾベルもミス・エイモリーも、互いの姿を目にすることで不快になるどころか苦痛を感じているようだ。だがそういったことを説明するのは難しかったし、いずれ同じ競売台に立たなければならない少女にとって、心躍るような話ではない。

それに、結婚市場に自分の運命を委ねているのは若い女性ばかりではないと、アンソニーは肩をすくめて考えた。

彼は馬車の向きを変え、元来た場所へと戻りはじめた——極めて優秀な女性家庭教師が待つ場所へ。ひょろひょろした目立たない低木の前に立つ彼女の姿が目にはいり、その光景に妙な安堵感を覚えた自分に気づいてアンソニーは驚いた。柔らかな春の午後の光のなかで物思いに沈んだ様子でひとりたたずむ彼女は、夫を獲得するために無理やり自分を輝かせるようなこととは無縁だからかもしれないとアンソニーは思った。

14

五月の終わりが近づくにつれ、暖かな日が続くようになった。

レディなにがしかと庭で朝食をとっているか、どこかの公爵夫人とグリニッチに向かう船上でパーティーをしているのであれば、さぞかし気持がよかっただろう。蠟燭の明かりに目をすがめながら針に糸を通したり、唾を吐いてこてが温まっているかどうかを確かめていたりする使用人にとっては、さほど快適ではないかもしれない。

バークレー・スクエアにある〈ガンターズ〉の厨房で氷を運び、塩を振り、アイスクリーム製造器のハンドルをまわし、金柑やライチーといった様々な味のついた冷たく甘い菓子をレードルですくっている下男も、やはり快適ではないだろう。配達人は、そこで作られたサンドイッチやタルトやオイスターのパイを入れた蓋つきのかごを受け取る。急いで運べと彼らは指示されていた。でないと、暑さのせいで駄目になるぞ、と。彼らは、かごを揺らしながら商人たちの出入口に通じる階段をおりていく。珍味の数々は真夜中の晩餐として金のお盆に並べられることになっていた。

グラブ・ストリート（ロンドンのミルトン・ストリートの旧名。貧乏文士連が住んでいた）のインクにまみれた哀れな人々もまた彼らなりの商品を生み出し、ヘンリー・コルバーンは同じ論理に則って大急ぎでそれを印刷にまわした。時間をかけすぎれば、商品は台無しになり、存在価値を失って、消化できなくなる。

セント・ジェームズ・ストリートを少しはずれたあたりには、若い女性たちの姿が多く見られるようになった。ジャスパー・ヘッジズがロンドンにやってきた直後にひと夜を共にした娘は、その後成功を収めていた――金持ちの庇護者を捕まえたのだ。ただし、ミスター・アイルストン・ジョーンズはあまり気持のいい紳士とはいえない。彼女はラベンダー色のボンネットのリボンを結びながら顔をしかめた。女性たちが着ているものを観察するための散歩に出かけるところだ。かまわないわ、と彼女は自分に言い聞かせた。わたしにだって、会いたいときに会える若い相手がいないわけではないのだから。

女性裁縫師や帽子職人は遅くまで働いていたし、仕立て屋や靴職人や小間物商人も同じくらい熱心に仕事をした。もちろん収入は増えた。代金を支払ってもらえればの話だが。サー・アンソニーの極上のベストを仕立てた男は、若き准男爵がこれまでたまっている勘定をいつ払ってくれるのかと妻が不満をこぼしているにもかかわらず、彼が顧客であることをいまも喜んでいた。「新聞を読め」妻に責め立てられた男は言い返した。「彼は、今年社交界にデビューしたロンドン一の金持ちの娘と結婚するんだぞ。ここに書いてある」

交際が結婚の申しこみまで行きつく男女もいれば、そのまま消滅してしまう関係もあった。話がまとまると、婚約が発表される。公園や庭園をそぞろ歩く幸せなふたりを横目に見ながら、いまだ相手の決まらない若い娘たちは残された時間が刻々と減っていくなかで、これまで以上に自分を売りこむ努力を続けた。

商店は遅くまで店を開け、貸し馬車の馭者たちは劇場の前で場所取りを繰り広げた。ボウ・ストリートの捕り手たちは、たいていの人々が取り締まりを不必要だと思っていたこの都市を取り締まるため、無用な努力をした。議会は正規の警察の設立について論議していたが、その概念はこの国にはなじまない——あまりにフランス的すぎる——と考える者がいまだに存在した。

五月が終わるころには、ミスター・ジェラルド・ラッカムの仕事のうち、もっとも愉快な部分は終わっていた。オールマックスの招待状を受け取ることになっている者は、すでに全員が受け取っていたから、ラッカムがお得意の演説を披露する機会はもうなかった。

「お宅の美しいお嬢さんが、水曜の夜に留守番をすることになるのは至極残念ですな。お嬢さんに求婚するかもしれない若者と知り合う機会を失ってしまうとは、まったくもって残念だ。若さゆえのちょっとした軽率な行動が後援者たちの耳にはいってしまうことを奥さまが心配なさるのも、もっともですよ」

ラッカムはこの演説が大のお気に入りだったが、社交シーズンもこの時期になるとさほど意味を持たなくなっている。オールマックスの女性後援者たちは、遅れてきた客やふさわしくない装いの客を追い返すことで満足していたから、ラッカムはどこかほかのところで楽しみを見出さなくてはならなかった。例年であれば、そろそろ不満が頭をもたげるころだったが、今年はもっと重要なことがあった。

彼の一番新しい顧客が知りたがっていることについては、すでにほぼすべてを調べあげていた。ジャスパー・ヘッジズが彫像を買ったこと、それをできるかぎり安全な場所に隠したこと。彫像を届けた男によれば、そこは本とファイルだらけの部屋だったらしい。

だが、その戸棚に取りつけた頑丈なブラマー錠の鍵を彼がどこに隠したのかはわからなかった。そこでラッカムは、その手の専門家を連れていったほうがいいだろうと顧客に助言した。ああ、腕のいい男を知っている。追加料金で紹介しよう。すべては順調に運んだ。その顧客にとって、金は問題ではなかった。

実に興味深い進展だった。もちろん、別々のものだったはずの案件がいつしかからみ合っていたという事態は初めてではない。だがラッカム自身が関わっている男が調査の対象になったのは、記憶にあるかぎり初めてのことだった。

あの夜、そしてその後も何度か彼女の家から出てきた、憎むべきジャスパー・ヘッジズ。ラッカムはすでに何度か彼のあとをつけていた。ある夜などはあまりに近づきすぎて不審な目で見られたので、足早にその場を離れなくてはならず、それ以来あまり目立たないようにしていた。

だが鬱憤は晴らすつもりだ。あとは、彼女が事務所を訪れるのを待つだけだ。六月一日。あと数日だった。

ラッカムは新聞に目を通した。数日前にどこかのお偉方の夜会に現われた、朱色のシルクのドレスに身を包んだいつもどおり美しいレディ・ゴーラムをじっくりと眺める。ほかに興味を引くものはなかった。ワイザース卿がアメリカ人女性のために開くらしい大がかりなパーティーを称賛する記事だけだ。彼は首を振ると上着をぎゅっと引っ張り、暖炉のなかに新聞を放りこんだ。

ワイザース家の連中はまったく退屈な輩《やから》だ。なにも興味を引くものがない。いまいましいアメリカ人にしてもそうだ。アイルランド人とおなじくらいくだらない奴らばかりだ。

「楽しそうね」マリーナは、小さくあえぐ合間にようやくそれだけ言った。ジャスパーを招き入れたばかりで、ふたりは激しい抱擁の余韻にまだ荒い息をついていた。

「そうかい？」ジャスパーの声も同じくらいしゃがれていたので、少し間を置いてから言葉を継いだ。「ちょっとおもしろいことがあってね。招待状を受け取ったんだが、考えていることがあって……だがまずは……」

ジャスパーは片手を壁に当ててからだを支えると、彼女を抱きよせた。片方の脚をわたしの脚のあいだに差し入れたのは逃げられないようにするためね、とマリーナはうっとりしながら考えた。さも逃げたがっているように身をよじったのは、こうすることが当然だと彼に思わせないためであると同時に、彼の手に力がこもる快感を味わいたかったからだ。

今日は今年一番の暑さだった。真夜中になっても空気はじっとりとからみつくようで、まったく風はない。マリーナは自分に課した一日の義務をなんとか果たした――もちろん、果たさなかったことなど一度もない。だが今日はゆらゆらとしたかげろうのなかにいるようにゆっくりとしか動けなかったし、髪には香りの強いローズマリー水を振りかけなければならなかった。

香りが強すぎるかしら？

ジャスパーは彼女から唇を離すと、満足げににおいを嗅いだ。「ああ、なんておいしそうなんだ。二階に行こうか。話はそのあとだ。それとも……」彼は、黄色い肘掛け椅子とローレンスの肖像画のある部屋を示した。

「いやよ」

「それじゃあ上だ。さあ、わたしのお嬢さん、早く行こう」

マリーナは首を振り、玄関ホールの壁のひんやりした石につけた背をしゃんと伸ばした。

「あなたのお嬢さん？　わたしが？」

ジャスパーは腰のくびれに当てた手に力をこめて彼女をさらに引き寄せながら、愛撫できるくらいにまでモスリンの部屋着をたくし上げた。なすがまま――マリーナの脳裏をそんな言葉がよぎった。そしてすべてが彼のものだ。どうしようもなくあえぎながら、マリーナは彼の意図どおりに反応していた。

ジャスパーの顔から笑みが消え、まなざしが熱を帯びた。ゆっくりと指を前後に動かしながら、少しずつ両脚のあいだへと近づけていく。マリーナはゆるやかな愛撫を受けながら、必死になって冷静さを保ち、その瞳を見つめ返した。

長いあいだそうやっていたような気がしたが、ほんの一瞬のことだったのかもしれない。つかの間のパントマイムを終えたかのように、ジャスパーがたくし上げていた部屋着から手を離すと、薄い布地はカーテンのようにはらりと垂れて元の位置に収まった。ガス灯の明かりが彼の眼鏡に反射した。彼は無表情に、モスリンの生地ごしにマリーナの尻の曲線に沿って手を這わせると、重みを確かめるかのようにつかんだ。

「そうだ。きみはわたしのものだ」

ジャスパーはその指に――強く――力をこめた。マリーナは懸命に悲鳴をこらえた。布地の凹凸が肌に当たる。繊細な生地にもかかわらず、ざらざらして感じられた。その向こうにある硬い指先の感触が伝わってくる。

それともわたしは、彼の言葉に反応しているのかしら？　答えを探している時間はなかった――ふたりの肉体のあいだにもほとんど隙間はない。ジャスパーは彼女の顎に指を当て、顔をあげさせた。熱を帯びたまなざし。ひそやかだがはっきりした口調で言う。「きみが欲しいと言った意味はよくわかっているはずだ」

マリーナの脳裏に、銀のかごに盛られた、触るだけで傷んでしまいそうなほど熟した桃が浮かんだ。彼のために用意したものだ。果汁が彼の口の端から顎を伝い、頬髭《ほおひげ》のように光る。マリーナは想像しただけで溶けてしまいそうになった。それともそんなふうに感じるのは、彼の口調のせい？

だがいまここで溶けるつもりはなかった。「あら、もちろんよくわかっているわ。ただ、わたしはあなたのお嬢さんではないから」

「それなら、わたしのレディ・ゴーラムと言い換えよう」ジャスパーは部屋着の胸元からこぼれるふくらみに顔を寄せると、歯を立て、強く吸った。

青く跡が残った。「わたしのものだ。さあ、上に行こう」

ジャスパーは一歩うしろに下がると、だれかの収集品を鑑定するときのように胸の前で腕を組んだ。もう彼女のどこにも触れていない——胸に残る彼の口の感触を除けば。所有権を主張するような彼の視線に、その部分が熱くうずいた。

マリーナは痣《あざ》になった部分に手をやり、痛いくらいに指を強く押し当てた。彼女の肌は痣ができやすく、治るまでに時間がかかった。これから数日間は、彼が作ったこの痣のことを思い、ドレスで隠れているかどうかを気にかけることになるだろう。

どこに招待されていたかしら？　なにを着るつもりにしていた？　予定を変更しなければならないかもしれない。

できることなら一番襟ぐりの深いドレスを着て、宝石のようにその痣を見せつけたいのに。

マリーナの唇は震えていた。「ええ」ほとんど声になっていない。瞳も同じくらいうっとりとしているだろうと彼女は思った。そして太腿も腹部も。胸に当てた指をさらに深く食いこませ、ジャスパーを見つめる。「ええ」

さっきよりはしっかりした声だった。だが意味を成しているとは言えない。言葉を発したというよりは、からだの緊張が緩んで、ふと息が漏れただけのようだ。

それ以上の問いを必要としない答えだった。

ジャスパーはなにも気づかないふりをして言った。「簡単なことだろう？　さあ、二階に行こう。もう反抗は許さない」

窓から淡い光が射しこみ、廊下と階段を照らした。月を覆っていた雲が晴れたらしい。

マリーナの部屋着は、ジャスパーが好んだシュミーズと同じモスリンだった――あれより、さらに生地は薄い。マダム・ガブリは初めてその生地を見たとき、眉を吊りあげた。彼女は値段にあきれただけよとマリーナは自分に言い聞かせた。今夜この部屋着を着ようと決めたときも、気温のせいにした。

だれにも自分の欲望を認めたくないときはある。階段は、青みがかった冷たい月明かりに照らされていた。マリーナが思い描いていたとおりだったが、現実のほうが美しい。うしろから階段をのぼるジャスパーには、生地が透けてはっきりと彼女のからだが見えているはずだ。

もう反抗は許さない。マリーナは一番下の段に片足を置いたところで、しばし動きを止めた。愛人が考えているよりも時間をかけて、必要以上に腰を振って階段をのぼるのは反抗とは言えないでしょう？

階段には厚手の絨毯が敷いてあった。ふたりはごくひそやかに階段をのぼっていたから、ジャスパーがズボンのボタンをはずす音が聞こえた気がした――激しい欲望にかられると、彼の指は見事なほど素早く動くようだ。マリーナは声を出さずに笑い、笑ったことで勇気づけられるのを感じた。笑いは、究極の快楽が必要とする勇気を与えてくれることを、彼女はいつしか学んでいた。

知るのが少し遅すぎたかもしれないが、知らないままで終わるよりはいい。自ら望んで支配し、自ら望んで服従することにようやく歓びを見出せるようになったと思うとぞくぞくした。

若いころには到底無理だったし、スプレイグ大尉と、そしてハリー・ワイアットと過ごした日々のあとでは、だれからも命令などされたくはなかった。従順な若者ばかりとつきあってきたのもそのせいだったかもしれない。相手を歓ばせたいという熱意や単純でわかりやすい彼らの欲望は、それはそれで悪くはなかった。数年間、彼らを意のままに操ってきたおかげで、今夜のような夜を迎える自信がついたのかもしれない。それは、参加する者がルールを定めるゲーム。

常に正しく行なえるとは限らないゲーム。参加する価値がある唯一のゲーム。

マリーナは階段をのぼりきったところで足を止めた。

「止まるんじゃない」ジャスパーの声はうなり声に近かった。彼はすぐ背後にいて、太腿に硬いものが当たるのがわかった。部屋着ごしに、はずしたボタンが食いこんでくる。

マリーナは動きをやや速めた。いっしょに寝室へとはいっていく。ジャスパーは両手を彼女のウエストにまわし、持ちあげるようにしてベッドに連れていった。彼女を四つん這いにさせると、ぐっと腰を持ちあげ、部屋着の裾を頭の上までめくる――花びらの開ききったチューリップのようだと彼女は思った。それとも、強風にあおられた傘だろうか。

無防備だった。すべてをさらしている、ただの動物のようだ。こんなふうに身を任せるのなら、自分が何者であるかの意識をしっかりと持っていなければいけない。

マリーナは枕に顔をうずめ、マットレスに膝をめりこませた。ジャスパーが彼女の脚をさらに大きく開き、肩を下に押しつける。シーツに乳房がこすれて、マリーナはうめいた。暗い空に残る稲光の残像のように、閉じたまぶたの裏の黒いベルベットのような闇のなかに、乳房の痣の形が青く浮かびあがっていた。背骨のカーブに沿って震えが走った。マリーナはのけぞり、それからからだを丸め、さらに脚を開いた。

「そう、そうだ……」うめくような声が彼の唇から漏れた。あんなにゆっくりと階段をあがったのはやりすぎだったかもしれないと、マリーナは思った。彼には服を脱いでもらえそうもない。彼女の脚のあいだに膝をつき、ズボンの前を開いて男性自身に手を添えているジャスパーの姿が目に見えるようだ。

はいってきたと思う間もなく、彼は激しく、深く突きはじめた。快感以外の現実はマリーナのなかから消え、低くみだらな声だけがあたりを満たした。

ふたりはよりからだを密着させるようにして、共に絶頂へと駆けあがった。まぶたの裏が青と黒に染まり、白い光がはじけたかと思うと、マリーナはそのままうつぶせに倒れこんだ。ぐったりしたジャスパーが荒い息をつきながらうしろから覆いかぶさる。汗にまみれた半分脱ぎかけの服がふたりのからだにまとわりついていた。

「わたしに洗わせて」マリーナは言った。

彼女にそれだけのエネルギーが残っているだろうかとジャスパーは思ったが、大丈夫そうだった。彼は大きく息を吐いて横たわり、柔らかな布と香りのいい石鹸と冷たい水に身を委ねた。

それが終わると、今度はジャスパーが彼女を洗いはじめた。奇跡のようなその下半身をできるかぎり優しく丁寧に、隅々まで洗っていく。

ジャスパーは、満足感と幸福感と長いあいだ心の底から求めていたものを手に入れたという達成感にため息をついた。だがすぐに、そういったもののすべてが永遠に続くわけではないという失意が、いやおうなく——人間らしくというべきかもしれない——襲ってきた。終わりがやってきたとき、一度手に入れたものを手放すのはどれほど難しいだろう。

わたしたちにはどれくらいの時間が残されている？　彼女があのいまいましい本の宣伝のために、ブライトンに行ってしまうまで？　彼女はもうすでに充分な成功を収めているのではないのか？　あれほど贅沢な生活をする必要があるのか？

だがそれは彼の身勝手で理不尽な言い草だ。彼はシャーロット・ストリートの家を七月末まで借りているにすぎない。ケリングズリー子爵の仕事もコルバーンの本もそれまでに終わらせる約束になっている。ウェルドン・プライオリーの屋根はそのころには修理が完了すると、業者は言っていた。二軒の家を維持するのは、彼には到底無理だ。

それほど悪くはないはずだ、とジャスパーは自分に言い聞かせた。ふたりがロンドンを離れるまで、あと数週間はこの格別な情事を楽しめる。まだ数々の歓び——このうえなくすばらしい——を味わう時間が残されている。一生に一度の情事だろうと思っていた。比べられるものなどない。

「ちょっと待っていて」マリーナがささやくように言った。「すぐに戻るから」いまにも彼がどこかに行ってしまうかのような口ぶりだ。マリーナは彼から離れると、なにかを取りに行った。ジャスパーはうつぶせになり、部屋を横切る彼女を見つめた。眼鏡なしでできるかぎり目をこらしたものの、彼女が部屋の向こう側に行きつくころにはその姿はぼんやりとかすんでいた。彼の思考も視界と同じくらいかすみがかかったようになっている。生身の女性、伝説の女神、生涯と知性を捧げてきた彫像——すべてが快楽の混乱状態のなかで混じり合っていた。

ジャスパーはある美しい彫像にまつわる伝説を思い起こした——クニドス（古代ギリシャの植民市）のアフロディーテ。その女神に恋焦がれた哀れな男がある夜神殿に忍びこみ、大理石の太腿を汚したという伝説がある。彼はいま、その神話に再び心を奪われていた。マリーナの脚や肩や背中の中央にもつれる乱れ髪やぐっと張り出した腰と同じように、その神話は彼をそそった。

いまもまた……もちろんほんのわずかにからだの奥がうずいたにすぎなかったが、視界の隅に美しくぼやけた彼女の姿が目にはいると、満足感が広がった。

手になにか光るものを持っている。銀のかごだ。

「桃よ」マリーナが言った。「わたしが切ってあげるわ」

彼女に食べさせてもらうのはいい気分だった。彼女も食べたなら、もっといい気分になれただろう。ジャスパーはつかの間、禁じられた光景を想像した——彼女といっしょにつく朝食のテーブル。一日のはじまりには、なにかしっかりしたものをお腹に入れる必要がある。彼女に粥《ポリッジ》と卵とソーセージを食べさせよう。

そんなことを考えるなんてどうかしている。ジャスパーはその光景を頭から追い出した。だが朝食のテーブルは別の事柄を連想させた。

「今朝、招待状を受け取った」ジャスパーは桃を食べる合間に言った。「最高に華やかなパーティーだ——大規模で金のかかったパーティーと言ったほうがいいかもしれない。わたしはずいぶんと長いあいだひきこもっていたから、その違いがわかるかどうか自信がないよ。必ずしもというわけではないが、仮装をしてきてほしいと招待状に書いてあった。本当に久しぶりだよ。ワイザース卿とは大学で一緒だったが、連絡を取り合っていたわけではないから、招待状をもらって驚いた。相当大勢の人間を呼んでいるようだ。そういえば……」

ジャスパーは言葉を切って、桃に再びかぶりついた。あまり行儀がいいとは言えないが、とりあえず目的は果たせた。かぶりつくのが少しでも遅れていたら、だれかれとなく招待しているという話の情報源は、彼は高尚だからそんなものは読まないとマリーナが思いこんでいるゴシップ記事であることを口走っていただろう。

「我が家はおかげで大騒ぎだ。わたしの……姪の家庭教師にも招待状が届いたんだ。パーティーの主役である若いアメリカ人女性と知り合いらしい。ミス・ホバートを招待してくれるとは、彼女も本当に親切だね」

姪という言葉に、マリーナは顔を背けた。自分のせいだとジャスパーは思ったが、マリーナはいくらかそっけなくこう答えただけだった。

「おもしろいお話ね。おそらくご存じないのでしょうけれど、あなたの甥とそのアメリカ人女性ミス・エイモリーはゴシップ欄をにぎわせているのよ」

きみの義理の娘も、とジャスパーは思ったが、彼女にとってはあまり触れられたくないことかもしれない。

まったくばかばかしい、ジャスパーは心のなかでつぶやいた。世間の目から隠れて関係を続けているからといって、どうしてお互いのあいだでこれほどまわりくどい話し方をしなくてはいけないんだ？　個人的なことと公になっていることが、なんだってこれほど混乱している？　もうたくさんだ。

「知っているさ。実を言えば、アンソニーの女性関係については、新聞の記事に目を通すようにしている。それからきみのことも。いずれわたしが読むかもしれないと、きみは言っていただろう？」

ジャスパーは恥ずかしそうにつぶやくと、シーツのほうに手を伸ばした――なにか身を隠せるものが欲しかった――が、床に落ちてしまったようだ。手近に枕はあったものの、その下に潜りこもうとするのはどう考えてもばかげている。そこで彼は眼鏡を手に取った。彼女とのあいだに、なにかを置く必要がある。眼鏡をかけて位置を調節し、彼女のほうを見ると――彼女の姿がはっきりと焦点を結ぶと――その瞳は思いがけず優しさを浮かべていた。光のいたずらかもしれない。眼鏡の位置をずらしたせいで、そんなふうに見えただけかもしれない。

マリーナはそっけない口調で言った。

「ええ、そうね。わたしもその舞踏会には行くのよ」

ふたりはそれからしばらく無言だった。どちらもたいして重要なことを言ったわけではないが、そこに漂う空気は、たしかに変化していた。にぎやかな舞踏会場で互いを見つめ合うことを考えると、羽毛の枕ごしに見つめ合う視線が不意にこれまでと違うものに感じられた。人に見せるものと見せないもの。博物館のケースにきちんと分けて収められた骨や鉱物のように。

「舞踏会で話をする必要はないのよ」マリーナが言った。「あなたが話したくないのなら」その声はいくらか震えているようだ。「かなり混み合うでしょうから、お互いを見つけるのすら難しいわ」

「どんな仮装をするんだい？」

「クレオパトラを考えていたの――目にお化粧をして、かつらと頭飾りをつけるのはきっと楽しいでしょうね。でも……」

「でも、なんだい？」

「胸元からふくらみがのぞいていないと、少しもクレオパトラらしくないでしょう？　でもあなたのせいで、それができなくなってしまったわ。一度痣ができると、なかなか消えないんですもの」

「それはすまなかった」ジャスパーは彼女が指さしたところをちらりと眺めたあと、差し出された桃を頬ばった。

「すまないなんて思っていないでしょう？　わたしも思ってほしくないわ」マリーナはジャスパーの顎を伝う桃の果汁をなめ取った。「気をつけて。べたべたになるわ」果汁が垂れてなどいないはずの彼の顎から首をなめていく。

「ありがとう」ややあってからジャスパーは言った。「きみの言うとおりだ。すまないとは思っていないよ」どこか誇らしげにマリーナの胸に手を当てていたが、やがて彼女を抱きしめた。「ほんのわずかばかりもすまないとは思っていない。だがそうすると、舞踏会にはなにを着るつもりだい？」

「スペインの女性になろうと思うの。たっぷりの黒のレースで痣が隠せるから。あなたは？」

「わたしは……」ジャスパーは眉間にしわを寄せ、その続きを言う前にマリーナを抱く腕に力をこめて長いキスをした。「仮装舞踏会は、わたしにはまったく初めての経験だ。なにを着ればいいのか、考えていたことがあったんだが、気が変わった。まだ決めたわけじゃないが、まあ、当日のお楽しみにしておこう。とりあえずいまは……」

ジャスパーがぐっとからだを押しつけると、マリーナも小さく笑いながら押し返した。今夜には今夜のお楽しみがある。だがふたりが再びはじめようとしていることを太陽がのぼるまでに終わらせるには、急がなければならない。

「今日で五月も終わる。夏至もまもなくだ。短い夜が呪わしいよ」ジャスパーはささやいた。

「短くて暑い夜が」マリーナが彼の首に向かって言った。「本当に呪わしいわ」

15

「永遠に呪われるといいわ、ゲリー・ラッカム」マリーナはとげとげしく言い放った。六月一日。マリーナは彼の忌まわしい小さな事務所に両手のこぶしを握りしめて立ち、机の前に座る彼をありったけの憎しみをこめてにらみつけていた。

アイルランドなまりが戻っていることをぼんやりと意識した。それほど顕著ではないが、ここ何年かで初めて自分の言葉にわずかななまりが感じられる。「地獄に落ちるのね」マリーナはそう言うと、彼に背を向けた。

狭い事務所のなかを行ったり来たりしながら、わたしは迷宮の囚われ人だとマリーナは思った。淡い赤紫色のポプリンの新しいドレスに身を包んだ、このうえなくおしゃれな囚われ人(その皮肉さに、彼女の口元がゆがんだ)。

息をするのさえ苦しかった。激しい怒りにかられているだけでなく、このドレスに合わせて目いっぱいコルセットを締めあげているのだから、当然かもしれない。そのうえ、太陽が燦々《さんさん》と照る暖かい日だというのに、ラッカムはまだ煤《すす》だらけのストーブで石炭を燃やしていた。

「窓を開けてちょうだい」

だが窓は開かなかった。腐りかけの窓枠は何十年分かの煤と汚れで、貼りついたようになっている。きつすぎる上着をまとった冷血な小男には、この暑さがちょうどいいらしかった。

「ミスター・ヘッジズについて、話してもらいましょうかね」彼が応じた。

「あんたなんてく……」マリーナはイギリス人兵士たちが互いに浴びせていたもっとも汚いののしりの言葉を思い出したが、口に出すことは思いとどまった。だが当時の記憶をマリーナに呼び起こさせただけでも、ラッカムの勝ちだと言えた。

「なにも話すことはないわ。たとえなにかを知っていたとしても」

マリーナがののしりの言葉を口にしなかったことに、ラッカムは失望を隠せなかった。

「まあ、いいでしょう。とりあえずいまのところは。支払いを別の形にしてもらおうと思っているんですよ、マリア。今回は金じゃなくてね」

ジャスパーを裏切るかわりに、自分自身を売れというの？　でも自分を売れば、それは結局……。だがいまはそんなことを考えている場合ではないと、マリーナは心のなかでつぶやいた。

ラッカムは自分の言葉を楽しむかのように、ゆっくりと話をはじめた。

「あなたに追加料金を請求せざるを得なくなったんですよ。インフレーションのせいで。インフレーション、知っているでしょう？　近ごろでは、経費が恐ろしいほどかかるようになっていましてね」自分の冗談に、ラッカムは座ったまま腰を揺するようにして楽しげに笑った。

「それに」いくらか真剣な口調で言い添える。「わたしはもう若くない。わたしたちのどちらもだ、マリア」

いつか話したあの宿屋で支払いを受け取りたいと、ラッカムは言った。身の上話をロンドンじゅうの人に知られたくなければ、上流社会におけるいまの地位を失いたくなければ、言うことを聞けと彼は言った。わたしが知っていることをすべて話せば、そういう事態が待っていると。

ラッカムがその村の場所を教えれば、どこかの記者がアイルランドまで行き、彼女を知っている人間から話を聞こうとするかもしれない。そして彼女の記事を書くだろう。『レディ・ゴーラム、真実の物語』

ここ最近、世間の人々は寛容さを失いつつあるとは思わないかね？　ラッカムは鼻にかかった声で尋ねた。

世間はようやく太りすぎの老いた王にうんざりしはじめたようだね。王の愛人や、馬や、摂政皇太子だったころ、自分の楽しみのために気ままに散財したことにいらだっている。イギリス人は神経質になっていて、不適切なことに昔ほど平気ではいられなくなっているようだ。そしてある種の女性をそのはけ口にしているというわけだ。

この話は（ラッカムが話を締めくくろうとしているのがわかった）、学者タイプの紳士にはとりわけ当てはまるらしくてね。たとえばそうだな、ブルームスベリーに自宅を構える紳士とか。どんな相手を一夜の楽しみに選ぼうが、どうやって夜を過ごそうが、家に帰ればその紳士には立派な家族が待っているわけだがね。

マリーナはインク容器を彼に投げつけたが、わずかに狙いははずれた。

「二度とするな」ラッカムが言った。

「それがあなたの目的ね？　問題は彼ね。幸せなわたしを見るのが我慢できない――」

「わたしはもう若くない」ラッカムは淡々と繰り返した。「わたしの番が来るのを長いあいだ待っていたんだ」

「それなら、あと少しくらい待てるでしょう。一週間後のワイザース卿の舞踏会が終わるまでは。そのつぎの夜に、そのすてきな宿屋の部屋を予約しておくのね」アイルランドのなまりは再び消えていた。

「わたしが来なかったら、そのときは好きなようにすればいいわ。わたしについて知っている汚らしい話をロンドンじゅうに吹聴するのね」

マリーナはラッカムがなにか言うより早く小切手を机に叩きつけると、さっさと事務所をあとにして階段をおり、馬車に乗りこんだ。

八日後にはわたしはフランスのカレーにいる。馬車が細い道路から大通りに出ると、マリーナは心のなかでつぶやいた。借金や醜聞が明らかになった上流階級の人々の昔ながらの避難場所。

ブルンメルはいまもまだカレーにいるのかしら？　魅力的で悲しげで、そして貧しかった人――彼のもとを訪れた旅人から、いまも時折噂を聞く。ハリーが生きていたころ、彼と夕食を共にしたことがあった。思いやりがあって機知に富み、そしてやはり不運な人生を送ることになった彼とこの件を冗談にして笑い合うことができたら、きっと楽しいだろう。

もちろんハリーの遺産があるから、その気になればパリで暮らすこともできる。そうしようと心に決めたことが、これまで一度あった。

彼女の経済状態は悪くなかった――もうラッカムに払う必要はないのだから、さらに余裕が生まれるはずだ。自宅は弁護士に頼んでだれかに貸し、使用人たちがそのまま働き続けられるように手配をしてもらえばいい。

それほど悲惨な事態ではない。もちろん、この一週間でしなければならないことは山のようにあるが。様々な書類や請求書や雑事を完璧に片付けてからでなくては、予告もなく突然この国をあとにすることはできない。

馬車がブルック・ストリートに出るころには、マリーナは自分の冷静さといささかの後悔もないことに満足感すら覚えていた。この六年間の暮らしを楽しんでいなかったわけではない。あんなふうに世間の人から称賛を受ける日々を楽しまない人がいるかしら？　この大都会のあらゆる場所に招待され、あらゆる人に顔を知られることを嫌がるアイルランドの田舎娘が、いったいどこにいるだろう？　彼女の容姿が大きな役割を果たしたことは事実だ。そしてそれ以外のものも。だが、機転と仕事と自制心を駆使して自分が作りあげたものを誇らしく思ってもいいはずだ。

少しだけ自制心を緩めるのも悪くはない。少なくとも――スカートをたくしあげて二階への階段をのぼりながらマリーナは笑った――ミスター・パーリーの双子の弟を主人公にした、あのばかばかしい小説を書きあげる必要はなくなる。いつか書いてみたいと思っていたアイルランドを舞台にした、洗練さにはほど遠い短編に取りかかってもいいかもしれない。

だが、ジャスパー・ヘッジズとの関係だけは残念だと、寝室のドアを閉めながら彼女は思った。社交シーズンが終わっても関係が続けばいいと思っていたことを、彼女はようやく認める気になった。

早春から夏の終わりまでの時間があれば……歓びを極めるには充分……。

本当にそれで充分だったのだろうか？

その質問に答えを出す時間は、フランスに行ってからたっぷりとある。

だがロンドンでの残りの七日間――とりわけ夜――は、かなうかぎり記憶に残るものにしたかった。

やるべきことは山ほどある――ワイザーズ＆エイモリー舞踏会のためのドレスも用意しなくてはならなかった。マリーナは黒のレースをからだに当てて、その効果を鏡で確かめた。大丈夫、胸のふくらみの上の青い痣は影のように見える。ドレスを仕立ててもらうため、レースをマダム・ガブリに届けるように彼女は使用人に命じた。

今夜こそ、舞踏会になにを着るつもりなのか、ジャスパーに打ち明けさせることができるかもしれないわ、とマリーナは悩みごとなどないかのように笑みを浮かべながら考えていた。

ほぼ同時刻、ロンドンのべつの場所では、悩みごとで頭をいっぱいにしたジャスパー・ヘッジズが窓間鏡のなかの自分をにらみつけていた。あのいまいましいパーティーには、いったいなにを着ていけばいいのだ？

防虫効果の高い木材であるシーダーの収納箱にアルバニア風の衣装をしまいこんだのは、もう何年も前のことだ。だが昨日それを取り出して見てみると、刺繍を施した白いチュニックに房飾りのついたサッシュ、細身のレギンスはいまも粋に見えたし、シーダーは見事に虫除けの役割を果たしてくれていた。ジャスパーは使用人を用足しに行かせてから、邪魔をされることがないように着替え部屋のドアをしっかりと閉めたうえで、鏡の前でその服をからだに当ててみた。眼鏡がいくらか不自然に見えるものの、それほど悪くはないし、まだ充分からだに合っている。ワイザース＆エイモリー舞踏会でひときわ場違いだったり、妙だったりすることはないはずだ。

昨日はそれでいいと思えたのだが、今日になるとまったく満足できなくなった。

長く引きこもっていた人間にとって、社交界が突きつける問題は難しいものばかりだ。

彼が最近注文した新しいスーツのうちの一着——黒のスーツ——は、こういう場にふさわしいものだった。仕立て屋のミスター・アンドリューズは、上等のベストを合わせれば、舞踏会にも着ていけると言った。

彼女は気に入るだろうか。ワイザース卿の家に、いかにも紳士らしく優雅な服を着た——

れるだろう。

装ったというべきかもしれない——彼が現われたなら、マリーナはきっとおもしろがってくれるだろう。

大勢の人がいるなかで、ふたりだけにわかる楽しみがあるというのは愉快なことに違いない。それだけのことだ、とジャスパーは心のなかでつぶやいた。どうしても消し去ることができない、くだらないささやきは聞こえないふりをした。事実を認めて、さっさとそれを忘れるんだ、ジャスパー——実を言えば彼は新しいスーツを着た自分の姿を気に入っていて、マリーナに見てもらいたいと思っていた。それも大勢の人がいるところで。まったく妙だとしか言えなかった。人前に出るのは嫌いだとこれまで公言してきたうえ、ふたりの関係は絶対に秘密だというのに。彼女のために紳士らしく装うのだと思うと、なぜか心がはずんだ。

ふたりがいっしょに人前に出るのは、彼女の家でのディナーパーティー以来だった。ジャスパーはそう考えたところで、あわてて打ち消した。いっしょとは言えない——彼の心のなか以外では。

ディナーパーティーの夜の彼女を思い起こした——緑色のドレス、黄色い肘掛け椅子、彼女に向けられたもの欲しそうな男たちのまなざし。気がつけばジャスパーは、彼女の胸につけた小さな痣のことや、マリーナが彼を見つめながらその痣に自分の指を押し当てたとき、どれほど興奮したかを思い出していた。

わたしのものだ、あのとき彼はそう言い、いま改めてそう考えていた。**たとえ、ひとときの快楽だとしても。たとえ、だれひとりそのことを知らなくても。**

彼は無理やり、目の前のことに意識を戻した。黒のスーツはがらんとした衣装簞笥のなかに吊るしてある。シルクのクラバットと上等の白のシャツは数日前に注文した――あなたの背中はきれいねとマリーナは言っていた。だがベストについては先延ばしにしたままだった。どこでいいベストを手に入れられるだろうかと尋ねると、仕立て屋は笑いながらこう答えたのだ。「サー・アンソニー・ヘッジズの叔父であるあなたが、わたしにベストのことをお尋ねになるのですか？」

先延ばしにしたのも当然だと思えた。先延ばしだって？　恐ろしさのあまり身動きがつかなかったと言うほうが正しい。追いはぎや海賊に出会ったことがないわけではあるまいに。先日の夜は、こそこそと彼のあとをついてくる男を見かけた。茶色いコートのあの男は、本当に彼のあとをつけてきていたのだろうか？　ジャスパーが声をかけると、男はねずみのように暗がりに姿を消した。

戦うことを恐れているわけではない。茶色い小さなねずみくらい、喜んで追い払っただろう。だがこれは話がべつだ。仕立て屋を訪ねて以来ジャスパーは、ベスト爵として世間に認められているサー・アンソニー・ヘッジズの目に虚栄心の強い愚かな叔父として映ることをなにより恐れていた。ここ数週間、アンソニーはこれまで以上に顔を見せていないように思えたから――そんなことが可能だとすれば――なおさらだった。

もういい。ジャスパーは心のなかでつぶやいた。舞踏会には房飾りのついた白の衣装で行こう。この問題はこれで終わりだ。

だが終わりにはできなかった。彼女に見てもらいたいと思うことがばかばかしいのはわかっていたが、それは事実だ。少年時代に憧れていたテルモピュライの戦い（紀元前五世紀のペルシャ戦争中の戦いのひとつ）のレオニダス王やほかの英雄――勇敢であると同時にうぬぼれが強かった――のような昔の偉大な戦士たちは、自分の感情に目を背けたりはしなかったではないか。そこでジャスパーは彼らのことを思い浮かべながら、自分の言葉が滑稽に聞こえなくなるまで言うべきことを練習した。

〝よければ教えてほしいんだが、それほど高額でもなく、あまり派手でもなく、舞踏会にふさわしい上等のベストはどこで手に入れられる？〟

数分前、彼は見事にその台詞をアンソニーの前で披露した。

シドニーは二階にいた。ジャスパーにとってはおおいに幸いなことに、彼女とミス・ホバートは午前中ずっとなにかに大騒ぎしていた。テルモピュライだろうがなんだろうが、シドニーの前で愚か者のように振る舞うことは到底できなかった。

そういうわけでジャスパーは、シドニーが階下におりてくる前にアンソニーがひとりでいるところを捕まえるため、玄関ホールで待ち構えた。その言葉はまったく彼らしくなかったから、とても自分の口から出たとは思えなかったし、アンソニーが驚愕のあまり数秒間凍りついたのも無理のないことだった。アンソニーはまじまじと叔父の顔を見つめたあと眉間にしわを寄せ（ジャスパーは息を止めた）、それから形のいい肩をすくめて笑みを――笑みらしきものを――を作った。

「自分のために注文したベストがあるんですよ。それほど高価ではなくて——普段、ぼくが着ているものより、いくらか生地がシンプルなんです。でもあまりぼくには似合わなくて。それで……」アンソニーは口ごもった。まだ支払いをしていないと言おうとしたのかもしれない。あるいは、そのための金を調達していないと言うつもりだったのだろうか。叱責すべきだとわかっていたが、気がつけばジャスパーはそのベストの色を尋ねていた。

「青です。叔父さんにはよく似合うと思いますよ。ワイザース家の舞踏会に着ていくつもりなんでしょう?」アンソニーの唇が皮肉っぽくめくれあがることはなかったし、芝居じみた態度を取ることもなかった。自分の審美眼を駆使して、男同士としての助言をしているにすぎない。自分を律する必要があるのはジャスパーのほうだった。

「ふむ、いいと思いますよ。ウエストのところで、少しつまんでもらってください。一センチかあともう少しだけ、背中に向かって細かい縫い目で。仕立て屋にはぼくがそう言っていたと必ず伝えてくださいね」アンソニーの声が小さくなり、目を細めて真剣に検討をはじめた。その熱心さがジャスパーにはいささか度が過ぎるように思えて、アンソニーの助言など求めず、ひとりで思い切ってボンド・ストリートに行くべきだったかもしれないと、彼は心のなかでつぶやいた。

だがこれまでわたしは、アンソニーに自分の能力を発揮できる場を与えたことがあっただろうか? 彼になにかを頼んだことはあるか? 自分にできないことがあるのを認めるのは、わたしにとってそれほど難しいことだったのか?

「ありがとう」ジャスパーはほとんど聞こえないくらいの声で言うと、さらにぼそぼそと言葉を継いだ。大学でワイザースと知り合ったこと……親切にも招待状をくれた……もちろん驚いたし、ミス・ホバートを招待してくれたことも意外だった……だがそう言われてみれば、ワイザースはミス・ホバートの父親を知っていたはずだ……長いあいだ考えたこともなかったが、たしかそんな話を聞いた……シドニーがそんなことを言っていたのかもしれない……あのアメリカ人女性は……なかなかすてきな女性だ……。

ジャスパーはそんなことを口にしているあいだも、アンソニーは彼女と結婚するつもりなのか、あるいは伯爵の娘なのか、それともほかのだれかなのだろうかと考えていた。そしてそのあいだじゅう、気が触れた男を見るようなアンソニーの視線を感じながら、こんなくだらない話をしなければよかったといまさらのように考えていた。

詮索したくはなかった。いや、それは嘘だ。知りたかった。ものすごく、知りたかった。**おまえに幸せになってほしいんだ。だれよりも幸せに。**

脳裏にいくつかの顔が浮かんだ。ジョン、セリア、そしてもうひとり。ジャスパーは目をしばたたいた。彼女はいまここに登場するべき人物ではない。彼がいま考えていた家族の一員ではない。

アンソニーはけげんそうに彼を見つめている。

「いや、まあ、ありがとう」今度は声になった。「本当に助かった」

混乱のひとときは過ぎ、アンソニーは肩をすくめてうなずくと、職人の名前とボンド・ストリートの住所を教えてから、ベストの変更すべき点を改めて繰り返した。ジャスパーがせっせとそれを書き留めていると、シドニーが跳ねるようにして階段をおりてきた。

「ごめんなさい、アンソニー。待つのが嫌いなことはわかっていたんだけれど……」

ふたりは驚いた顔をシドニーに向けた。どちらも彼女のことを忘れていたようだ。シドニーはしばしふたりを見つめていたが（わたしたちふたりがこれほど近くにいるのを目にするのは、めったにないことだろう、とジャスパーは思った）うらやみたくなるほどの子供らしい素直さで軽く肩をすくめただけで、ジャスパーには理解できないくらいの早口で一気にまくしたてはじめた――ミス・エイモリーの舞踏会のために、ミス・ホバートが作っている衣装のことらしい。

「絶対に信じられないと思うわ。ミス・ホバートのお母さんの古い白のモスリンのドレスがあったの。とても着られないような古臭いドレスよ。叔父さまが若いころの時代のものじゃないかしら。ギリシャ風なの――古代風って言ったほうがいいかもしれない」

シドニーは一度言葉を切って、息を吸った。「ミス・ホバートはその縫い目を全部ほどいて、狩猟の女神のアルテミスみたいに作り直したのよ。本当にきれいなの。見たら、ふたりとも絶対に驚くわ。ああ、叔父さまたちの表情が見てみたい――叔父さまの顔は絶対に見るつもりよ。舞踏会の夜は、ふたりが出かける前にこっそりベッドから抜け出してくる」

顔を出さなくて申し訳ないというミス・ホバートの言葉を、シドニーはふたりに伝えた。ドレスのうしろ側のひだに関して新しい考えが浮かんだらしい。シドニーは、遅くなってごめんなさいともう一度謝った。でも見ているのがすごくおもしろくて、離れられなかったの。

「つまり彼女は病人の看病をし、悩める人間を慰め、ドイツ語を話すだけでなく、裁縫もできるのか……いや、すまなかった、シド。もう彼女をからかわないと約束したんだった」だがアンソニーの不用意な言葉も、〝叔父さまが若いころ〟というシドニーの言葉を反芻《はんすう》していたジャスパーの耳には届いていなかった。これ以上話が逸《そ》れる前に、もうひとつだけはっきりさせておいたほうがよさそうだ。

「そのベストだが、アンソニー、鮮やかな青色じゃないだろうね？　年甲斐もなく頬紅を塗って、コルセットをつけた老人のように見えたりしないだろうな？」虚栄心の強い人間だとマリーナに思われるくらいなら、黄泉《よみ》の川に沈められるか、タンタロスの拷問を受けるか、あるいはヘラクレスの仕事を肩代わりするほうがましだ。

アンソニーはつかの間ジャスパーを見つめてから、穏やかな笑みを浮かべた。「限りなく灰色に近い青ですよ、ジャスパー叔父さん。ほぼ灰色です。石版を薄くしたような色です。流行の最先端を行く優雅で実直な紳士になれますよ」アンソニーはウインクをした。「見ておいで、シド。叔父さんは最高におしゃれな英国紳士になって、ミス・エイモリーの舞踏会に行くから」

それを聞いたシドニーは百もの無関係な質問を浴びせたが、アンソニーが紳士の正装についてくわしく説明するのを聞きながら、ジャスパーは困惑して肩をすくめただけだった。

虚栄心を見透かされるのは、最悪の事態というわけではないようだとジャスパーは思った。

ふたりが家を出ていくころには——ふたりの話はジャスパーの想像以上に延々と続いたため、予定よりはるかに短い馬車での外出になった——アンソニーがジャスパーのアルバニア風の衣装を借りる話がまとまっていた。ジャスパーが貸そうと申し出て、衣装を見たアンソニーが（シドニーの熱心なあと押しもあって）それを受け入れたのだ。ふたりは一、二度笑い声をあげさえした。ふたりがこうして笑い合ったのはごく久しぶり……いや、はじめてのことだったかもしれない。

ジャスパーは玄関ホールの鏡に映る自分の姿に目をこらし、目を細めた。流行の最先端を行く優雅で実直な紳士。

やがて彼は書斎にはいってドアを閉めると、仕事に取りかかった。ヘンリー・コルバーンに渡す原稿が待っていた。

16

ワイザース家の舞踏会場に足を踏み入れたマリーナは、自分を笑いたくなるのをこらえていた。曲線を描く堂々とした階段をのぼりはじめたときから、ジャスパーを探していたことは事実だ。だがこれほど広い場所で、それも色とりどりに装った大勢の人々が埋めつくすなかを、まったく仮装もしていないであろうひとりの男性を探し出そうとするのは、難しいを通りこして滑稽でしかない。

そのうえ、ただのんびりと歩いているわけにもいかない。だれもがレディ・ゴーラムを知っていたし、たっぷりの黒いレースで仕立てたドレスに身をつつみ、黒髪に大きな飾り櫛《くし》をつけた今夜の彼女は、一段と人目を引いた。レディ・イゾベルと短い挨拶を交わしたマリーナは、クレオパトラの仮装をしなくてよかったと胸を撫でおろした。茶色の瞳でひややかにマリーナを見つめ返した小柄な彼女は、黒いかつらをつけ、目のまわりをひし形に塗っていたからだ。

それからしばらく、マリーナはいろいろな人たちと言葉を交わさなければならなかった。そのなかには、ペルシャ風の装いの男性とエリザベス朝の仮装をした女性という不釣り合いなカップルもいた。「そろそろほかの方々にもあなたたちと話す時間を差し上げないといけませんわね」アルバニア風の白い衣装をまとったサー・アンソニーがかたわらを通り過ぎたところで、マリーナは彼らに言った。レディ・イゾベルを探しているのかもしれないと思いながら、世間が彼女の一番新しい愛人だと考えている若者から意味ありげに、かつさりげなく離れていく。

この人ごみでは、さほど移動せずとも彼の姿は見えなくなった。左に顔を向けるとそこにワイザース卿がいたので、マリーナはすばらしい舞踏会だと称賛し、ミス・エイモリーにも挨拶がしたいと言った。

いまどこにいるのかわからないので、彼女と娘にお褒めいただいたことをあとで伝えておきますというのが、ワイザース卿の返事だった。赤と青のシルクの掛け布と山ほどの花を飾ったのはふたりが考えたことで、私が貢献できたのは音楽についてだけなんですよ、と彼は言った。オーケストラがワルツとカドリール（四組の男女のダンスでスクエア・ダンスの先駆けとなったもの）だけでなく、古いカントリーダンスとリール（フォークダンスの一形式）も演奏しているのは、アメリカ人の招待客に敬意を表して彼がそうさせたことらしい。

代金の支払い以外の貢献という意味ね、とマリーナは心のなかでつぶやいた。親しみをこめた笑顔を浮かべ、シンプルな燕尾《えんび》服がとてもよく似合っていると彼に告げた。仮装をしてこなかった客に居心地の悪い思いをさせないために、そんな格好をしているのだろうとマリーナは考えた。たとえば、簡素な黒のスーツを着ているあの長身の男性――まあ、彼だわ！

ところだった。

その男性は、白のギリシャ風の衣装をまとったほっそりした若い女性をダンスに連れ出した

なんてきれいに背筋が伸びているのかしら。姿勢だけでなく彼のステップも優雅であることを、マリーナは疑いもしなかった。彼とパートナーの女性（いったいあれはだれかしら?）が所定の位置につき、彼の灰色の髪がシャンデリアの明かりを反射したところで、マリーナは自分が彼を凝視していることに気づいた。

思いは視線で伝わるかしら? 混み合った舞踏会場でも、視線で心は伝わるもの? マリーナはそれを確かめるべく、会場の隅に置かれたソファに腰をおろした。

ジャスパーがステップに集中する前に彼女を見つめ返したところを見ると、伝わるらしかった。彼がなにを感じているにせよ、視線を逸らすつもりはなかったから、彼のダンスが驚くほど巧みであることを知って、マリーナは安堵した。

あのパートナーはいったいだれ?

博物館で見かけた家庭教師だ。

ソファからは踊っている人々がよく見えた。マリーナはそこにいるのが自分ひとりだとばかり思っていたが、これみよがしの情熱的なため息が彼女の思考を中断した。

いったいいつからアンソニーは隣に座っていたのかしら? レディ・イゾベルとミス・エイモリーはどこにいるの?

「わたしたちはこんなに近くにいてはいけないわ」マリーナは踊っている人たちを見つめた

まま、機械のような口調で言った。

「おやおや、愛人としてあれほど長い時間を過ごしたというのに、ぼくたちは友人には戻れないんですか？」

ふた月という時間は、彼の年齢ではとても長い時間なのだろう。いまのマリーナには彼と長々と言い争う気力はなかった。「わかったわ。シーズンの終わりまで、人前でよそよそしく振る舞う必要はないかもしれないわね。でもよりによって、どうして仲直りをするのにこの場を選んだのかしら？」

「この場を選んだのは、あなたがぼくの友人だからですよ。あなたに話さなければならないことと、お願いしたいことがあるんです」

話さなければならないことというのは、アンソニーがレディ・イゾベルに結婚を申しこみ、今夜中にその返事をもらう約束をしたということだった。いや、ジャスパー叔父さんにはまだ話していません。どうでもいいことだと思っているみたいですから。

それは大きな間違いだとマリーナは思ったが、彼女が口を出す話ではない。それに、まずはお祝いの言葉を述べるのが先だった。おめでとうとマリーナは心をこめて言った。

「ありがとうございます。彼女が受けてくれれば、すべてうまくいくと思うんです。どちらにしろ、事態は好転する。彼女にはなかなかいいところがあるんですよ。結婚したら、ぼくは二度とあなたと話をするべきじゃないと彼女の兄が言ったとき、彼女は憤然として、ぼくがだれと会おうが口を出すつもりはないと言い返したんです。もし結婚の申しこみを断わるとしても、それはあなたとは一切関係がないと言われましたよ」

マリーナは声をあげて笑った。「やっぱり彼女もハリーの娘なのね。いいことだわ。あなたにとっても」カレーに行ってしまえば、もうそんなことに気をもむ必要はなくなるが、若いふたりに気骨があることがわかってうれしかった。

「ええ、彼女はとても好ましい人ですよ。それで、頼みたいことというのは……」

アンソニーの口調が突然切羽つまったものに変わった。マリーナはダンスフロアから視線をそらし、驚いたように彼を見た。

「愛しのマリーナ、ぼくといっしょに歩いてもらえませんか。このダンスが終わったとき――もうすぐ終わります――ジャスパー叔父さんの隣に立っていたいんです。あそこにいるのが見えますか？ 叔父さんと……あのだれとも違う若い女性、ミス・ホバートが」

〝あそこにいるのが見えますか？〟傍目にもわかるほど彼を見つめていたわけではないことを知って、マリーナは安堵のあまり笑い出してしまうところだった。だがアンソニーに目を向けてみると、彼もまた話をしているあいだじゅうダンスフロアを見つめていたことがわかった。マリーナが妙な顔をしようが、舌を出そうが、気づかなかったに違いない。

「あそこです」アンソニーは繰り返した。「ここにいるだれとも違っているあの若い女性」

マリーナは改めてその女性を眺めた。ごくありふれた美しさだとしか思えない。今年のシーズンでもっとも注目を集めているあなたが、彼女に近づくためにそんな戦略が必要なの？ ばかばかしく思えた。

だがアンソニーは首を振った。「彼女はものすごく優秀な人なんですよ。ぼくにはわかっている。彼女といると、自分が愚かに思える——叔父といるときよりも、そんな気分にさせられるんです。まあ、彼女がぼくをどう思おうとどうでもいいことなんですが、今夜はどうも臆病になってしまって。

彼女が立ち止まったときに、たまたまそこにぼくがいれば、今日はものすごくきれいだと言っても、邪険にはされないと思うんですよ。若い女性は、舞踏会ではほめられたいものですからね。そんなお世辞を言うのは愚か者のすることかもしれませんが。でも彼女は本当にきれいだし、そう言ってもらってしかるべきだ。明日からぼくの人生は変わってしまうわけだから、この機会を逃したくないんです……。どちらにしろ、あなたはジャスパー叔父さんとうまくやれますよね？　マリーナ。つまりその、叔父と話をするのは苦痛だったりしませんよね……？」

アンソニーはばつが悪そうに目を逸らし、マリーナは音楽に合わせて列の端のほうへと移動しているジャスパーに視線を戻した。オーケストラはより重厚なハーモニーとはっきりしたリズムで曲のフィナーレを奏でている。ダンスが終わろうとしていた。

「苦痛ですって？　いいえ、そんなことはないわ。友人のためですもの」

マリーナは立ち上がり、アンソニーの腕に手をからめた。

そういうわけで——当の四人のうちのひとりとして、なぜそういうことになったのかを説明することはできなかったが——レディ・ゴーラムとミスター・ジャスパー・ヘッジズ、サー・アンソニー・ヘッジズとギリシャ風のモスリンのドレスを着た若い女性が、列の最後尾でそれぞれカントリーダンスを踊ることになった。

オーケストラが最初の和音を奏でた瞬間、ジャスパーは不意に子供のころに引き戻された気がした。ダンスのレッスンの記憶が蘇る。八歳くらいだっただろうか。基本を教えるために、教師がほかの子供たちの前にわざわざ彼を引っ張り出したのだ。

〝パートナーの手にしがみついてはいけない、マスター・ヘッジズ。力と体重、支えることと解放することのバランスを学ばなくてはだめだ〟。

内気だった彼は、教師の言わんとすることを理解した――もう一度、ほかの子供たちの前に引っ張り出されるくらいなら、どうにかして指示どおりにからだを動かすほうがましだ。

〝そうだ、ずっとよくなった、マスター・ヘッジズ〟。口ばかりの教師は言った。

記憶とは妙なものだ。

ジャスパーがお辞儀をすると、マリーナは白い肌と黒いレースをひらめかせながら彼の前に立った。そこにあることを知らなければ、消えかかった痣には気づかないだろう。視線を向けるべき位置を正確に知っていてよかったとジャスパーは思った。

彼はつぎに、反対側に立つエリザベス女王の扮装をした小柄な女性とペルシャ人に扮した黒髪のパートナーにお辞儀をした。

踊りはじめる前にすべきことはいろいろとあった。だが驚いたことにジャスパーは、ほかの踊り手たちに自分とパートナーを紹介する一連の手順を楽しんでいた。だれにも知られることなく、こそこそとひとりでダンスをすることはできない。煌々《こうこう》と輝くシャンデリアの光に照らされながら、衆人環視のもとでパートナーの手を取らなければならないのだ。笑顔を浮かべ、お辞儀をし、準備を整え、音楽の流れに乗るのを待つ。

彼女の笑顔はなんと美しいことか。

ふたりの秘密の夜が恥ずかしくはならないか？

背中合わせのステップで彼女のまわりをまわりながら、ジャスパーは学者の目でいまの状況を眺めることで事態の収拾を図ろうとした。あらゆる文明にダンスはある。出会いと別れ、そして再会の概念を優雅で秩序だった動きで表わそうとするところに、彼はおおいに人間らしさを感じた。まるで、ダンスのひとつひとつの形態が小さな情事のようだ。近づいては離れ、向きを変えては回転する。不可解な人間の欲望をきちんと整理し、音楽に乗せることが可能であるかのように。

可能なのかもしれない。あるいはその場では離れても――手と手を軽く押し合って、互いから遠ざかる――パートナーとは列の最後で必ず再会できると感じることが、心地いいだけなのだろうか。

ある一点について、ダンス教師の言葉は正しかった。しがみついてはいけない。時の流れのなかを移動する。時と共に移動する。一瞬は過ぎていく。パートナーになにかを告げたければ、すれ違うほんの数拍のあいだしか時間はない――いまふたりがしているように、その瞬間に意識を集中しなければならなかった。

「あなたの衣装はとてもすてきですこと、ミスター・ヘッジズ。それともそれは、仮装なのかしら？」

隣の相手と手をつなぎ、円を描いて、戻ってくる。

「どう思ってくださってもいいですよ、レディ・ゴーラム。派手な仮装はあなたのお気に召さないかと思いましたから」

マリーナはうっすらと笑みを浮かべてうなずいた。

新たなカップルを相手に、反対の方向に円を描く。ジャスパーは自分の記憶力のよさに感謝した。ステップに気を取られることなく、彼女の首筋を見つめていられる。

パートナーのところに戻ってきた。

「そのすばらしくおしゃれなベストは？」マリーナが尋ねた。

肩が触れそうになりながら、互いのまわりをまわる。ふたりは話しかけるわずかなひときを逃さないように、息を整え、互いのステップを見極めていた。大勢のカップルが彼らのまわりでステップを踏んでいた。万華鏡をのぞいているかのように、彼らが作り出す形状がつぎつぎと変化する。

「アンソニーのおかげですよ。頼んでよかった」再び離れる直前になって、ジャスパーは衝動的に言い添えた。

「それをうかがってうれしいわ」つぎに近づいたときに、マリーナが言った。

「ですが……」だが口を開いたのが遅すぎたので、ジャスパーは最後まで言い終えることができなかった。

つぎに近づいたときは、どちらも口を開こうとしなかった。あらかじめ打ち合わせをしていたかのように、隣にやってきた白い衣装の若いカップルを見つめている。

順番が来るとそれぞれのカップルは中央に出て、それから違う位置へと移動していく。踊り手の長い列にいるカップルは奇数だったので、サー・アンソニーとミス・ホバートは列の反対側で踊りはじめたにもかかわらず、マリーナたちの隣までやってきていた。

ミスター・ヘッジズ、レディ・ゴーラム、サー・アンソニー、そしてギリシャ風のドレスの若い女性は四人ひと組になって踊りはじめた。高くあげた右手を合わせて十字の形を作り、方向を変え、今度は左を向いて同じ動きを繰り返す。黒と白が交互に並んだその様子はひときわ目を引いた。黒の衣装のふたりは、千もの蠟燭の明かりのなかで千もの瞳に見つめられているという思いもかけない事態の成り行きを、驚くと同時に楽しんでいた。白の衣装のふたりは、自分たちがこうしていっしょにいることを神妙に受け止め、ためらい、おののいていた。

マリーナは以前にもアンソニーと踊ったことがあった。実を言えば、去年のシーズンの終わりころ、踊っているときの身のこなしの優雅さに目を留めたのが彼を意識した最初だ。アンソニーとジャスパーは、足の出し方や重心のとり方やステップを踏むときの腕の曲げ方がよく似ているとマリーナは思った。顔立ちなどはあまり似ていないが、ふたりの動きや仕草、パートナーの手の取り方やまわり方には、共通するものがある。

〝叔父は、ぼくがそうあるべき存在にはほど遠く、これからも決してそうなれないことを、これ以上ないほどはっきりと知らしめてくれましたよ〟。アンソニーはそう言っていた。そしてアンソニーによれば、そうあるべき存在というのは、ジャスパー叔父の縮小版だという。

初めのうちマリーナは、アンソニーは癇癪を起こしてそんなことを言っているのだろうし、叔父のほうはただ鈍感なのだろうと考えていた。だが時間がたつにつれ、なにかがあるような気がしはじめていた。敵対しているとしても、ふたりのあいだにはなにか絆のようなものがある。今夜、間近でふたりを見ながら、改めて――いたって真剣に――叔父と甥という関係以上に似ているところがあるかもしれないと考えた。あまり深刻に考えたくはなかったけれど、ふたりには互いを鏡に映したようなところがあった。

わたしには関係のないことだわ。考えるのはやめようと思った。

マリーナはジャスパーを眺めた。アンソニーと互いのまわりをまわり、うなずき、巧みなステップを踏み、パートナーのもとへと戻っていく彼の目は驚きに満ちている。

つぎにアンソニーを眺めた。彼の視界はミス・ホバートでいっぱいだ。見るからにダンスが好きで、アンソニーと同じようにパートナーから視線を逸らせずにいる古風な趣の上品な若い女性。

アンソニーは彼女にやさしくしているだけだし、彼女にもそれはわかっているはず。マリーナは心のなかでつぶやいた。**アンソニーが言っていたとおり、本当に〝優秀な人〟ならば。**

マリーナは自分のパートナーに視線を戻し、お辞儀をした。オーケストラが奏でる音楽と共にダンスもフィナーレを迎え、やがてすべての動きが止まると、笑顔と喝采があちらこちらで交わされた。マリーナとジャスパーはダンスフロアからゆっくりと移動した。

流れはじめたワルツをふたりは黙って聴いていた。

「このダンスはあまり踊れない」ジャスパーが言った。「わたしがダンスを習ったのはワルツが流行する前だったし、いまはそれより話をするほうがいい」

マリーナはうなずいた。

アンソニーとミス・ホバートがくるくるとまわりながら通り過ぎていくのを見ながら、ジャスパーは言った。「アンソニーが彼女に親切にしているのを見るのは、本当にうれしいよ。彼女と踊ってほしいと頼んだわけじゃない――アンソニーの軽薄な振る舞いが彼女を不愉快にさせるのが常なんだ。だがいまふたりはああやって踊っていて、彼女も楽しんでいるのがわかる。自分のパートナーといっしょにいるばかりじゃなくて――」ジャスパーは言葉を切って肩をすくめた。「――彼女を楽しませてくれるとは、アンソニーも大人になったものだ。彼女が気の毒でね――とても優秀な人なんだが、我が家の仕事がさぞかし重荷なのではないかと思っているんだ」

「彼女はダンスがお上手ね。ほかの方々にもそれがわかったでしょうから、このあとは大勢の方にダンスを申しこまれるのではないかしら。そうすればアンソニーも自分のパートナーのところに戻れるわ」

そうであることを願った――若いふたりのワルツはあまりに美しかったから。

「それに、アンソニーにはわたしが思っていたよりもいい面がたくさんあることがわかった。きみの言ったとおりだ。それをわからせてくれたことをきみに感謝しなければならない」

マリーナは笑みを浮かべ、どう答えようかとしばし考えたが、なんと切り出せばいいのかわからなかった。「アンソニーもダンスが上手ね。そしてあなたも」

ジャスパーは彼女の腕をつかんだ手に力をこめた――そのときまでマリーナは腕をつかまれていることをほとんど意識していなかった。気づかないうちに、寝室での親密さが表に現われていたようだ。

だがここは寝室ではない。マリーナはその事実を改めて思い起こすと同時に、舞踏会の会場のひっそりした片隅にいるにもかかわらず、自分たちに向けられている視線を意識した。

「わたしたちのことを公にしたいの？」マリーナは小声で言った。

ジャスパーは指を緩め、マリーナは腕をほどいて数歩あとずさった。

「ありがとう。すまなかった」ジャスパーが言った。

ふたりの視線がからまった。つかの間の沸き立つような思いは消え、あとには慣れ親しんだ空気だけが残った。

そしてマリーナは自分の馬車に乗りこみ、その数分後には彼も舞踏会場をあとにした。

17

「わたしの記憶が正しければ、たしか舞踏会であなたは話がしたいっておっしゃったんじゃなかったかしら」マリーナが言った。

ふたりがいるのは彼女の寝室だった。

「もちろん話がしたいし、するつもりだ。だがレディ・ゴーラム、ここに向かっているあいだじゅうずっと、わたしはきみのことが恋しくてたまらなかった……」

ここに向かっているあいだじゅうずっと……わたしはいったいどれくらいのあいだ、彼が来るのを待っていただろう？　ここまで心を奪われるような情事を最後に経験したのはいつだったかしら？

あなたはここに来るのにそれだけの時間をかけて、そしてわたしは明日、カレーに向けて出発する。

正確に言えば今日だ。もう十二時をまわっていたから。

今日と明日のことは忘れなさい。大切なのはいまこの瞬間だけ。

「本当に早かったのね。いい辻馬車に当たったのね」

侍女はマリーナの黒のレースのドレスを脱がせ、着替え室に吊るすだけの時間しかなかった。ステー（服の一部を固くするのに用いられる骨、プラスチック、金属片など）とペチコートに取りかかろうとしたところで、ドアをノックする音がした。マリーナは侍女をさがらせると、ペーズリー柄のシルクのショールをからだに巻いて、急いで階段をおりて彼を迎え入れ、寝室に戻った。そういうわけで、ショールはすでに寝室の床に落ちていたものの、コルセットはスペイン風の黒の衣装に合わせて、まだきつく締めあげられたままだった。

彼を迎えるときには、最小限にからだを覆う部屋着をまとうのが常だった。あえて無防備な姿を選んだのは、そのほうがことが複雑にならずにすむからだ。裸体にはそれだけで力がある――少なくとも、力を持たせるすべをマリーナは過去に学んでいたし、自分にそれができることに満足していた。中途半端に服を脱いだいまの格好は、寝室と舞踏会のあいだで微妙に保たれていたバランスをさらに危ういものにした。

もちろんジャスパーは、いつでも好きなときにコルセットの紐をほどくことができる。マリーナもいずれはそうしてほしいと頼むことがわかっていたが、まずはコルセットの上に押しあげられた胸のふくらみを、感嘆したように眺める彼のまなざしを存分に楽しみたかった。そして、彼の美しいベストのなめらかな生地に乳房が押しつぶされる感触も。

圧縮と解放、肌とサテン――マリーナはこの状態にひそかに満足感を覚えていた。彼はどうするだろう？　そう考えることで、つかの間冷静さを保つことができた。彼の詮索好きな指が背中の真ん中で交差するように結ばれた紐を上になぞるのを感じて、マリーナの息遣いが浅く、速くなっていく。彼のもう一方の手は、厚手のリネンに縫いこまれた鯨の骨をなぞっていた。それのおかげで、いやでも背筋を伸ばすことになるのだ。

「厄介だ。これは、あまりに大変すぎる。それにどちらにしろ……」

ジャスパーの唇が、マリーナの首筋から胸へと移動した。マリーナがジャスパーの腕にからだを預けるようにして背中を反らすと、彼は胸元に顔を寄せた。まるで目の前にいちじくと桃とブドウを山盛りにしたトレイを差し出された、飢えた男のようだ。

舞踏会の準備に追われて、今夜は彼のための軽食を用意し忘れていたことをマリーナは今ごろになって思い出した。彼はさほど気にしてはいないようだ。彼の唇に触れられて、胸に残る小さな痣はずきずきと痛みはじめた。ベッドへといざなう彼に逆らうつもりなど毛頭ない。

互いの腕をからませ合った姿は、まるで再びダンスをしているかのようだ。ジャスパーはお辞儀をするようにからだをかがめ、マリーナをそっとベッドに横たえると、彼女の脚のあいだに膝を差し入れた。ペチコートをまくりあげ、ドロワーズの紐をほどく。薄いコットン生地をゆっくりと脱がしていき――太腿をかすかな風に撫でられているようだとマリーナは思った――床に放った。

ベッドはかなりの高さがあったので、マットレスの端にマリーナの腰のくぼみが当たる格好になった。そのときまで彼女は、きつくコルセットに締めあげられた胴がどういう状態になっているかを意識していなかった。背中をほとんど反らせることができず、つま先はかろうじて床に届くだけで、ベッドの端から突き出した脚を支えるにはほど遠い。からだを支えることができなかった。ベッドの枠に手首なり足首なりを縛りつけてくれたなら、そのほうが楽だったかもしれない。

ジャスパーが太腿の内側にキスをしているあいだ、マリーナはなすすべもなく横たわっているほかはなかった。彼の唇が膝から脚の付け根へと移動し、そしてまた戻ってくる。その動きは巧みだったうえ、こういう形での愛撫を彼女が好むことをジャスパーは知っていた。からだの自由を奪われ、なにもできないまま彼の唇に蹂躙《じゅうりん》される——彼女にとってはもっとも挑発的な体位であると同時に、彼との深い交わりを象徴するものだった。

ジャスパーは秘所のぎりぎりのところまで舌を這わせては、ごく軽く歯を立て、触れるか触れないかくらいのキスを何度も繰り返してから、再び猫のように太腿をなめあげた。

マリーナの唇から漏れる吐息は、からだの奥から発せられているようだった。ジャスパーは動きを止め、ほんのつかの間頭を起こして耳をすました。ええ、準備はできたわ。その吐息はそう告げていた。開かれ、探索され、発見される準備はできている。

いったい何回くらい発見されるものなのかしらと、マリーナは頭の隅で考えていた。何通りくらいの方法で？　隠すべきものはたくさんあるのに。

なにもかも暴かれようとしている。早すぎる。

やめて。このままにして。

ジャスパーは舌を彼女のなかに差し入れた。とたんにマリーナのなかから、いまこの瞬間以外のものはすべて消えた。

ああ、そうよ。いいわ。マリーナは感覚の炎の小さなゆらめきにあえいだ。彼が火をつけ、さらに炎をあおりたてる。

時間をかけすぎる。敏感な箇所に当たる彼の口がひくひくと震えているのが感じられた。マリーナが陥落したことをおもしろがっているのかもしれない。だが彼はあくまでも冷静だった。一気に燃えあがりたがっているマリーナをじらすつもりだ。

少しからだをずらせば、いくらか早くことは進むかしら。

ほんのわずかでも主導権を握りたかった。せめてリズムだけでも。ステーの甲羅に包まれてはいても、背中をいくらかそらせば一センチくらいは彼の口に近づけるかもしれない。それくらいわずかな動きならきっと彼は気づかない、マリーナはそう考えた。

だがもちろんそれは間違いだった。ジャスパーはすぐに気づき、その動きを阻止した。両方のてのひらで腰骨を押さえ、腹部の柔らかな肌に指を強く押し当てて彼女をしっかり固定すると、苦痛を感じさせるほどゆっくりした速度でなめ、歯を立て、キスをするという動作を続けた。彼女の中心部の炎が大きくなることが、ジャスパーにとっても歓びだった。そして赤いシルクに火を灯したかのように、ついに鮮やかな炎が一気に燃えあがった。

炎は灰になり、煙となって消えた――燃えあがれば、一瞬だった。そしてマリーナは、解放された快感に満足し、驚き、あえいだ。

残されたエネルギーをかき集めて、マリーナは膝をついている彼に手を伸ばした。ジャスパーはからだを起こすと彼女に覆いかぶさり、ふたりはそのまま息が整うのを待った。

「つぎはあなたの番よ」声が出るようになったところで、マリーナはささやいた。

ジャスパーの返事はほとんど聞き取れなかった――期待のあまりなのか、あるいは満足したからなのかはわからない。耳に当たる温かな彼の息の意味を理解するまで、しばらくかかった。

「光栄だよ、レディ・ゴーラム」

「あら、わたしはレディ・ゴーラムになったの？　変ね。今夜あなたはわたしをそう呼んでいたわね」

「妙なんだ。マリーナというのはとても美しい名前だと思っていた。だが今夜はすっかり、公の存在であるレディ・ゴーラムのとりこになってしまった。大勢の人の前できみと踊っていると、不思議なことにわたしたちの関係がすごく深いものであるような気がした」

「レディ・ゴーラムという名前が、仮装舞踏会の衣装のように思えるときがあるわ」マリーナは言った。

いまもわたしは仮装をしているのかしら？　わからなかった。いまのふたりの状況をどう呼べばいいのだろう。正装と裸体のはざま。ふたりのあいだには何層もの秘密が横たわっている――紐を緩め、ほどき、解放し、取り除くべきものが。

ジャスパーは彼女のステーのうしろの紐を引っぱった。

「あら、ありがとう」マリーナはお礼を言うと、彼が上着を脱ぎ、クラバットをはずすのを手伝ったが、美しいベストはそのまま着ていてほしいと頼んだ。ようやくあらわになった乳首に当たるつややかなサテンの生地が、ひんやりとして感じられる。ふたりはくすくす笑いながら互いを強く抱きしめた。しばらくするとマリーナは、ジャスパーの腕と肩の筋肉がこわばるのを感じた。

「きみに話したいことがある」ジャスパーがささやくように言った。「だが話すのが怖いんだ」

照明はごく抑えてあった。ふたりは枕から顔をあげ、長いあいだ無言で見つめ合った。ふたりの初めての夜にそうだったように、ジャスパーが口にできた言葉はひとことだけだった。

「アンソニー」その後の長い沈黙のあと、低くこもったような声でようやくこう言い添えた。「わたしの言おうとしていることがわかるかい？」

「ええ。わかっていると思うわ。あなたたちがどこか似ているように見えるのは――ふたりの仲があまりうまくいっていないときでも――わたしの想像にすぎないんだろうって考えていた。ひょっとしたらとも思ったけれど、わたしが首を突っこむことではないと思い直したの。でも今夜、七百人もの人たちに囲まれながらあなたたちふたりといっしょに踊っていると、妙な親近感を覚えて……」

ジャスパーはうっすらと微笑んでから、喉をつまらせたような声と共に顔を背けた。マリーナはその目がうるんでいるような気がしたが、定かではなかった。

「遠い昔のことだ。だれかに話す日が来るとは思わなかった。永劫にも思えるよ」彼はどこか耳障りな声で笑った。「だがわたしは永劫を単位として考えることに慣れてしまっているのかもしれないな。栄えては滅び、あとには繁栄の名残だけを残して消えたいくつもの帝国を考えることに」

「この世に永劫はないわ。でもあなたがその話をするだけの時間はあるんじゃないかしら。話してちょうだい、ジャスパー。どうしてそういうことになったのかが知りたいわ」

そうすれば、わたしも自分の秘密をあなたに話すかもしれない。

彼女から先に口を開いていけない理由があるだろうか？

話を聞いたときにジャスパーの顔に浮かぶ表情を見る勇気があるのならば。

結局マリーナは、彼の話を聞いてからにしようと決めた。マリーナの唇が彼の首のすぐ近くに来るくらい、ふたりはしっかりと抱き合った。彼が声を出すたびに、喉が震えるのが伝わってきた。

それほど驚く話ではなかった。ハリー・ワイアットに連れられてイギリスにやってきて以来、マリーナはこの国の上流階級の人々については小説が書けるほどに学んでいたのだ。物静かで思慮深い准男爵の次男――魅力的な兄の影に隠れることが多かった――には職業が必要で、そのために牧師が選ばれたことを理解するのには、鋭敏さも洞察力も必要なかった。彼の父親はそれ以外のものを考えようともしなかったという。悪い人間ではなかったが（ジャスパーは、褒めるべきところで褒めることを忘れなかった）、まわりにいる人間の本質に気づくほど繊細ではなかった、とジャスパーは言った。もちろん彼女は、牧師になるためにはどれほどの古典の知識が必要なのかについてはよく知らない。だが彼女は、彼女が書く小説のヒーローたちはたいてい、決闘と放蕩の合間の学生生活を自分の家で怠惰に過ごすだけだったから、知っている必要はなかったのだ。

「たいていはそんなものだ」ジャスパーは言った。「だがわたしはいくらか放蕩もしたが、多くを学んだ。呑みこみが早かったから、楽しみに使える時間もあった。古代の人たちの官能的な話には、おおいに感じるものがあったからね。それにもちろん、用心さえ怠らなければ、大学のある町にはその手の楽しみを提供してくれる場所がある。それに（彼はここで笑った）ひたむきで、好奇心が旺盛で、エネルギーにあふれていて、初めのうちはぎこちなかったとしても、ふたつの肉体が互いに与え合えるものにおおいなる喜びと畏敬の念を抱くことができれば」

マリーナは嫉妬しているふりをして唇をとがらせた。ジャスパーはもう一度笑って、その口にキスをした。「若かったころにきみと出会わなくてよかったと思うよ。わたしはまだまだぎこちなくて、だがきみは……きみはそのころから美しくて、自信に満ちていたに違いないだろうからね」

マリーナは目を逸らした。ジャスパーは肩をすくめ、話を続けた。

「だが、わたしは牧師になっても決して幸せになれないだろうという思いが大きくなるのをどうすることもできなかった。古代の世界について学べば学ぶほど、そこを訪れて残されたものを見たくてたまらなくなった。芸術や冒険を求めていたんだ――ベールとアンクレットをつけた黒い瞳の神秘的な女性にも会いたかったし、海賊とも会ってみたかった。実際に会ったこともあるが、その話はまたいずれするよ、マリーナ」

マリーナは彼にまわした腕に力をこめた。

「ともあれ、わたしはエセックスで生きたまま埋葬されるような人生を送りたくはなかった。だが、父のなかにそれ以外の選択肢はなかった。本当ならフランスやスイスやイタリアに旅をしていたところだが、当時イギリスは戦争中だったし、父はギリシャのような〝未開の〟地に行きたがる理由を理解できるような人間ではなかった。わたしは途方に暮れた。そこでケンブリッジで学位を取ったあと、兄のジョンに会いにいった。避けようのない父との対立にどう立ち向かえばいいか、相談しようと思ったんだ」

それがジャスパーの目的だった。だがひと晩かけてジョンとセリアが住むケントにたどり着いてみると、兄はロンドンに滞在中だった。

「〝会いたければ、愛人の家に行くといいわ〟セリアは憤然としてそう言った。彼女はそのひと月ほど前に死産をしていた――早産だったそうだ。わたしはそのことも、彼女がどれほどふさぎこんでいたかも、そのときまで知らなかった。死産は二度目だったから、ジョンも初めのうちは彼女を慰めていたようだが、そのうちいらだちを覚えはじめたらしい。ふたりは最初からあまり心が通じ合ってはいなかったんだ」

マリーナはあまり気乗りがしない様子でうなずいた。

「それでもそれなりにうまくいっていたときもあったようだが、やがて彼女が愛人と同じくらい美しくいようとするだけの気力をなくすと、ジョンは彼女にあまり興味を示さなくなった。そのうえ、彼女にその気がないことがわかると、激怒した。そして従順で、好ましい、よき妻に戻るまでは帰らないと言ってロンドンに行ってしまったそうだ」

今度はジャスパーが顔を背ける番だった。

「でもあなたは」マリーナがそのあとを引き取って言った。「彼女が充分に美しいと思った。いいえ、はかなげで哀愁を帯びて青白い顔をしている彼女を、いままで以上に美しいと思ったのね」

マリーナに向けたジャスパーの顔には驚きの表情が浮かんでいた。

「わたしは小説を書いているんですもの。物語がどう展開するのかは予想がつくわ。それで彼女は……？」

ジャスパーは肩をすくめた。「きみにはもうすでにわかっているのだろうが、彼女はわたしをベッドに誘うことをためらわなかった。わたしはなんなく彼女にのぼせあがり、恋に落ちたよ。わたしを誘惑することは、彼女にとってはゲームのようなものだったのだといまならわかる。ジョンへの復讐の意味もあったんだろう」

「そうね、そうかもしれないわね」

「だがもちろん、当時はそんなふうには思わなかった。ふたりの思いは熱く燃えあがっていて、彼女はもうジョンといっしょに暮らしていくことはできない、わたしはそう思いこんだ。

彼女を連れて逃げようと決めた。父のことなどすっかり頭から消えていた。すぐにケンブリッジに戻り、教師や友人など知っている人に片っ端から声をかけて、アテネに旅立つことになっている紳士を紹介してもらった。その人は秘書を探していたんだ。いっしょに女性を連れていきたいと言うといい顔をしなかったが、わたしが旅費を払うならかまわないということになった。純情だったわたしは、彼女が宝石をいくつか売って、いっしょに来るだろうと考えた。世界の反対側なら、私たちが結婚していようといまいとだれが気にする？　大切なのは彼女とわたしがいっしょにいることと、古代文明をこの目で見られるということだった」

ジャスパーの笑い声は空しく響いた。「わたしは二十一歳だった。いい知らせを――ふたりでいっしょに逃げられると――伝えようと急いでケントに戻ると、彼女はロンドンに向かうための荷造りの真っ最中だった。ドレスや宝石がいたるところに広げられ、ルージュの容器にクリームの瓶、なんだかわからない軟膏などが一面に散乱していた……なにに使う化粧品なのかも、わたしにはわからなかったよ。使用人たちは興奮して走りまわっていたが、彼女はいたって冷静だった。わたしの子供を身ごもったことは間違いないから、ジョンに知られる前に、いますぐロンドンに行かなければならないと言った。できるだけ早く、そしてもっともらしく、〝従順で好ましいよき妻〟になる必要があったわけだ」

ジャスパーは一度言葉を切った。「その朝、彼女は馬車に乗りこむ前に一度だけ振り返って手を振り、そして去っていった。ひどい有様だったよ。目の下には大きな隈ができていた。

体調は最悪だったはずだ。一週間ほど吐き通しだったんだ——ロンドンへの旅路はさぞかしつらかっただろう。

だがロンドンに着いた彼女はそういったことをすべて隠し、以前のように魅力を振りまいた。ジョンも愛人に飽きはじめていたんだと思う。それから七カ月半後にアンソニーが生まれたときは、美しい跡取りができたうれしさのあまり、計算が合わないことに気づきもしなかった。兄からもらった手紙はいまもよく覚えている。もともと細かいことを気にする人間ではなかったし、わたしを疑うことすらなかったと思う。もちろん、そのころもうわたしはスミルナにいたんだが」

沈黙が続いた。ジャスパーがつぎに口を開いたのはかなり時間がたってからのことで、その声はほとんど聞き取れないくらいになっていた。

「そのあいだも、そしてそれからもずっと、わたしは息子に会いたかった。息子を取り戻したくてたまらなかった。不公平だと感じたよ。どうしてジョンが父親なんだ？　こんなことを言って、どう思われるかはわかっている。忌まわしい、罪深いことだ。だがわたしはそのためになにかをしようとしたことは一度もないし、これまでだれかに話したこともない。実際に、なにひとつしなかったんだ」

よくわかっているというようにマリーナはうなずいたが、ジャスパーはいらだたしげにからだを引いた。

「簡単に信じないでくれないか。本当はそうではなかったのかもしれない。コモ湖にふたりを訪ねたとき、わたしは自分が放浪者で、ロマンチックな冒険者であることをひけらかしていたのかもしれない。あるいはあのふたりの毎日がいかに退屈で、不満だらけであるかに気づかせることで、復讐を果たそうとしたのかもしれない。今度こそわたしを求めるよう彼女にしむけ、ジョンにそのことを気づかせようとしたのかもしれない。

本当のところは、わからない。だが、ヨット遊びをしにいったあの日、ふたりが互いに不機嫌だったことは確かだ。わたしのせいだとあのときは思ったが、あれから考える時間はたっぷりあったから、死の直前にふたりはいったいどんな言葉を交わしたのだろうと、いろいろと想像をめぐらせたよ」

いまふたりはベッドに並んで横たわり、どちらも天井を見あげていた。ふたりのあいだの十五センチほどの隙間が、果てしない溝のようにも感じられた。

「きみには想像もできないと思う。ふたりの人間の死を代償として、切望していたものを手に入れたときの気持は」

マリーナはゆっくり呼吸をし、唇の端を噛みしめて、冷静でいようとした。それでも抑えきれずに全身が震え、気づかれたに違いないと思ったが、彼はそれどころではないようだった。

「そしてわたしは息子を手に入れた。だが同時に、父親——父親だと思い、愛していた男——のために泣いているあの子を見るという罰を受けた。その後の対応の愚かさで、わたしは自分への罰をさらに重くしてしまった。息子には、わたしのようになってほしかったんだ。

だがご覧のとおりあの子は違う。あるがままのあの子を愛するすべを、わたしは知らなかった」

ジャスパーは彼女の手を取った。「わたしは愚かな怒りと共に生きることを学び、そうやって生きてきた。だが……」

「今夜変わったのね」

「今夜その変化は決定的なものになったが、ここ数週間、ただ彼の幸せを望むというのがどういうことなのか、少しずつわかりかけていた。ありのままの彼を好きになると言ったほうがいいかもしれない。絶望と不満にかられながら激しく愛するのではなくて。手に入れられるもので満足することを学んだんだ。手に入れられないものに怒りを感じる必要はない。いつか彼に真実を知ってほしいと思うのはやめた。彼がいま知っていることも、ある意味では真実だから。わたしはそれで幸せだよ。たとえ……」

「たとえ自分がその幸せにふさわしいという確信が持てなくても」

ジャスパーは口を歪め、マリーナのほうにからだを向けた。

「そういうことだ。自分で自分の道を切り開いていかなければならない次男は、自分がすべきことを果たしているのかどうか、常に疑問に感じているものなんだ」

「あなたは……姪ごさんのすばらしい後見人よ。それだけであなたは……家族と幸せになる権利があるわ」

禁句――姪と家族――にジャスパーが反応するかとマリーナは思ったが、彼は感謝をこめてうなずいただけだった。

「博物館で初めてあなたたちを見たとき、わたしは……」**嫉妬にかられたの、**とマリーナは言おうとした。**あんなに愛情深い父親のいる少女に。**だがそれは彼女の問題だ。ジャスパーには関係ない。

「思わず見とれたわ」いかにもレディ・ゴーラムらしく、マリーナは優しげな口調で言った。「あなたたちふたりは、いっしょにいることがとても自然に見えた。大理石に囲まれて、知的な雰囲気がすてきだったわ」

「きみは、妙だと感じているんだろうと思っていた」

マリーナは訂正しようとはせず、ただ首を振って微笑んだだけだった。やがて彼が微笑みを返した――正確には、微笑みらしきものがその顔に浮かんだ、と言うべきかもしれない。

そしてふたりは、ベッドの上の隙間を埋めるように再びからだを寄せた。

「今夜話したことはゆっくり考える必要がある。だがそれはあとだ。いまは……」

「あなたがそうしてほしいなら、今度はあなたの番よ」

わたしがそうしてほしいなら……そうしてほしくないなどということがあるだろうか？

彼女が申し出ていることを拒否するような男が、この世に存在するのだろうか？

その笑い声が返事の代わりだった。マリーナはからだを下にずらし、ひとつ目のボタンをはずしはじめた……。

だがそのとき、玄関をノックする音が階下から響いてきた。

ジャスパーはからだを起こした。マリーナも顔をあげた。わたしに用があるはずはない、ここにいることはだれも知らないのだから、ジャスパーは思った。だがもしアンソニーが推測して……。

アンソニー……ああ、神さま、シドニー……。

寝室のドアをだれかがひそやかに叩いたとき、ジャスパーはすでに上着を着て、適当ではあったもののクラバットも結び終えていた。

マリーナの執事はこの場にふさわしい、礼儀正しくかつ興味のないふりをしようとしていたが、この状況を楽しんでいることは明らかだった。

「お邪魔をして申し訳ありません、奥さま。ミスター・ヘッジズ宛の緊急の伝言があると申す者が階下で待っております」

18

「大丈夫よ、もうすぐだから」

ヘレン・ホバートはすすり泣く少女を抱きしめながら、できるかぎり優しく言った。フランネルの室内着を着て、髪をカールさせるための紙を頭につけたままの家政婦ミセス・バロウズは、長年この仕事をしてきたけれど一度も泥棒に遭ったことはないと、メイドたちといっしょになってコーラスを歌いあげるように大声で泣いていた。その後に、家族が必要としているときに家を留守にしている紳士への恨み言が独唱となって続き、再び泣き声のコーラスがはじまる。

泣き声がはじまるたびにシドニーはがたがたとからだを震わせ、ミスター・ヘッジズの留守を恨む言葉に新たな涙をこぼした。

ヘレンはシドニーに声をかけながら、家政婦をにらみつけた。「間違いないわ」はっきりと同じ言葉を繰り返す。「叔父さまはすぐに帰っていらっしゃるわ。ロバートが馬車でパーティー会場に迎えにいったから」

社交シーズンの最中で道路がこれほど混んでいなければ、ミスター・ヘッジズはいまごろ帰ってきていたはずよ、とヘレンは辛抱強く――十二回目くらいだったかもしれない――繰り返した。

ミス・エイモリーの仮装舞踏会の会場の外は馬車がひしめき合っているけれど、それでも叔父さまはもうこちらに向かっているわ、とヘレンは自信に満ちた声で明るく少女をなだめた。「想像もできないくらいの混み方なの。あれほどの馬車が集まるなんて、わたしにはとても考えられないほどだったわ」
五、六回同じ言葉を繰り返すうちに、ヘレンの耳にも自分の言葉がもっともらしく聞こえてきた。だが実を言えば彼女は、ロバートをワイザース卿の家に行かせたふりをしているだけだった。ミスター・ヘッジズがいまどこにいるのか、彼女にはわかっていた。
ヘレンの指示をロバートは冷静に聞いていた。「数週間前、手紙を届けたブルック・ストリートの家を覚えているでしょう？」ロバートが思わせぶりにウインクをしたりせず、黙って行ってくれてよかったとヘレンは思った。ミセス・バロウズとほかの使用人たちに事実を告げる楽しみは、明日まで取っておいてくれたようだ。その話をするのは、さぞ愉快だろう。よりによってミスター・ヘッジズが、あの有名なブルック・ストリートの美しきインテリ女性の家を真夜中に訪れているとは、使用人たちはだれひとり夢にも思っていなかったに違いない。

わたしには関係のないことだわ、ヘレンは自分に言い聞かせた。もうすぐ、この厄介な家族から離れ、広大な大西洋の向こう側に渡るつもりだった。ほんの一瞬でも、ミスター・ヘッジズに対する使用人たちの評判を気にするなんてばかみたいと彼女は思った。ロバートを彼のところに行かせることをためらったのは、見当違いの忠誠心というものだ。怯える少女を朝まで待たせていいはずがない。

評判といえば……アンソニーは今夜、わたしの評判について少しでも考えてくれたのかしら?

「泥棒に殺されていたかもしれない」シドニーの涙はいくらか収まってきてはいたものの、その声はまだか細く、怯えていた。叔父が戻ってきて安心させてくれるまでは恐怖の瞬間に閉じこめられたままで、そのときのことを何度でも思い返さずにはいられないようだった。

「本を読みながら眠ってしまったの。目が覚めたら、男の人がわたしに拳銃を突きつけていたの。拳銃よ」シドニーは繰り返した。「拳銃は見たけれど、その人の顔はよく見えなかった――その人と背の高い人はクラバットを目の下に巻いていたんだもの。声を出さないようにしようとしたけれど、少しだけ悲鳴をあげてしまったの。そうしたらその人は拳銃をすぐ撃てるようにしておいて、もうひとりにうなずいたのよ。戸棚をどうにかしろっていうように。でもわたしは見なかった。怖かったんだもの。それからその人は、すごく……恐ろしい声で言ったの。〝今日のところはおまえと彫像はこのままにしておくが、また来ると叔父さんに言っておくんだな〟って。わたしは息もできなかった。もうひとりの人――その人はいい人なの。背が高くて、濃い青色の目をしていたわ――がばかなことをするな、子供を脅すのはやめて拳銃をしまえって言ってくれなかったら、きっとわたしは殺されていたと思う。

あなたが帰ってきた音を聞いて逃げる代わりに、あなたのことも殺していたかもしれないわ、ミス・ホバート」

「でもだれも殺されなかったでしょう？　あなたもわたしも無事よ。それに、戸棚を開ける時間もなかったようだから、骨董品もなにも盗られてはいない。泥棒は窓から出ていって、手ぶらで帰り、わたしたちはだれも怪我ひとつしなかった。運がよかったのよ。この幸運を心から、黙って感謝しましょうね」

最後の言葉は、ミセス・バロウズを戒めるために言ったつもりだったが、彼女のスイッチを再び入れてしまったようだ。

「骨董品なんてどうでもいいんです。わたしが感謝しているのはあなたにですよ、ミス・ホバート——わたしたちみんなが殺される前にあなたが帰ってきて、泥棒の集団を追い払ってくれて、本当によかった。神さまに感謝しないと」

集団ではなかったわ。ヘレンはその言葉を呑みこんだ。たぶんふたりだ。ふたりとおそらく手押し車。家の裏手の路地から、ふたりが手を貸し合って窓から逃げ出しているらしい音が聞こえ、そのあと石畳の上を車輪が転がる音がした。自分の目で確かめておくべきだったのかもしれないが、あのときはすっかり怯えて混乱していた。ミスター・ヘッジズ——本当なら家にいるべきはずの、自分勝手な人でなし——に報告するため、覚えられるかぎりのことを覚えておかなければならないとヘレンは考えていた。たとえすべての男が自分勝手な人でなしだとしても——おそらくはそうなのだろうとヘレンは思った——手がかりを求めて頭を伸ねり、論理だった説明をし、姪と使用人たちの泣き声に耐えるのは、ヘレンではなくミスター・ヘッジズの役目だ。

本当ならヘレン自身が、風通しの悪い小さな寝室で泣いていたかった。頭のなかを整理し、荷造りをし、いい加減で嘘つきで卑劣な彼の甥にぶつける最後の怒りの言葉を考えていたかった。二度とアンソニーには会いたくなかった。

「それから、お嬢さま……」家政婦はシドニーにキスの雨を降らせるべきか、それとも怒るべきかを決めかねているようだった。どちらに転んでもいいように、シドニーはヘレンににじり寄った。「泥棒がうろついている叔父さまの書斎に夜中に忍びこんで、あんな妙な小説を読んだりするものではないということが、この惨事のおかげでおわかりになったでしょうか。これをいい教訓にしてください……」

この場が教室か裁判所であるかのように、ヘレンはミセス・バロウズの言葉を訂正せずにはいられなかった。そもそもなにも惨事など起きていないし、泥棒がうろついていることをシドニーが知っていたはずもない。「とにかく、ありがとうございます、ミセス・バロウズ。小説を内密に精読していたことについては、わたしがあとでミス・ヘッジズとよく話をしておきます。ミスター・ヘッジズにも折を見てわたしたちから報告しておきますから」

最後のくだりを念を押すように繰り返すと、ミセス・バロウズはしぶしぶうなずき、シドニーはほっとため息をついた。頬を伝う涙はさっきよりずっと少なくなっていて、恐怖というよりは罪悪感と安堵の涙のように思えた。

あなたのためにしたことじゃないのよ、いたずらっ子さん、ヘレンは思った。**心を落ち着かせるために、〝内密に精読する〟というような難しい言葉を口にする必要があっただけなの。**

このまま、論理的で忍耐強くて恐ろしいほど優秀な家庭教師らしく、ゆっくりしたわかりやすい口調で話し続けていたら、論理的で忍耐強くて恐ろしいほど優秀な家庭教師以外のものになろうとした自分を忘れられそうな気がした。

今夜の出来事すべてをなかったことにできたならと願いながら、ヘレンはむき出しの腕と肩に羽織ったマントをさらに強くからだに巻きつけた。どれほど蒸し暑く、厨房のランプが煌々と灯されていようとかまわない。少なくともこのドレスを隠すことができる。できることなら、記憶も消してしまいたかった。

舞踏会場の端に立っていたときのこと……。

サー・アンソニー・ヘッジズがわたしをダンスに連れ出したときのこと……。それも二度も。けれど一曲のように感じられた。テーマもバリエーションもパートナーとのからだの触れ合い方も違っていたはずなのに。カントリーダンスとワルツが終わると、アンソニーは彼女を連れてテラスの階段をおり、薄明かりに照らされた庭園へと向かった。ふたりとも顔がほてっていたが、どちらも飲み物を取りに行く気はなかった。アンソニーが微笑んで言った。

「ワルツはからだを温めるにはいいね。そう思わないかい？」

ヘレンはそのとおりだと即答した――ひと晩じゅうワルツを踊っていたかのように。つかの間、そうだったような気がした。つかの間、ふたりは意見を同じくし、同じものの考え方をしている気がした。とても気持のいい会話だった――気楽な会話。まるでもう何年も前からの知り合いだったかのように。

けれど実際にふたりは何年も前から知り合いだったのだから、そんなふうに考えるのはばかげていた。シドニーの家庭教師になるずっと以前、ヘレンと牧師の父親はウェルドン・プライオリーに何度か招かれていた。うんざりするようなディナーパーティーの席で、ヘレンはテーブルをはさんで向かい側に座っている退屈しきった美しい少年から、目を逸らすことができなかったものだ。

だが今夜の舞踏会でのアンソニーは至極上機嫌で、かつてディナーのテーブルで披露されたラテン語のひどいジョークの話を持ち出したりもした。彼には家族のことを話せる相手がいないのだろうとヘレンは思った。叔父がそれほど悪い人間ではないということがいまになってようやくわかって驚いたという話をはじめたからだ。さらにアンソニーは、ミスター・ヘッジズとゴーラム伯爵夫人とのあいだになにかあるのではないかと疑っていると言ったら、ぼくの頭がおかしくなったと思うかい、とヘレンに訊いた。

アンソニーに言われるまで、ヘレンはそんなことを考えたこともなかった。だがたしかにここ最近、ミスター・ヘッジズの帰りはひどく遅い。ヘレンはそう言って笑い、アンソニーもまた笑った。その笑い声を聞いて、ヘレンはミスター・ヘッジズやレディ・ゴーラム、そして世界中のあらゆるものに対して温かい気持になれた。ゴシップ記事がなにを書きたてようと――たとえば、サー・アンソニーがだれと結婚するかといったこと――いまはどうでもよかった。

彼と交わしたいまの会話を、家族とするような気のおけない話だと考えれば、新聞のゴシップ記事に書かれていたことを無視できる気がした（少なくともいまだけ、あとしばらくして家に帰るまでは）。

そのままさらに庭園の奥へと歩き、たわいもない話――ウェルドン・プライオリー周辺の野原や森、周辺の村に住む人々といったこと――を続けるうちに、ヘレンはアンソニーが上流社会のなかでも有名な存在であることを忘れ、場違いなパーティーに出席した彼女を親切にダンスに連れ出してくれた、親しみやすくて心が広く、寛大な若者として思えるようになってきた。

アンソニーはウェルドン・プライオリーが恋しいと言った。もっと頻繁に帰りたいよ。近ごろでは、ロンドンとこの町が提供してくれる娯楽を本当に楽しんでいるのかどうか、わからなくなってきたんだ。叔父とは仲良くやれそうだし、それに経済的にもなんとかなりそうだから……。

だが――アンソニーは唐突に言葉を切った――人生は、本人がその重大さに気づきもしないうちに大きく変転することがある。**ぼくの言う意味がわかるだろうか？**

ヘレンはその言葉に、アンソニーが裕福な妻を探していることはロンドンじゅうの人が知っているという事実を、いやでも思い出した。だがアンソニーがあまりに悲しそうだったので、なぜかうしろめたさを感じ、アメリカで仕事を見つけたことへの後悔やシドニーとミスター・ヘッジズのもとを離れる悲しさがどっと胸のなかに広がった。

ふたりが口をつぐんだのはそのときだったに違いない。足を止め、見つめ合い、アンソニーがキスをしてきたのは。

忘れなさい、ヘレン。彼女は自分に命じた。

その瞬間のことは忘れるの。優秀な家庭教師とはほど遠い、喉を絞めつけられたようなか細い声が、あれはちょっとした、ただのキスだと心の奥で言っていたが、ヘレンはあくまでも自分に言い聞かせた。

ふたりの唇が合わさり、舌と舌が触れ合った(つまり、それぞれが口を開いて、どちらかが相手の舌を……。ヘレンはこれまでずっと皆なんでそんなことをするのかと不思議に思っていた)。木立と茂みのなかでふたりはからだを離して立ち、顔だけを寄せ合っていた。唇が相手を求めている。触れ合っているのは、からめた指と唇だけだった。

慎み深いささやかなキス。それは唐突に終わりを告げた。アンソニーが強引に顔を離したのだ。

頬を紅潮させたアンソニーは、狼狽しながらしどろもどろでなにごとかを口走りはじめた。散弾銃の弾のようにあたりかまわず言葉をまき散らすその口調は、普段のゆったりした口ぶりからはほど遠い。「いや、こんなはずじゃなかった、すまなかった、これはただ、ああ、神さま、許してくれ、ミス・ホバート、こんなことをするべきじゃなかった、ぼくにはそんな権利はない、ぼくはばかだ、きみに話さなきゃいけないことが……」そのあいだじゅうヘレンは、驚きのあまり声を出すこともできずにいた。

「行こう。屋敷のなかにはいったほうがいい。そこで話すよ」からませていた指は離れ、ふたりは無言で屋敷へと向かった。

あの素朴な初めてのキスのことは覚えていてもいいかもしれないと、ヘレンは思い直した（それに、舌は少しも不快ではなく、不快どころかその反対だということが、いまのヘレンにはわかっていた）。そのときの記憶を記念の品のように取っておいてもいいかもしれない――シンデレラがガラスの靴を取っておいたように。

本当に忘れなければいけないのは、二度目のキスのほうだった――屋敷に戻る途中、明るく輝く提灯がずらりと吊るされたテラスに着く直前に交わされたキス。ふたりは明かりに照らされた場所に足を踏み入れたとたん、あたかもダンスを踊っているかのようにすっとあとずさって、暖かくひそやかな闇に包まれた庭園の小道に戻った。しばし見つめ合ったあと、茂みの合間にからだを滑りこませた――まわりを遮られた、隔絶された空間。薔薇と月桂樹のなかでふたりは小枝を踏みしだき、木の葉を落とし、花びらをまき散らしながら、死ぬまで忘れないだろうとヘレンが思うほどの情熱でキスを交わし、抱き合った。

アンソニーはヘレンの腰に腕をまわし、ヘレンはアンソニーの背中を抱きしめた。なんてしっくりくるのかしらとヘレンは思った。彼女は長身だが、アンソニーはそれよりさらに背が高い。ヘレンは細身で余分な肉は一切ついていないが、アンソニーはほれぼれするほど見事な筋肉に包まれていた。ヘレンは自分が樫《かし》の木に巻きつく蔦《つた》になった気がしたが、やがて詩的な比喩の代わりに、博物館で見た大理石のディオニソスの像を思い出した。アンソニーが激しく彼女を求めて興奮していることを知り、チュニックごしに腿に当たるものを感じると、めまいがしそうなほど気持がたかまり、心が震えた。大理石のように硬いけれど、冷たくはない。どれくらい温かいのかは、想像するほかはなかった。

ぴったりと寄り添った彼のからだ、濃密な薔薇の香り、鼻孔をくすぐる月桂樹のにおい——感覚の嵐のなかで、ヘレンはこれからどうすればいいのかわからずにいた。彼が望むことならなんでもするのだろうと彼女は思った。めくるめくような欲望がいったいなにを意味するのか、見当もつかなかったけれど、自分がそれを望んでいることを否定するつもりはなかった。

だがこうして厨房に座り、ミスター・ヘッジズの評判を守るために最善を尽くしているいまとなっては、それもどうでもいいことだ。ヘレンは、冷静で分別のあるミス・ホバートとしての役割を演じることに意識を集中させた。愚かなミス・ホバートがどんな振る舞いをするのかは、アンソニー——サー・アンソニーだとヘレンは心のなかで言い直した——以外のだれも知らない。

彼がだれにも話さないでいてくれれば。使用人たちが厨房でするように、男の人たちはクラブで噂話をするのだろうか？　さほど気にならなかった。明日、従僕のロバートがミスター・ヘッジズについて語ることに比べれば、たいしておもしろい話ではない。ロンドン中の注目を集める若きサー・アンソニーが、簡単にそれを許すほど愚かで目立たない家庭教師にキスをしたからといって、だれが気にかけるだろう？　ワイザース＆エイモリーの舞踏会の夜、とてつもなく裕福なレディ・イゾベル・ワイアットとの婚約を発表するほんの一時間前に、茂みのなかで彼女を誘惑したことになんの意味がある？　退屈な話だ。耳を傾けるのは永遠にその話を繰り返そうとする彼女自身くらいのものだろう。

少なくとも、婚約が公に発表されるまであの場にはとどまらなかった、とヘレンは自分を慰めた。レディ・イゾベルが友人に話していた言葉――ヘレンが耳にしたその一部――で充分だった。

すんでのところで逃げ出した自分の幸運を感謝すべきなのだろうと思った。この家を泥棒から守る結果になったことも考慮するのなら、悪くない夜だと言えるかもしれない。ミスター・ヘッジズがよく言うように、神さまが共にいてくれたのかもしれない。彼女とサー・アンソニーをとげだらけの茂みに導いたのは、神さまだったのかもしれない。そのとげが彼女のドレスの裾にかぎ裂きを作ったのだ。布地が裂ける音は、ふたりの荒い息遣いとあえぎと小枝の折れる音のなかでも聞き取れるくらい、長く大きく響いた。

ヘレンは彼からからだを離した。つましく縫い物をしてきたこれまでの年月が作りあげた習慣は、そう簡単に変えられない。

〝破けたところを縫わないといけないわ〟ヘレンは言った。〝そうしないと、膝のところまで裂けてしまう〟。そのままにしておいたら破れたスカートからどこまで脚が見えるだろうとそれぞれに想像し、ふたりは笑みを交わした。

〝ああ、そうだな〟。アンソニーは応じた。〝だが、すぐに戻ってきてくれるだろう？　頼むから戻ってきてほしい。ぼくはきみに……〟

戻ってきたら、さっき言っていた話をするのだろうとヘレンは思った。ドレスが破けていなければ、彼女ではなくアンソニーのほうからからだを引いていたかもしれない。彼にも慎みはあるはずだ。そう思おうとする自分のなかの公平な部分をどう考えるべきか、ヘレンにはわからなかった。

「もちろん戻ってくるわ」そう言ったヘレンの顔には、ただただ幸せそうな笑みが浮かんでいたことだろう。理屈も理由もない。ただ、できるだけ早く彼のもとに戻ってきたいだけだった。彼がなにを話すつもりなのかすら、考えることもなかった。

大きな鼻をした従僕が、女性がドレスを整えるための部屋の場所を教えてくれた。彼の言葉はあまりよく理解できなかった。その大きな鼻ですべてをすませようとしているようだ。鼻を見おろすようにしてヘレンを眺め、鼻から声を出している。その場にふさわしい招待客であるかそうでないかを、使用人はひと目で判断できるものだ。

ともあれ彼が示した方向を少しうろうろしたあとで、ヘレンはそのふたつの部屋を見つけた。

一階の隣合ったふたつの寝室が、控室として使われていた。メイドたちが落ち着きなくあたりを歩きまわり、ほつれた裾を縫い直したり、崩れた髪形を整えたりしている。大きいほうの寝室はほぼいっぱいだったが、それよりほんの少し狭いだけの二番目の寝室はほとんど人気《ひとけ》がなかった。窓のあるアルコーブに置かれたソファに寄り添って座っている手の込んだ装いのふたりの女性――ひとりは背が低く、ひとりは長身だった――が、ひそひそと小声で話をしているだけだ。

この部屋にメイドは見当たらなかったが、かまわなかった。はさみと糸、針がびっしり刺さった針山がテーブルの目立つところに置いてある。アルコーブにいるふたりは、話に夢中でヘレンに気づいていないようだった。あるいは彼女を使用人だと思ったのかもしれない――実際、家庭教師は使用人だ（ヘレンは改めて自分に言い聞かせた）。

ドレスの前の部分が裾から膝の数センチ下まで、長々と裂けていた。楽に手の届くところだったし、頭のなかは彼の声――戻ってきてほしい――でいっぱいで、全身が期待感にうずうずしていたとしても、破れた箇所をまっすぐ縫うことはそれほど難しくはなかった。

縫い目は美しいとは言い難かったし、手早くできたわけでもなかったが、なんとか縫い終え、糸を結んで切った。庭園に戻ろうとしたちょうどそのとき、幸せのあまりぼうっとしていた彼女の耳が唯一捕らえることのできる言葉が聞こえてきた。

〝サー・アンソニー……〟アルコーブからだ。おそらく背の低いほうの女性だろうと思った。

〝結婚の申しこみ……彼に返事をする心の準備はできたわ〟。聞いたことのない声だ。エジプト風の黒いかつらの下の濃い化粧を施した顔にも見覚えはなかった。

だがそれに応じる声には、間違いようのないアクセントがあった。**本当にそれでいいのね、イゾベル。**外見からでは見分けがつかなかったが、ヘレンにはその声の主がすぐにわかった。凝った髪飾りをつけた背の高いその女性——女王ブーディカ（ローマ人支配に反旗を翻したケルト人イケニ族の女王）に扮しているのだろうとヘレンは思った——は確かにミス・エディス・エイモリーだ。

クレオパトラはレディ・イゾベル・ワイアットに違いない。

ええ、いいのよ、エディス。いまわたしはすごく幸せなの。生まれてこのかた、こんなに幸せだったのは初めてだと思うわ。

ヘレンは、ふたりが友人同士だとは知らなかった。だがどうして知っているはずがある？ロンドンの社交シーズンを利用してふさわしい夫を探しているふたりの裕福な若い女性のことなど、彼女がなにも知らなくて当然だ。

親しげな声の調子から判断するに、ふたりは心を許し合った友人らしい。新聞のゴシップ欄が書いているような競争相手ではまったくないようだ。

いいことだわ、ヘレンはぼんやりと考えた。自分の決断に確信があって、人生で初めてと言えるほど幸せなのは、いいことに違いない。彼から結婚を申しこまれたのだから、確信があって幸せなのは当然だ。

いい加減で、卑劣で……嘘つきで……。

だが彼をののしるのはあとでいい。その時間はたっぷり――生きているかぎりずっと――ある。いますべきことは、はいってきたときと同じように静かにこの部屋を出て、彼と再び顔を合わせないうちに家に帰ることだ。

驚いたことに、従僕はなんなく彼女のマントを見つけ出した。裾のあたりのベルベットが少しすり減っていることを告げたからかもしれない。すり減ったベルベットのマントなど、ほかには一着もないだろうとヘレンは思った。そしてポケットがついているのも彼女のマントだけのはずだ。ヘレンは自分が仕立てたものには必ずポケットをつけることにしていた。どうして女性の服にポケットがあってはいけないの？　今夜シャーロット・ストリートの家を出る前に、ハンカチに包んだ数枚の硬貨をポケットに忍ばせておいた。手を貸してくれた使用人に渡すことがあるかもしれないと思ったのだ。家庭教師であっても、正しいことをしていけない理由はない。

だが結局その硬貨は、辻馬車に使わなければならないようだ。ミスター・ヘッジズを探しても無駄だとわかっていた。たとえレディ・ゴーラムといっしょではないとしても、これだけの人のなかで探し出せるわけがない。そういうわけでヘレンは、彼女がなにもお礼をするつもりがないことがわかったときに軽蔑の表情を浮かべた従僕から、裾の擦り切れたマントを受け取った。

辻馬車を見つけるのは簡単ではなかった。自分がひとりで通りに立っていることに気づき、いまさらながら危ないことをしているのかもしれないという気がした。だが結局、あれでよかったのだと、あとになって感謝した。

そのおかげで、ブルームスベリーの家に帰り着くのが少し遅くなったから。いい泥棒（シドニーは頑としてそう言い張った）が無謀な仲間を説得してくれてよかったと、改めて思った。

シャーロット・ストリートで馬車を降りてから初めて、ヘレンはシドニーといっしょになって泣きそうになっている自分に気づいた。突如として責任の重さに押しつぶされそうになったからかもしれない。あるいは悩むべきことがあまりに多すぎて、なにに集中すればいいのか自分でもわからなかったからかもしれない。まさにその瞬間、ミスター・ヘッジズが厨房の入口に姿を見せていなければ、どっと泣き崩れていただろう。

新しい上着は、彼のほかの服と同じくらいしわだらけになっていたうえ、クラバットは結んでいるとも言えないような状態だった。

そして彼の表情は？　血のつながりがこんなときにありありとわかることが妙だった。その表情には、不思議なほど見覚えがあった。うしろめたさ。今夜見たアンソニーの顔にも、同じようなうしろめたさが浮かんでいた。

「なにがあったかはロバートから聞いた」ジャスパーは静かに言った。だれかひとりを見つめようとはせず、そこにいる全員に視線を向けていた。「書斎をざっと調べてきたが、話はシドニーを寝かしつけてからだ」

つかの間ジャスパーは、コモ湖での悲しい陰鬱な夜明けに引き戻されたような気がしていた。涙の跡の残る青白い顔に、白い寝間着の裾から小さな素足をのぞかせたシドニーが、とても幼く、小さく見えたからかもしれない。

マリーナに打ち明けてよかったのだろうか？　重荷をおろして解放感を味わえるだろうと思っていた。突然、自宅に呼び戻されなければ味わえていたかもしれない。だが書斎の窓が開け放たれ、自宅に他人の侵入を許したことを思えば、心の奥底の思いを打ち明けたところで解放感を味わえるはずもない。

それにマリーナは、泥棒が鍵を開けられなかった戸棚にアフロディーテの彫像がしまってあることを知っているロンドンで唯一の人間だ。だがそのことはあとで考えようと思った。いまはシドニーを抱きしめ、慰め、許しを求めている彼女のベッドの脇に座って手を握ってやらなければいけない。

「わかった、わかった。おまえがいてはいけないところにいたことは許そう。この話は落ち着いてからにしよう。いまは考えるんじゃない」

金庫にはいっていたものはすべて無事だった。机の上の書類もきちんと積まれたままだ。本棚に並べてある工芸品や本にも手をつけられた跡はない。机の上に、マリーナの小説『パーリー』が広げられている以外は。

シドニーが読んでいたのだ。ジャスパーはロバートに、部屋のなかのものはすべてそのままにしておくようにと命じてあった。

「なにも動かすんじゃない。明日、ボウ・ストリートからだれかに来てもらおう――いや、もう今日か」

いまは、シドニーを安心させることがなにより重要だった。おまえが眠っているあいだ、ずっとそばにいるよと、ジャスパーは繰り返した。大丈夫だ、この肘掛け椅子から動かないから。だが、いまわたしが少しだけ薬を入れたこの水を飲まなきゃいけないよ。

「アヘンチンキだ」ジャスパーは言った。嘘はつきたくない。「ほんの少しだよ。これでよく眠れる。いまのおまえには眠ることがなにより大切だ。眠らなきゃいけない」

「でも、泥棒の夢を見たらどうするの？ 悪い泥棒よ。いいほうの人じゃなくて――あの人ならべつにかまわないんだけれど。でも拳銃を持っていた人は……」

「それなら、わたしとミス・ホバートがしっかりおまえを守っていることも夢に見なくちゃいけないよ。もし悪い泥棒がおまえの夢に出てきたら、わたしたちと話をするように言うんだ。わたしたちもおまえの夢のなかにいるからね。それともその悪党が望むなら、わたしたちの船の船長と対決させてもいい。それとも将軍にするかい？ そのうちのだれかと戦わせるんだ。だがそのころには、わたしたちの乗る船は……もうずっと……ずっと……遠くを航海しているだろう」

ジャスパーはゆったりした口調で言うと、ベッドに面した壁に飾られている古いタペストリーを顎で示した。エルサレムに向けて出航しようとする十字軍の図柄で、あちらこちらが擦り切れ、虫に食われている。ウェルドン・プライオリーの玄関ホールに何世紀も前からかけられていたものだが、シドニーがその絵をとても好きだったので、最初は子供部屋に、それから寝室に飾り、今回はロンドンにも持ってきたのだ。

ジャスパーとシドニーはその絵に登場する奇妙な人々——兵士、船乗り、探検隊の出発を祝って楽器を奏でる音楽家、塔の上でハンカチを振る女性——にまつわる物語を、長年のあいだに作りあげていた。その物語を繰り返したり、ふくらませて語って聞かせたりすることでしか、シドニーを寝かしつけることができない時期もあった。

ジャスパーはシドニーを守る空想の軍隊の話をしようとした。

シドニーは昔を懐かしんでいるような笑みを見せた。

「でもわたしはアンソニーに守ってもらうほうがいい」

「そうだな」

「アンソニーが——」シドニーの声がか細くなった。「——わたしたちといっしょに船に乗っているの……白い……房飾りのついた服で」

アヘンチンキが効きはじめたようだ。シドニーの長いまつ毛が揺れ、まぶたが震えて閉じた。ジャスパーは振り返り、うしろにいるヘレンに微笑みかけた。心配してついてきたのだが、いま彼女はシドニーの服を畳んだり、化粧簞笥の上に置かれているものをまっすぐにしていたりして、彼と目を合わせようとはしなかった。

彼女もわたしと同じくらい疲れているに違いないと、ジャスパーは思った。これほど暖かい夜なのに、細身のからだをマントでしっかりと包みこんでいるのが妙だ。自分たちの身に起きたことを思うたびに彼の背筋がぞくりとするように、彼女も寒気を感じているのかもしれない。ギリシャ風に結った髪は襟足のところでほどけ、濃い色のベルベットのマントの上に赤みがかった巻き毛が数本垂れていた。赤みがかった金髪。きれいな色だ。ジャスパーは初めて気づいた。だがダンスをしていたあいだ、あれほどいきいきしていた大きな口は、いまはかさかさに乾いて悲しげだった。

「ミスター・ヘッジズ」

「もう寝なさい、ミス・ホバート」ジャスパーは言った。「疲労のあまり、いまにも倒れそうに見える。わたしたちみんながそうだ。もうすぐ夜が明ける。明日にはわたしがボウ・ストリートに行くから、なにか気づいたことがあったら、その前に教えてくれ」

ヘレンはうなずき、部屋を出ていこうとした。

「そうだ、ミス・ホバート」

「なんでしょう?」

「今夜わたしを連れ戻すためにロバートをよこしてくれた、きみの機転と正しい判断に感謝するよ」

いささか頬骨の高すぎる彼女の顔はいつにも増して青白く、深い悲しみをたたえているような瞳をのぞけば、そこにはなんの表情も浮かんでいなかった。わたしの情事に首を突っこむ形になったことを気まずく感じているのだろうとジャスパーは思った。それとも、自分たちがどれほどの危険にさらされていたのかを思い出して、怯えているのかもしれない。

せっかくの夜がすっかり台無しになってしまったことを気の毒に思った。アンソニーと踊っていたときの彼女が、驚くほど魅力的で好ましく見えたことを思い出した。ヘレンはいま一度うなずいて、部屋を出ていった。

シドニーはぐっすり眠っている。しばらく目を覚まさないだろう。この場を離れても大丈夫だ。あとしばらくしたらそうしようとジャスパーは思った。

だが、いつのまにか眠ってしまったらしかった。浮き縞織り《ディミティー》のカーテンの隙間から、煤にまみれたピンク色の空がのぞいている。都会の空、危険な空だとジャスパーは思った。これまではロンドンを――そういう意味ではイギリスのどんな場所も――危険だと思ったことはない。価値のある彫像をここに置いておくことが危険だとは、露ほども考えなかった。

今夜はなにをどう考えればいいのかわからなかった。今夜は――シドニーがマリーナの小説を読んでいたことにも驚いた――きちんと区分けされていたはずのものが、突如としてひとところに集められ、混じり合ってしまったかのようだ。

あたかもタペストリーの裏側――もつれてねじれた糸の輪や結び目や隠されていたつながり――を突然目の前に突きつけられたかのように。

境界線を越えられてしまったことを現実として感じられないのは、今夜があまりに奇妙で、不可解で、不安だったから――怯えているからとは思いたくなかった――かもしれない。だが越えられてしまったのが、屋敷の境界線なのか、秘密の境界線なのかは、ジャスパーにもわからなかった。

19

翌朝のジャスパーには、怯えている時間などなかった。朝食のあいだも玄関へと向かっているときも、使用人たちがこちらに向ける訳知り顔に屈辱を覚えずにはいられない。マリーナに宛てて手紙を急いでしたためたものの、従僕ではなく通りにいる使い走りの少年に持って行かせた。ばかげているかもしれないが、自分の情事をこれ以上好奇の目にさらしたくはなかった。

皮肉なことに、詮索されたくないという彼の望みは、判事の事務所でかなえられることになった。ここには、彼の家と敷地に押し入った泥棒に興味を抱いている人間はいない。机に向かっている事務員はろくに彼の相手をしようともしなかった。今朝はほかに事件があったので、お待ちくださいと言っただけだ。

ジャスパーは奥の壁の前に置かれている硬いベンチに、不機嫌そうに腰をおろした。シティのどこかのオフィスで、男がひとり窒息死したらしい。煙突がつまっていたか、煙を吸いこんだか、そんなところだろう。もちろん気の毒ではあるが、そんな珍しくもないことがどうしてこれだけの注目を集めているのだろうと、ジャスパーはいぶかった。判事の事務所にいるだれもが、落ち着きなくうろうろしている。彼とささいな犯罪で連行されてきた運の悪い数人以外は、充実した朝を送っているようだった。もちろん捕り手たちのだれひとりとして、家に怯えた子供を待たせていたり、また来ると言い置いて去っていった泥棒に遭遇したりはしていないのだ。

それでもジャスパーが家を出てきたときには、シドニーの様子はずいぶんと落ち着いていた。外が明るいと恐怖も薄らぐらしく、ぐったりして元気のないミス・ホバートと留守番をすることにも異議を唱えなかった。もう一度ベッドに戻ったほうがよさそうなのは、ミス・ホバートのほうだ。だが少しのあいだなら大丈夫だろう。いつものとおり、ミス・ホバートがうまくやってくれる。

少なくとも今夜までは。叔父さまは今夜はどこかに行くのと、シドニーから小さな声で尋ねられた。マリーナに会うのはあきらめるほかはない。

もちろん行かないさ、とジャスパーはきっぱりと答えた。わたしがここを守るよ。粗野な感じの男がジャスパーの隣に座っていた。ここにいる理由を尋ねようかと思ったが考え直し、代わりに両切りの葉巻を勧めた。

「ありがとうごぜいます、旦那」男は礼を言い、情報のブローカーのようなことをやっていたというシティで窒息死した男のことを話しはじめた。「人の秘密の売買をしてたんでさ。ボウ・ストリート以外のあらゆるところに首を突っこんでたって話ですぜ。ここの捕り手たちは、一、二度やつを利用しようとしたものの、きっぱり断わられたとか。まあ、やつとしても、信頼を失うわけにはいかなかったでしょうよ」

ジャスパーはうなずいた。人の秘密を売買するなど聞いただけでぞっとしたが、時間をつぶすにはちょうどよかった。

地元のパブの売り子が通りかかると、ジャスパーの隣の男が物欲しそうに鼻をひくつかせたので、ジャスパーはミート・パイをおごった。食べ終えた男は、話を続けた。「捕り手たちはおそらく、やつは詰まった煙突のせいで死んだという結論を出して、捜査を終わらせちまうんじゃないですかね。まあ、実際にそうだったのかもしれない。だが、ラッカムほどたくさんの敵がいる男ですぜ。それもその多くが上流社会の人間だ。本当のことなんて、だれにわかるっていうんです?」男は脂まみれの唇をなめながら、話を締めくくった。「どちらにしろ、今日じゅうには旦那の事件の話を聞いてもらえるとは思えませんね」

それを聞いてジャスパーはうんざりした。だがそれから二十分ほどしてひとりの捕り手が現われ、彼の話を聞こうと言ったときには、男が間違っていたことがわかってほっとした。ジャスパーはこれといった特徴のない小柄な捕り手のあとについて、これといった特徴のない小さな事務所にはいったが、そこで聞かされたのは、未遂に終わった強盗事件にはまったく興味がないという言葉だった。

「まあ確かに、お子さんにとってはショックだったでしょうが、あなたはなにも盗まれてはいない。大変申し訳ないのですがね、ミスター・ヘッジズ、わたしが話を聞きたいのは別のことなんですよ」

ジャスパーは、ミスター・ジェラルド・ラッカムのメモ帳に自分の名前が書かれていたことを確信した。

「叔父さん？」

翌朝の十時半だった。治安判事の事務所で不愉快なひとときを過ごしたあと——手助けを得られるどころか、事態がより複雑になっただけだった——ジャスパーはアンソニーの自宅に直行した。だがアンソニーは留守だったので、できるだけ早くシャーロット・ストリートに来てほしいという伝言を残した。

そして、ようやく。明らかにアンソニーは、ゆうべは寝ていないようだ。飲んでいたのか？　ギャンブルか？　婚約を祝っていたのか？

だがアンソニーは、舞踏会のあとどこにいたのかを教えるつもりはないようだった。

「アルバニア風の衣装は従僕に渡しておきましたよ、ジャスパー叔父さん。洗濯して片付けておくと言っていました」

「そうか、ありがとう」どう切り出していいものか、ジャスパーはためらっていた。アンソニーの表情が一層、いぶかしげなものになった。疲れもにじんでいる。イートン校で会ったあの日のように、彼の髪は濡れていた。一夜を明かしたどこかの場所から家に戻り、ジャスパーの手紙を読んで、水を浴びてすぐに来たらしい。ジャスパーの伝言の深刻さを悟って、急いで駆けつけてくれたのだ。ありがたかった。

ジャスパーにできるのは、同じくらいの率直さで応じることだけだった。

「おまえの手助けがいるんだ、アンソニー」

「な……んですって？」

「座ってくれ。全部話す」

彫像のこと。泥棒にはいられたこと。犯人がシドニーに拳銃を突きつけたこと（アンソニーの顔がこわばった）。犯人がまた来ると言い置いて去ったこと。ボウ・ストリートの手助けは得られないこと。

ボウ・ストリートの捕り手から、ラッカムのメモ帳に彼の――そしてマリーナの――名前が載っていたと聞かされたこと以外は、すべてを話した。

それは、アンソニーが知る必要のないことだ。

ふたりはすでに立ちあがっていた。足並みを揃えるようにして書斎の向こう側まで歩いていき、泥棒がなにを考えていたのか、どうやって戸棚に近づき、頑丈な鍵を開けようとしたのかを想像してみた。

「美しい像だ」アンソニーが言った。

「ああ。わたしが買えるときに売りに出されていたのは、本当に運がよかった」

「返済を終えて抵当をはずしたあとでしたからね」

ジャスパーはまじまじとアンソニーを見つめた。

「弁護士のスマイスに会いに行ったんです」

「そうか」

「彼を責めないでください、叔父さん。ぼくは抵当のことを知らなければならなかった。屋根の修理のためにまだ借りている金のことも。実は屋敷を担保に金を借りられないかと思っていたんですよ。でも……やめました。ただ、我が家の経済状態がどれほどひどいかをもっと早く話してくれていたらよかったのに、とは思います」

おまえが快適に暮らしていけるようにするのが、わたしの責任だ。男は息子のためになにかをしたいものなのだ。たとえわたしに率直さが欠けていて、これまでずっとそのやり方がわからなかったとしても。いつもしくじってばかりだったとしても。

問題は、当のその息子が自分の地所についての責任は自分で負いたいと考えていたことだった。わたしはまたしくじったらしい……。

「おまえの言うとおりだ。本当にすまなかった」わたしはこれまでこうして謝ったことがあっただろうか？　奇妙なくらい、その言葉を口にするのは簡単だった。

「あ、いや、いいんです」ふたりは気まずそうにうなずき合った。

「なかなかいい仕事をしたと聞いている」ジャスパーが再び話しはじめたとき、その口調はどこかたどたどしかった。「屋根のことだ。タイルなども最高級のものを使っている。屋敷を見ればわかるだろう」彼の口ぶりがきびきびとした自信に満ちたものに変わった。ここから先はためらいがちに話すようなことではない。「明日だ。シドニーを連れて家に帰るんだ。万一、泥棒が戻ってきたとき、あの子をここに置いておくわけにはいかない」

「もちろんです」

「それから、おまえがあの彫像をウェルドン・プライオリーに持っていったと泥棒には思わせたくない」

アンソニーは声をあげて笑った。「それなら問題ありませんよ。ぼくとシドニー以外のなにかを載せているなんて、だれも思うはずがない。あの馬車はすごく小さくて軽量だから、荷物を載せる場所なんてないことはだれにだってわかります」

「おまえに必要なのは、三人が乗れるくらいの小さくて軽量な乗り物だ。シドニーはひどく怯えて動揺している。いまはあの子をミス・ホバートと離れさせたくない。三人乗れるようなものを借りられるか？」

ミス・ホバート。ああ、神さま。アンソニーは、言葉を交わすどころか顔も会わせたくない人間と、小型の馬車で長時間いっしょに過ごすことを約束した自分が、信じられなかった。ミス・ホバートとのあいだになにがあったのかをジャスパー叔父さんに話すべきだろうか？　叔父さんはわかってくれるだろうか？

そんなことを考えたこと自体が驚きだった。レディ・ゴーラムと踊っているジャスパー叔父のイメージが脳裏をよぎった。そしてミス・ホバートと踊る自分自身の姿がそれにかぶった。アンソニーはしばし叔父の顔を眺めた。ここふた晩はろくに眠っていないようだ。もちろん、シドニーとアフロディーテを見守っていたのだろう。アンソニーが犯した恥ずべき下劣な失敗を話すときではない。

そもそも、話してどうなるというのだ？

それにたったいま、責任を負いたいと叔父に宣言したばかりではないかと、アンソニーは自分を叱りつけた。

彼は、愛する妹とその家庭教師を無事にウェルドン・プライオリーに送り届けるという仕事を与えられた。やり遂げてみせよう。馬と馬車とこぶしの扱いには長けているし、銃の腕も悪くない。泥棒だろうと追いはぎだろうとライオンだろうと、エセックスまでの道中で遭遇したなら戦って……。

ライオンはどうでもいい。まずは、ふさわしい馬車を調達することだ。彼にわかることがあるとすれば（もちろん、常に彼を夢中にさせるベストは別だ）、それは馬車に関することだ。だれがなにに乗っているか、いくらするのか、だれが売りたがっていて、だれが買いたがっているのか……。

「べつの馬車を手配できるか？」

小型の軽量二輪馬車《カーリクル》の心当たりがあった――最適とは言えないが、目的は果たせるとアンソニーは思った。借金やら競争関係やらで込み入った話になってはいるが、くわしいことをジャスパー叔父に話す必要はない。どちらにしろ、馬車の手配は可能だ。ゆうべはいくらか勝ったから、深刻な財政難からはひとまず抜け出すことができた。少なくとも当面は。ここ三十六時間ほどはついていた。地所を担保に金を借りるわけにはいかないと必死になっていたこともあるが、大部分は幸運に恵まれたおかげだ。危機を切り抜けるのが得意ではないことを、神さまがご存じだったのかもしれない。

妙なことにギャンブルをしているあいだじゅう、アンソニーは自分が楽しんでいるのかどうかよくわからずにいた。ワイザース卿の庭園でヘレンと……ミス・ホバートと話をするまでは、そんなことを考えたこともなかった。遊ぶのも気取るのも酒を飲むのもふざけるのも、すべてを楽しんでいると思いこんでいた。注目を浴び、称賛されること以外に、彼に得意なことがあるだろうか？

だが、だれかの賭博場の広告塔のような役割を果たすことに、いったいなんの意味があるだろう？　新聞に自分の名前が何度も載れば、世間は自分がどんな人間であるかを知っていると思うものだ。たとえ、自分自身が知らなくとも。

庭園をヘレンと散歩してからというもの、アンソニーはジャスパー叔父と同じくらい、自分も人目にさらされるのがいやだったのかもしれないと思いはじめていた。驚きの発見だった。

「アンソニー、わたしの言うことを聞いているかい？」

しまった。ぼくはどれくらいのあいだ、くだらないことをあれこれと考えていたんだろう？

アンソニーはぎくりとして叔父に視線を向けた。顔色は悪く、神経が張りつめているようだ。いくらか老けてみえた。叔父とマリーナのあいだになにかあるなどと勘ぐったことが、ばかばかしく思えた。

「ええ、べつの馬車ですね」アンソニーはできるかぎりしっかりした声で答えた。「任せてください。明日の朝八時に迎えにくるので準備をしておくようにと、ミス……ミス・ホバートに伝えてください」

これでいい。アンソニーはジャスパーに背を向けかけたところで動きを止め、肩越しに言った。「ああ、そうだ、ジャスパー叔父さん」そのつもりはなかったのに、気がつけばそう口に出していた。

「なんだい、アンソニー？」

「レディ・イゾベル・ワイアットに、結婚の申しこみを断わられました」

「そうか。残念だったな」

「いいえ、いいんです。彼女のほうがぼくより賢明ですよ。断わってくれて、ぼくは運がよかったんだと思います。結婚しても幸せにはなれなかったでしょう。彼女にはだれかほかに好きな人がいるんだと思います。なんだかそんな口ぶりでした。それにぼくは……」アンソニーは肩をすくめた。「とにかく、あなたに話しておくべきだと思ったので」

「そうか、ありがとう。話してくれてうれしいよ。まあ、残念だった」ジャスパーは気まずそうに肩をすくめた。「わたしの言いたいことはわかるだろう？　とにかく、おまえが手を貸してくれることに感謝する。信頼しているよ」最後の言葉はつぶやくように早口で付け加えただけだったが、アンソニーの耳には届いたようだった。

ふたりは握手を交わし、アンソニーは馬車の手配をしますと言いながら部屋を出ていこうとした。その途中、鏡に映る自分のだらしない姿を見て大げさに身震いをした。

洒落者《しゃれ》たちのグループのあいだでは、きちんとした格好をしていなければ、どんな話もまとまらないのだろうとジャスパーは思った。

シドニーといっしょにウェルドン・プライオリーに行ってもらうことをミス・ホバートに話さなければいけない。ふたりを危険な場所から遠ざけて、目の前の危機に集中できると思うとジャスパーはほっとした。アンソニーが利己的な結婚をしないと聞いたときの安堵も、同じくらい大きかった。

利己的な結婚、そして利己的で官能的な情事のことを思い、ジャスパーは口元を歪めた。ゴシップや秘密が複雑にからみ合っていることを思った。家族の身の安全をなんとしても守ると固く心に誓いつつも、ボウ・ストリートで聞かされたことを思い出すたびに、すでに家族を危険にさらしてしまっているのかもしれないと考えずにはいられなかった。

20

ジャスパーが従僕といっしょにあわてて帰っていったあと――もう二日前になる――マリーナは、カレー行きは延期するとメイドに告げた。

馭者には気の毒だったとマリーナは思った。朝早くから準備をしたにもかかわらず、結局、馬を厩《うまや》から連れ出しただけで終わったのだ。

だが彼女自身と彼女の友人たちはもっと気の毒だ――レディ・ゴーラムのような有名人に友人がいるとすればの話だが。その答えは数日後、彼女がラッカムのところへ〝支払い〟に行かず、スキャンダルが公になったときにわかるだろうと思った。

どうでもいいことだった。数日くらいなら、ひどい言葉にも忍び笑いにも耐えられる。大切なのは、ジャスパーの姪や使用人たちが無事であることを確かめるまで、ロンドンにとどまることだ。

だが、ラッカムが暴露したことを聞いてジャスパーがどう思うかについては……幻想は抱かないようにしようとマリーナは自分を戒めた。ワイザース家の舞踏会のあとで、やはり彼に話しておくべきだったのかもしれない。だがそうしなかったというのが、悲しい現実だ。

いっしょに過ごす最後の夜は、一点の曇りもないものにしておきたかった。

結局はジャスパーの家に泥棒がはいったことで最後の夜は中断されたのだから、曇りがないというわけにはいかなかったが。

マリーナは自分を筋金入りの現実主義者だと考えていた。だがここ数日、不可能なことをいくつも望んでいる自分に気づいていた。

ラッカムが暴露しようとしていることに関しては、カレーに出発するときに出すつもりで、舞踏会の前の週にジャスパー宛に手紙をしたためてあった。長いあいだ自分ひとりの胸に秘めてきたことを文字にするのは、妙なものだった。だが実を言えば、完全に秘めていたわけではない。書きかけて、そして破り捨てたアイルランドを舞台にしたいくつかの短編があった――心の内からほとばしり出ようとする物語は、なにをもってしても止めることはできないらしい。

ジャスパーが帰ったあと、マリーナは投与量が合っていることを願いながら、水のはいったグラスに数滴のアヘンチンキを垂らした。こういうものはめったに使わない。だが今夜は、できるかぎり眠っておきたかった。ジャスパーからの連絡を――そして彼女のスキャンダルが世間に広まるのを――待つ一日は、ドーバー海峡を渡る船旅よりもつらいものになるだろう。

だが、眠りの海からゆるゆると浮かびあがったとき目の奥が痛んだところを見ると、正しい量ではなかったようだ。まばゆいほどの朝の光が、カーテンの隙間から射しこんでいる。

メイドが申し訳なさそうに彼女を揺り起こしていた。どこか驚いた様子でもあり、怯えているようでもある。「奥さま、起きてください、奥さま」レディ・ゴーラムがこんなに遅くまで眠っていたことは一度もない。「失礼ですが奥さま、お具合が悪いのでは？」

目をこすると、痛みは少しましになった。「いいえ、そんなことないわ、モリー。わたしは大丈夫」いくらか頭がぼんやりしているが、普段より数時間余計に眠れたのは気持がよかった。「いま何時かしら？」

「八時半過ぎです、奥さま。もうすぐ四十五分になります」

「まあ、ずいぶん眠ったのね。でも、たいした不都合もないわ。モリー、今朝は執筆をしなかったから、朝食に卵を食べるわ。それからトーストとバターを」

「わかりました、奥さま。ですが――」

「いつもと違うことはわかっているけれど、今日はいつもと違う一日になるでしょうし、それに――」

「奥さま」

「なにかしら？」

「レディ・ゴーラムにお会いしたいと言って、顧問弁護士が下でお待ちです」

意外な事態だった。マリーナは室内用の帽子をかぶり、室内着を着て、急いで応接室に向かった。

「あなたを引き留められるとは思っていませんでしたよ、レディ・ゴーラム」マリーナがはいっていくと、弁護士は立ちあがって言った。

「実は二、三日出発を遅らせたんです。友人が……わたしの手助けを必要とするかもしれないので、それまで待つことにしようと思って。ですが、どうしてわたしを引き留めようと思われたのです？」

弁護士はマリーナの顔を見た。「まだ新聞をご覧になっていらっしゃらないようですね？」

「朝の執筆を終えるまでは、新聞は読みません。なぜですの？」

「まずこれをお読みになってください」

弁護士は折り畳んだ新聞紙を差し出した。マリーナはその恐ろしくも短い記事にざっと目を通してから、ソファに座りこんだ。ここに記された悪意に満ちたほのめかしのなかに、どれほどの真実が含まれているのだろう。死んだ男には上流社会に大勢の敵がいたこと。そのうちのひとりがだれかを雇って、男の家の煙突を詰まらせたのではないかという噂。記者によれば、ボウ・ストリートはこの一件が殺人なのか事故なのかをいまだ決めかねているという。

マリーナは顔をあげた。「そしてあなたは、わたしのところにいらした」ミスター・ウィリアムズに向かって言う。「つまりあなたはご存じだったと……」

「長年、小切手を切っていらっしゃいましたからね、レディ・ゴーラム。もちろん、そんなことを考えたわけではありません。まさかあなたが――」

「だれかを雇って、ミスター・ラッカムの煙突を詰まらせたと？」マリーナは首を振った。

「わたしはあの男を憎んでいました。でも正直に言って、わたしにはそのたぐいの想像力はありません」マリーナはあまり上品とはいえない笑い声をあげた。「わたしの想像力は、舞踏会やテーブルのしつらえといったものにしか働きませんわ、ミスター・ウィリアムズ」

「ごもっともです、レディ・ゴーラム。ですが……」

「もしわたしが今朝あわてて旅に出たりすれば、ボウ・ストリートにもロンドンの人たちにも、いい印象は与えないでしょうね」マリーナはつぶやいた。

「そのとおりです」

「わざわざいらしていただいて感謝します、ミスター・ウィリアムズ。でもおわかりでしょうが、いまはこの知らせにひどく混乱していて、どう反応するべきかわかりません」

弁護士は、ボウ・ストリートは事故という結論に落ち着きそうだと言い残して帰っていった。

この知らせにどう反応するべきだろう？

それから二日間というもの、その疑問がマリーナの耳の奥で鐘の音のように鳴り響いていた。いくつもの答えが浮かんでは消えていく。

喜ぶべきだろうか。ついにラッカムから自由になれたのだ。彼がいなければ、どれほどの未来が開けることか。

罪悪感もあった。ラッカムは卑劣な悪党だったけれど、彼の死と引き換えに自分の身の安全と自由を手に入れたいと望んだわけではなかった。

そしてそのあいだもマリーナは、ジャスパーからの連絡を辛抱強く待っていた。泥棒がはいった翌朝、短い手紙を受け取ったきりだ。その手紙には、盗まれた物も怪我を負った者もいないが、家のなかは混乱していると書かれていた。さらに、ボウ・ストリートに助けを求めに行くつもりにしていて、少なくとも丸一日は会えないとも書いてあった。

二日がたったいまも、それっきり彼からの連絡はない。

マリーナは自分の感情を整理するつもりで、部屋のなかを歩きまわった。

わたしは自由なんだわ、と心のなかでつぶやいた。もうジャスパーに手紙を送る必要はない——今度会ったときに、すべてを話そうと決めていた。彼はきっと……マリーナが彼を思っているのと同じくらい、マリーナのことを思ってくれているはずだから、彼女の話に耳を傾け、そしてわかってくれるだろう。あの手紙は燃やすべきだと思ったが、なぜかまだそのままにしてあった。

マリーナはさらに、もう一通の手紙をしたためていた。ジャスパー宛ではない。熱に浮かされたようになって一気に書きあげ、気づいたときには封をして、困惑や後悔を感じるより先に投函していた。

このめまいがするような当惑こそ、自由の証なのかもしれない。

マリーナにわかるはずもなかった。何者かの〝保護〟を受けるようになってから、いったいどれくらいの年月がたつだろう？　スプレイグ大尉からはじまって、ハリー・ワイアット、そしてラッカムのような卑劣なゆすり屋。

本当にすべてが終わったのだろうか？　わたしはこれから、普通に暮らしていけるのだろうか？

普通に暮らす。丁寧に織りあげた織物も、一本の糸を引き抜くだけでその模様は不可解なものに変わってしまう。それとは逆に、〝普通〟や〝暮らし〟といった当たり前で確たる意味を持つはずの言葉が、なぜかいまはうなり、震え、いくつもの意味を持つ言葉に変わってしまったようだ。

新しい洋服に着替えれば、こんな意味のない思考の堂々巡りに終止符を打てるかもしれないとマリーナは考えた。紐を通す金属製のハトメのついたコルセットをはじめとして、ひと揃いを仕立ててある。マリーナは大きく息を吸い、メイドにコルセットを締めあげさせた。ここ数日、ひどく混乱していた感情に比べれば、コルセットの締めつけは日常的で、心の安らぎすら感じさせた。

メイドの手を借りて着たインド更紗のドレスは、薔薇とラズベリーと緑色の蔦の模様だった。かわいらしく、心が浮き立つようだ。いかにも夏らしい。実際、夏はすぐそこだった。市場に苺《いちご》が出ていないかどうかを料理人に尋ねてみようと、マリーナは思った。今朝食べた林檎は、少しぱさついていた。黄色みを帯びたデボンシャー・クリームをかけた苺が食べたかった。

新しいドレスを着た彼女を――着ていない彼女も――美しいとジャスパーに言ってもらい

たかった。そして……。

だがマリーナは、自分がまた手にはいらないものを欲しがっていることに気づいた。自由の本当に恐ろしいところは、可能なことと不可能なことの違いが突如としてわからなくなってしまう点にある。

ちょうどそのとき従僕がマリーナの寝室のドアをノックして、ミスター・ヘッジズが訪ねてきていると告げた。

ジャスパーが昼間ここに来たことは一度もない。

彼のこれほど怒った顔を見るのも、ふたりの初めての夜、マリーナがうっかり立ち入ったことを訊いてしまったとき以来だった。

当然かもしれない。彼はボウ・ストリートに行ったのだ。そこでなにを知ったのかは定かではないにしろ、彼女とラッカムについてなにかを聞かされたことは、その表情を見ればわかった。

マリーナはジャスパーをソファにいざなった。ジャスパーは彼女からできるかぎり離れたところに腰をおろした。ふたりのあいだの空間が、越えることのできない深い穴を表わしているようだ。

あたかも突然の霜にやられたかのように、抱いていないふりをしていた大それた願いが、マリーナのなかで急速にしぼんでいった。

ジャスパーの顔を見るだけで充分だった。怒りを感じているとき、彼の顎は震える。そうやって唇を噛むのをこらえていることを、マリーナはよく知っていた。

「泥棒の件に関しては、治安判事の助けはほとんど得られなかった。だが、あるゆすり屋のことで、いくつかわかったことがある」

冷たく他人行儀な、そして軽蔑したようなジャスパーの口ぶりだった。視線をあちらこちらにさまよわせ、膝の上で両手を握りしめている。

自分が本当の意味での希望を抱いていなかったことに、マリーナは感謝するほかはなかった。

不意に激しい疲れを感じ、自分自身に腹立ちすら覚えた。少女の髪のリボンを結んでいる男性を見て恋に落ちるなんて、なんて愚かだったんだろう。

それとも、しわだらけの上着のポケットに両手を突っこんだときの彼の肩に心を奪われたんだろうか？

あるいは、眼鏡越しに見える熱心な彼のまなざしだったかもしれない。もちろんほかにもある。ものの考え方、発想、機知、そしてセックスも除外するわけにはいかない。だがなにより心に響いたのは、マリーナを見る彼の瞳だった。その瞳に見つめられると、マリーナは自分自身を強く意識せざるを得なかった。マリアでありマリーナである本当の自分。複雑で残酷で危険だけれど美しいこの世界を生き抜くために、彼女が作りあげてきた何人もの女性たちが、大理石の柱頭の浮き彫りのように一列になって歩いている様が脳裏に浮かんだ。

ともあれ、すべては終わったことだ。彼を愛したことで、マリーナは自分が何者であり、なにを望んでいるかを知ったのだ。

問題は、彼がそれを知ることに耐えられるかどうかだった。

答えはイエスになりそうもない。

マリーナは、自分のなかでなにかが硬直するのを感じた。門が音を立てて閉まる鈍く乾いた音が聞こえた気がした。

ばかげている。なにも聞こえてはいないし、なにか言うつもりもない。彼女が抱いていたばかげた空想のことなど、だれも知りはしないのだから。

そしてその空想は消えた。わたしはもうなにも感じたりしない。

社交シーズンが、思っていたより少し早く終わっただけのことだ。大切なのは、自分の尊厳を守ること。その点に関しては、彼女もジャスパーも賢明に振る舞えないはずがないとマリーナは思った。

それに、言葉をより正確に使うことを教えてくれた点については、ジャスパーに感謝しなければならない。英語が厳密な意味での母国語ではない人間にとっては、大切なことだ。セックス――様々な意味合いを含め、この言葉は間違いなく学んだ。

だが、〝愛〟はどうだろう。今後この経験が、感情をよりそれらしく描写するためにきっと役立つだろうと思った。

「重要なのは、姪の身の安全を図ることだった」ジャスパーが言った。

「あの子をウェルドン・プライオリーに帰した。アンソニーが今朝、いつになくみすぼらしい馬車であの子とミス・ホバートを送っていったよ」ジャスパーの笑い声にはどこか皮肉めいた調子があった。「驚いたよ、アンソニーがあんなものに乗っているところを人に見られてもかまわないと思ったとはね。だが時間がなかったから、あれしか調達できなかったらしい。できるだけ早くふたりをロンドンから遠ざけたいとわたしが思っていることは、アンソニーにもわかっていたんだ。ああ、そういえばアンソニーはレディ・イゾベルとは結婚しないことになった。正確に言えば、彼女に断わられたんだよ。でもアンソニーは残念がってはいなかった。彼女と結婚しても幸せにはなれないだろうと言っていた。彼も、いろいろと考えはじめたようだ」

ジャスパーの声の穏やかさは、まるでアンソニーと同じように応対しろとわたしに挑んでいるみたいだとマリーナは思った。「それはよかったわ。彼を幸せにしてくれる人を探す時間は充分にあるもの。事態を打開するいい方法もきっと見つかると思うわ」

「もちろんそうね」

そしてわたしたちは……？　その質問は口に出されることも、答えが返ってくることもなく、ふたりの頭上を漂っていた。

「ああ、そうだな」ジャスパーは気まずそうに言った――何者かがその質問をしたかのように。

ジャスパーのまなざしに疑念の色が交じった。自分を恥じているのか、落ち着かない様子だが、訊かずにはいられないようだった。

「ラッカムのメモ帳にわたしの名前が載っていた、とボウ・ストリートで聞かされた。新しいメモ帳で、まだあまり書きこみはなかったらしい。彼の持ち物のなかに、それ以外のメモ帳は見つからなかったそうだ」

「おそらく燃やしたんでしょう。内容を帳簿に暗号で写したあとで」

ジャスパーは肩をすくめた。「妙なのは、あるページにわたしときみの名前が書いてあったことだ。ああ、それからほかにも彫像、鍵といった言葉もあったらしい。それと、山ほどの疑問符と」

答えを期待してはいないらしく、ジャスパーはそのまま言葉を継いだ。

「今朝、ボウ・ストリートは、ラッカムの死は事故だと正式に発表した。彼に敵がいなかったわけじゃない――きみも知っていることだね――が、事件として捜査は行なわれない。わたしにとってはいい知らせだ。これで、どんな悪党が我が家に押し入ったのかを自由に調べられる」

ジャスパーは一度、言葉を切った。「その男は拳銃を持っていたんだ、マリーナ。それをシドニーに突きつけたんだよ」

マリーナは、ため息のような声で、まあ、と言った。

ジャスパーは目を逸らした。「そういうわけで、ボウ・ストリートの捜査は行なわれない。

だが残念ながらレディ・ゴーラム、ミスター・ラッカムのメモ帳にきみとわたしの名前が書かれていた理由を尋ねなければならない。わたしの家に彫像が保管されていることを知っていた人間はごくわずかで、きみはそのうちのひとりだ。つまりわたしが尋ねたいのは……」

「わたしがあなたのことをラッカムに話したかどうかということね？」マリーナはごく抑えた声で言った。「あなたの知りたいのはそのこと？　それとも、もしラッカムが生きていたら、わたしのどんな秘密を握っていたのかに興味があるの？」

「きみが自分のことを話す必要はない」ジャスパーは肩をすくめた。「わたしは、そのためにここに来たわけではない」だがここで彼の表情が曇り、日に焼けた頬がわずかに赤らんだ。本当は気にかかっているのは明らかで、マリーナはそのことがうれしかった。彼の怒りさえ、いまの彼女には喜びだった。たとえそれが、欲情から生まれる所有欲と、愚かで負けず嫌いな男という種族のプライドが作り出した感情だとしても。**わたしのものだ、**という声が聞こえた気がした。

あなたのものじゃないわ、マリーナは心のなかでつぶやいた。**そんなに怒っていて、非難がましくて、高慢なあなたのものなんかじゃない。**

「わたしの話をするつもりはないわ。そのことならもう、手紙にくわしく書いてあるから。帰るときに、どうぞその手紙をお持ちになって。でもラッカムのメモ帳にわたしたちの名前が載っていたことについては——たいして興味を引くような話じゃないと思うの。おそらくある晩、わたしの家から帰るあなたを見かけて、そのあとをつけたというようなことでしょうね。ラッカムは物事を調べるのが得意よ。あらゆるところに情報源があるんだって、わたしが毎月彼の事務所に支払いに行くたびに自慢していたわ」

ジャスパーは顔をしかめた。細い通りで立ち往生していた彼女の馬車を偶然見かけた日のことを思い出しているのだと、マリーナにはわかった。彼女にはふさわしくない地域——名もない場所、とジャスパーは呼んだ。そして名もない場所は、千もの場所につながっているのだとも言った。

マリーナは感情を交えない淡々とした調子で言葉を継いだ。「ラッカムは、わたしからなにも聞き出す必要はなかった。彼はわたしに、あなたを裏切らせたかっただけ。たしかに彼は、あなたのことでなにかを知りたがっていたわ。いまになってみれば、それがなにかを聞いておけばよかったと思う。そうすれば、あなたの好奇心を満たすことができたわね。あなたの書斎の戸棚の鍵のことだったのかもしれない。でもわたしは訊かなかった。そんなこと、どうでもよかったの。なにがあろうと、あなたのことを彼に話すつもりなんてなかった。あなたがわかってくれていなかったことが残念だわ。あらかじめ、そう言っておくべきだったのかしら」

ジャスパーはいま一度顔をしかめ、マリーナはさらに言った。

「わたしがあなたのことを話したら、ラッカムはさぞかし喜んだでしょうね。彼の望みどおりにわたしが彼に身を任せるよりも、喜んだかもしれない」

ジャスパーはそれを聞いて思わず小さな声を漏らしたが、すぐにそれを呑みこんだ。マリーナはその反応に満足感を覚える一方で――よりによってジャスパーは彼女のことを疑っていたのだ――自分たちがこれほど冷たく、互いを傷つけるような言葉をぶつけ合っていることにも驚いていた。

こんな言葉は無用のはずだ。楽しみや歓びは努力などせずとも得られるのに、信頼することがどうして急にこれほど難しく思えるのだろう？

悲しいことだが、マリーナはその答えを知っていた。ジャスパーも彼女も過去に利用され、裏切られたことがあったからだ。傷つけられた経験のある人間にとって、心を許しただれかに再び傷つけられるかもしれないと考えることほど、恐ろしいものはない。

マリーナは、アンソニーの母親について話してくれたときのジャスパーの苦々しい口調を思い起こした。**わたしを誘惑することは、彼女にとってはゲームのようなものだったのだといまならわかる。**彼女自身の経験はそれとは違ったものだったが、同じような苦々しい思いが彼女のなかに残っていた。

人はその苦々しさの上に自分の人生を作りあげていくのだろう。そして生きていくあいだに守るべきもの――子供や名声――ができると、それを守るために強情になり、卑劣になり、非情になる。なぜなら失われた純真さを取り戻すことができない以上、ほかにできることはないからだ。

マリーナは袖のなかから折り畳んだ紙を取り出した。

「ラッカムがロンドンじゅうに話すといってわたしを脅していた内容がこれよ。読んでも読まなくても、どうぞご自由に。どちらにしろ、今日はもう帰っていただけるかしら。もう遅いわ」

まったく遅い時間ではなかった。六月の気持のいい日で、外はまだ明るい。

だがジャスパーはおとなしくお辞儀をすると、帰っていった。マリーナが心の内を正しい言葉にすることができなかったにもかかわらず、ジャスパーは彼女の言いたいことを正確に理解していた。

時間が遅かったわけではない。ふたりにとって遅すぎただけだった。

21

少なくとも今朝は早い時間に出発できたと、アンソニーは思った。九時ごろまでは明るいから、今夜中にウェルドン・プライオリーに辿りつけるだろう。宿屋に泊る必要はないはずだ。

そのことを考えただけでひどく落ち着かない気分になったから、辿りつけることをアンソニーは願った。この一時間ばかり、起こりそうもないばかげたシナリオを想像しては、ひとりで困惑したり気まずさを覚えたりしている。たとえば、宿屋の主人が彼とミス・ホバートを夫婦と間違うといったようなことだ。

まったくこれほどばかばかしい話はない。

二部屋必要だと、アンソニーが説明すればすむことだ。ひと部屋を彼に、もうひと部屋を妹とその家庭教師に。だれとだれが同じ部屋で眠るのかも、それぞれの関係にも疑問の余地はない。今日のミス・ホバートは――アンソニーはちらりと彼女を盗み見た――いかにも家庭教師らしい装いだったから、なおさらだ。しわだらけで旅のほこりにまみれた灰色の長いマントは、顎の下で結んだ不格好で大きなリボンの下まで、しっかりとボタンが留められている。

樽のような形をした深いボンネットをかぶっているせいで、彼女の髪がどれほど美しいかはわからない。それどころか、髪があるのかどうかすら定かではなかった。

これまでなら、アンソニーもわからなかっただろう。愚かにもいままでの彼は、ミス・ホバートをちゃんと見ようとしてこなかった。家のなかで彼女と会い、マントもボンネットもつけていない彼女を何度となく見かけていたというのに、彼女の髪の色や、首の曲線や、繊細で優美な肩のラインに注意を払ったことなどなかった。舞踏会場の隅で蠟燭の明かりと影の合間に立つ、波打つようなモスリンのドレスを着た彼女の姿を見るまでは。

ばかばかしいと思いながらも、そのときの彼女の姿がいまになってアンソニーの脳裏に蘇った。とりわけ、うなじに揺れていたいく筋かの後れ毛が思い出された。それが何色だったのかはわからない――赤だったのか金色だったのか、それともまったく別の色だったのか。なにもかもが、宿屋に泊ることを想像するのと同じくらいばかばかしく思えた。ひどい食事やかび臭いシーツなど、本当に心配しなくてはならないことはほかにもある。

シーツ。

アンソニーは数時間前、ミス・ホバートが馬車の狭い後部座席に収まったあと、彼の隣に座ったシドニーが話題にしたシーツのことを思い出した。バースへ旅した際、その上で眠れる程度になるまで湿ったシーツにアイロンをかけるようにと、ミス・ホバートは、ひどくだらしのない宿の主人を説得した（脅したと言ったほうが正しいかもしれない）らしい。

シドニーは、彼女の家庭教師がどれほどすばらしくて、どれほど有能かについてお喋りをするのが好きだった。これまでであれば、シドニーがそのお気に入りの話題を持ち出すと、アンソニーは聞いているふりをして物思いにふけっていたものだが、今朝は違った。それどころかもっと話すように彼女を促し、熱心に耳を傾け、細かいことを尋ねたりもした。具合が悪いときには、ミス・ホバートがどんなふうに看病してくれるのかを、特に念入りに訊いた。アンソニーはその様子が目に浮かぶようだった。アンソニー自身の具合が悪くなったことはもちろんなかったが、その様子が目に浮かぶようだった。シドニーは彼の尋ねることに嬉々として答えた。自分の家庭教師を家庭内の聖人に仕立てあげたいらしい。手本にするにはあまりに優秀すぎるから、彼女のようになれなくても仕方がないと言わんばかりだ。

優秀な人間には確かにそういう面があるとアンソニーは思った。**だが違うよ、シドニー。おまえは間違っている。彼女は聖人なんかじゃない。**あの夜、そう見えたように女神でもない。彼女は生きていて、動いていて、求めている〝人間〟だった。

ぼくを求めていたし——少なくとも、ぼくにはそう見えた——、ぼくも彼女を求めた。

アンソニーは、隣の席に戻っている彼女をもう一度盗み見た。

マントとボンネットの下に彼女がいることはわかっていた。あの夜、アンソニーが見た女性。この手で触れ、キスをした。彼女のことが忘れられないのと同じくらい、あのときのことを思い出してからだが熱くなるのをどうしようもない。シーツと寝室のことを考えて頭が混乱するのは、かすみがかかったような想像上の寝室のなかで彼女がシーツにくるまっている場面が、頭のなかに浮かんでいるからだ。

どうすることもできなかった。想像に枷《かせ》はかけられない。そして肉体がその想像に反応してしまうのも。アンソニーのこれまでの経験によれば、こういうときは事実を受け止め、冷静に受け流すのが一番だ。ウェルドン・プライオリーに着くまで、彼女からもう少し離れて座るようにすればいい。

その馬車の乗り心地は、思っていたよりはるかに悪かった。用意した馬車はかなりひどい状態であることを、アンソニー自身も認めざるをえなかった。もっといい馬車を手配できなかったことが恥ずかしかった。たとえミス・ホバートが隣にいなくても、この馬車では背中も太腿も尻も痛んだことだろう。

馬を交換するときに(もうすぐその必要があった)、右側の車輪の状態を調べてもらおうとアンソニーは考えていた。ぐらついているような感じがする——少なくとも揺れ方にむらがある。ぐらつくという言葉で表現するほどひどくはないはずだ。そうだろう？　自分のことに気を取られていたせいで、いつからこの状態だったのかはわからなかった。

だがいまシドニーは後部座席に戻り、ミス・ホバートが再び彼の隣に座っていたから、車輪のことは彼女に言うまいと決めた。ヘレン、あの夜アンソニーは薔薇と月桂樹とそして彼女の香りにすっぽりと包まれながら、彼女の首すじに向かってそうつぶやいた。自分の声が彼女の耳に届かなかったことを願うほかはなかった。

今朝出発して以来、ふたりはほとんど言葉を交わしていない。ジャスパー叔父はろくに眠っていないのか、顔色が悪かったから、アンソニーもミス・ホバートもそれ以上彼を悩ませたくなかった。少なくとも、その点についてふたりの意見は一致しているとアンソニーは思った。

狭い後部座席にシドニーを、サンドイッチのはいった籠《かご》を膝に抱いたミス・ホバートを隣に乗せて走りながら、ミス・ホバートと共有しているものがあると考えるだけで、アンソニーはなぜか心が安らぐのを感じていた。彼の右の腿とミス・ホバートの左の腿は、たっぷり二十センチは離れていたが、いずれその距離も縮まるかもしれないとアンソニーは思った。彼女の許しを得て、また友人同士に戻れるかもしれない。

アンソニーは漠然とそんな期待を抱いていたが、ペントンヴィル・ロードを過ぎたあたりで、シドニーと座る場所を交代するので馬車を止めてほしいとミス・ホバートが言った。彼から離れたいらしい。

ミス・ホバートがそれらしいことを言ったわけではなかった。うしろの座席は狭くて窮屈だとアンソニーが注意したときも、彼の近くに座るくらいなら苦痛も足のしびれも我慢するなどと反論することはなかった。

彼女はそんな言葉をひとことも口にはしなかったが、氷柱《つらら》があたりに放つ冷気のようにその思いがひしひしと伝わってくるのをアンソニーは感じていた。シドニーと席を替わりたいと（ジャスパー叔父以上に彼のことを愚かだと考えているかのように、ゆっくりと大きな声で）彼女は繰り返した。サー・アンソニーの都合のいいときでかまいません、彼女はそういう言い方をしたので、かえってアンソニーはすぐに馬車を止めなければならないような気になった。

その後――いまは午後の遅い時間だったから、ほとんど一日じゅうということになる――ミス・ホバートは、長身の彼女にはまったく窮屈な座席に押しこめられるようにして座っていた。乗るときも降りるときも、アンソニーの手を借りようとはしなかったし、馬を交換するために止まったときには、足を引きずるようにして見るからに痛ましい様子で馬車を降りた。しびれた脚に血を通わせようとするかのようにゆっくりとあたりを歩きまわるのを、アンソニーはどうすることもできずに眺めていた。低い座席に再び腰をおろした彼女は細い脚を組み、美しい足を指でもみながら、ハンカチはどうしたのと心配そうな声でシドニーに尋ねた。いつからくしゃみをしているの？

そしていま、彼女は再びアンソニーの隣に座っていた。シドニーと座席を交換すると彼に告げることはなかったし、それ以来ひとことも口をきいていない。アンソニーはこっそりと懐中時計を眺めた。気が狂いそうな沈黙がほぼ一時間続いている。正確には五十八分間。

そのとき、ミス・ホバートが咳払いをした。話をするのがいかにも苦痛そうだ。

「サー・アンソニー、わたしが席を替わったのは、右の車輪のがたつき具合をここに座って確かめたかったからよ。どこかおかしいと思うの。あなたは気づいてないかもしれないけれど」

「気づいているに決まっているじゃないか」こんなにつっけんどんに言い返す必要があった

だろうか？　アンソニーは口調を和らげた。笑みらしきものを浮かべようとしたが、彼女はごまかされないだろう。「心配することはない。それほどひどい状態じゃないんだ。この手の馬車ではよくあることだ」そうであることを祈った――実を言えば、こんなにひどい状態の馬車にはほとんど乗ったことがないのだが、そのことを彼女に話すつもりはなかった。それでなくても、事態は充分に悪い。

ふたりはそれから十五分ばかり無言だったが、右の車輪はがたついているどころか、いよいよ妙な音を立てはじめた。

「かなりひどい状態だと思うわ。先日の夜、自分が下劣な男だと証明したのとおなじくらい、あなたは頭も悪いのね」ミス・ホバートは一度言葉を切った。「いまの状況を認めようとせず、馬車を止めて調べようともしないあなたは、自分の妹とわたしを危険に陥れているわ。シドニーがいる後部座席には、工具のようなものがあるのよ。ご存じでしょうけれど」

知らなかった。この馬車を念入りに調べたりはしていない。あれだけの短時間で手配できたのは、これだけだったのだ。持ち主はこの馬車と引き換えにアンソニーの馬車を要求し、そのうえ相当な額の賭け事の借金まで帳消しにさせた。そのときは、それが妥当だろうとアンソニーは考えたのだ。

だが道端で動けなくなるようなら、とても妥当とは言えない。

彼女も同じようなことを考えているのかもしれない。ボンネットに隠れてろくに彼女の顔が見えないことに、アンソニーはほっとしていた。「車輪を確かめたほうがいいわ」ミス・

ホバートが言った。「なにかを締めるとかそういうことはできないのかしら？」

いますべきは、おそらくそういったことだ。彼の馬車の手入れをしてくれている男との会話をもっと熱心に聞いておくべきだったと、アンソニーは後悔した。スプリングや車軸やそういったものがどんなふうに留められているかといった話には興味を引かれたが、実際に確認するには、服を汚す覚悟がいる。一度は馬車の下に潜りこんでみようと思ってはいたものの、それにふさわしい服装をしていたことがなかった。ともあれ、その男とは興味深い会話を交わした——その内容を思い出すことさえできればの話だが。

「きみが見たその工具はスパナかい？」アンソニーが訊いた。

彼女はいらだたしげに肩をすくめた。「そうかもしれない。ああいうものがなんて呼ばれているのか、わたしは知らないの。でも一度、父の一頭立て二輪馬車《ギグ》の車輪の調子が悪くなったことがあって、そのとき父は工具が置いてある小屋から、針みたいに先端に四角い穴があいた平べったい鉄の棒を取ってきたわ。それを使ってなにかをしたら、ギグの調子は少しましになったみたいだった」

ワイザース家の庭で彼女とごく当たり前の事柄をいたって気楽に話したことを、アンソニーは思いだした。

彼女のそういうところが好きだった——相手の気を引こうとしたり、上品ぶったりしない。あれはただの……会話だった。同じ場所で育った人間と交わす、ごく普通の会話。

だが同じ場所であっても置かれていた環境は違っていたことを、アンソニーは彼女の言葉で改めて思い知らされた。「父があなたたちからいただいていたお給金はそれほど多くはなかったから、英国国教会の牧師であっても、自分のことは自分でしなくてはならなかったの。ギグの車輪を直すといったようなことも。四万ポンドの持参金がある女性と結婚しようというような、あなたたち紳士とは違うのよ……」

「きっとスパナだ」アンソニーはそう言って、馬を止めた。

彼女の言うとおりだった。四万ポンドと結婚することは別にしても、彼が下劣な男だということは間違いない。なによりいま問題なのは、車輪が妙な音を立てる前に馬車を止めなかった自分の愚かさだ。

だが彼女も、もっと早くスパナのことを教えてくれてもよかったはずだ。

スパナを取り出すために、ふたりはシドニーを起こさなければならなかった。目を覚ましたシドニーは鼻をぐすぐす言わせていて、少し機嫌が悪かった。「また眠ってちょうだい」ミス・ホバートが言った。「起こしてごめんなさいね。風にあたらないように、このショールを喉に巻いておくわね。すぐに出発するから。サー・アンソニーがちゃんとしてくれるから、大丈夫よ」

シドニーでさえも、彼女の言葉の皮肉な調子に気づいただろうとアンソニーは思った。〝ちゃんとしてくれる〟。たとえ彼が下劣で愚かな男だとしても、ずいぶんと嫌味な言い草だ。

だがいま重要なのは、おそらくはスパナであろうその工具をどうやって握り、異なるサイズのボルトに合うように先端にある小さなねじをまわし、ボルトを締めるにはどちらの方向にまわせばいいのかということだった。問題の部品はボルトと呼ばれているはずだとアンソニーは思ったが、あるいは違うのかもしれなかった。

それに、上着とズボンを汚すことなく、どうやって車軸の下に潜りこめばいいだろう？もちろんブーツも気になったし、馬のうしろ脚で蹴られる可能性もある。蹴られるとしたら、二頭のうちの右側、問題の車輪に近い側の馬だろう。そちらのほうが臆病で、これまでも振動や物音にいらだっている様子だった。

「馬はわたしがなだめるわ」彼女の声にはどこか愉快そうな響きがあった。顔はほとんど見えなかったが、ボンネットがパイプオルガンのような役割を果たしていて、彼の当惑をおもしろがっていることがよりひしひしと伝わってくるようだ。

それでも、彼女の馬の扱いは巧みだった。アンソニーは馬の鼻やベルベットのような耳を撫でる彼女の手を眺めていた。黒いたてがみの上で、彼女の指はいっそう細く長く見える。彼女はボンネットをはずして馬の首に顔を寄せると、歌うような低い声で語りかけはじめた。

彼女は馬に乗れるんだった。アンソニーはようやく思い出した。記憶がいかに頼りないものであることか。手遅れになってから、ようやく思い出すのだ。遠い昔、彼女が小さな馬に乗っているのを、村で一度見たことがある。それほどいい馬ではなかったが、楽々と操っていたのを覚えていた。

「どうどう、いい子ね……」彼女の声がアンソニーを現実に引き戻した。耳の上できっちりとまとめた髪に視線が吸い寄せられる。なめらかな栗色の馬の毛の上で、つややかに輝いていた。

赤？　金色？　いまはそんなことを思いわずらっている場合ではない。

だがそうしていられたら、どんなにいいだろうか。

ショールか毛布が――なんでもよかった――土の道と彼を隔ててくれていれば、もっとよかったのにとアンソニーは思った。だがシドニーはまだ洟をすすっている。ショールを必要としているのは彼女のほうだ。アンソニーは顔をしかめながら上着を脱ぐと道路に敷き、ベストのボタンをはずして馬車の下に潜りこんだ。

そこで見たものはおおいにアンソニーの興味を引いた。あの美しい馬車が自分のものだったあいだに、その下に潜りこまなかったことを後悔した。今度いい馬車を手に入れたら、必ずそうしようと決めた。だがこのひどい乗り物でもアンソニーはその仕組みを理解することができたし、スパナのねじ部分で指をはさんだりしながらも、様々な大きさのボルトをどう扱えばいいのかが次第にわかりはじめていた。時計と同じ方向にまわすと、ボルトは締まるようだ。間違えて反対方向にまわしたせいではずれてしまったボルトがあったので、それがわかった。「そうよ、ほら、いい子ね。大丈夫よ。かわいい子ね……」という甘い声が聞こえないふりをしながら、地面に這いつくばって、砂利に埋もれたボルトを探した。

アンソニーはなにをすべきかを理解した。スプリングとつながっているらしい金属の板を留めているボルトを、順番に締めていく。だが……。

「ひとつなくなっている」

「なんですって？　聞こえないわ。あら、あの人のことは気にしなくていいのよ。いい子ね、大丈夫だから……」

いったいいつまであのいまいましい口調で喋り続けるつもりだ？　アンソニーは馬車の下から這い出したが、その途中でシャツの肘が破けた。

彼女の上唇はしっとりと潤い、瞳はさっきよりも穏やかだった。マントのボタンをはずしている。あの夜、彼の胸に当たるそのあばら骨がどれほど華奢だったことか。鎖骨のラインがどれほど美しかったことか。

「ボルトが一本なくなっている。それとも、そのまわりを留めている四角い板かもしれないし、その両方かもしれない。わからない。とにかくぼくのせいだ」

「ええ、そうね。もっと早く馬車を止めるべきだったんだわ。あなたが、自分のしていることをわかっているふりなんてしていなければよかったのよ」

「使えるかもしれない道具があることを、もっと早くきみが教えてくれればよかったんだ」

彼女はアンソニーをにらみつけた。頬の上で幾筋かの髪が揺れている。やはり色はわからなかった。

「きみがいつまでもぼくに腹を立てていなければよかったんだ。そうやってぼくを見下したように黙って座っていなければよかったんだ。どうせ、ぼくになにをされたかを心のなかで繰り返し、こんな事態を招いたぼくをばかにしているんだろう」

こんな理屈が、だれにも認められないことはわかっていた。言葉づかいも褒められたものではない。

だが、彼が言ったことは事実だった。彼女はアンソニーを見下したように無言だったし、彼に腹を立てていた。

彼女は肩をすくめた。「あなたがなにか失敗するところを見たいと思ってはいけないの？わたしは責められてもしかたがない？」

「いや、ぼくにはきみを責められない。ぼくはばかで下劣な男だ。たとえ四万ポンドと結婚しないにしても」

「あなたがなにと、だれと結婚しようと、わたしには関係ないことだわ。大切なのはシドニーよ――鼻をぐすぐす言わせているから、早くベッドに寝かさないと。シドニーはカタルになりやすいの。耳がつまったら、困ったことになるわ」

「なくなった金属の板を探しに戻ってもいいが、このまま進むという選択肢もある。ほかのボルトは全部締めた――強く締めすぎないように注意したよ。締めすぎると、ねじ山がだめになるからね」

アンソニーは、その方面のごくわずかな知識をひけらかしたことに気まずさを覚えたが、よくやったとでも言うように彼女が小さくうなずいてくれたことを喜んでいる自分に気づいて、ますます狼狽した。

「このまま進むべきだと思うかい？」アンソニーは訊いた。

彼女は再びうなずいた。「そうしましょう。とりあえずもう少し進んでみて、車輪がどれくらいがたついているか、まだ妙な音を立てるかどうかを確かめるのよ。それほどひどくはないかもしれないわ」

彼女の頬から口元に垂れていたひと筋の髪が風に揺れた。魅力的とは言えない大きな口だ。新聞の挿絵や雑誌のスタイル画に登場する女性はみな、薔薇のつぼみのような小さな口をしているものだ。

馬車を走らせてみると、さっきより音もがたつきもましになっているようだった。アンソニーは数キロ先に宿屋があるはずだと彼女に言った。

彼女はうなずいた。「わたしもそう思うわ。シドニーも眠っているし、このまま進みましょう」

彼はよくやったわ、ヘレンはしぶしぶ認めた。それからしばらくは、何事もなく時が過ぎた。

無言のうちに。

手綱を握る彼の手はなんてきれいなのかしらと、ヘレンは思った。馬の扱いもとてもうまい。こんなふうに、馬車を駆る彼の隣に座ってみたいとどれほど願ったことだろう。けれどその空想のなかでは、ふたりはこんなふうに無言ではなかった。

朝から彼と唯一交わした会話ががたつく車輪のことだったなんて、これほど腹立たしいことがあるだろうか。ふたりが口をきいたのは、馬車を止めなければならなくなったのがだれのせいであるかを言い争ったときだけだった。

アンソニーがなにかうなるような声をあげたかと思うと、手綱を持ち替え、空いたほうの手で上着の袖についたいがかなにかを取ろうとした。うまくいかないようだ。いがはしっかりとからみついている。

「わたしが手綱を持っているから、そのあいだにそれを取るといいわ」ヘレンは言った。うなるような声が返ってきた。なにを言っているかはわからなかったが、怒っていることは間違いない。なんておかしな話かしら。傷ついているのは、どう考えたってわたしのほうなのに。どうして彼がわたしに怒ったりできるの？　上着が台無しになったからといって子供みたいに振る舞うなんて、いかにも彼らしいと、ヘレンは思った。

それとも、彼がさっき言っていたことと関係しているのかしら？　彼女が怒っているから？

「手綱をもらおう。ありがとう」

ヘレンは手綱を返した。こんなにそっけなくしなければならないものなの？　馬だってもっと反応を示すわ。

だがそれでいいのかもしれなかった。彼とはひとことだって口をきくべきではないんだわ、とヘレンは思った。そうよ、隙を見せたわたしがばかだった。大切なのはシドニーを無事に家に連れ帰ること。もしくは、どこかに寝かせること。宿屋を見つけたら……ちゃんとしたところかどうか、馬車を停めて確かめよう。車輪がだめになる前に、宿屋を見つけられればの話だけれど。ひょっとしたらその前に、盗賊に襲われるかもしれない。この馬車には彫像がないことがわからないくらい、愚かな盗賊に。

盗賊に襲われることを想像して、ヘレンは少し恐ろしくなった。だが、アンソニーが——サー・アンソニーよ、とヘレンは改めて自分に言い聞かせた——左のブーツの近くにある小さな物入れに弾をこめた拳銃を忍ばせたことを思い出して、少しだけ気持ちが楽になった。

アンソニーの射撃の腕はいい。ここ数年、彼がウェルドン・プライオリーにやってくるのは狩りが目的だけだったから、ヘレンはそのことをよく知っていた。徒歩で狩りをすることもあれば、馬に乗って出かけることもあった。彼は乗馬も巧みだった。全速力で家の前まで馬を走らせてきたアンソニーが上着の裾をなびかせながらひらりと馬から下りるのを、ヘレンは上の階の自分の部屋の窓から眺めていたものだ。去年の秋、川べりで眠っている彼を見ていたときと同じくらい、それは心震えるひとときであり、苦い思い出でもあった。

だが今日の苦痛はそれよりはるかに大きかった。服は破け、ほこりまみれのアンソニーは——彼は決して信じないだろうけれど——ヘレンがこれまで見たことがないほど素敵だったからだ。脱いだ帽子をかぶり直そうとはしなかったから、髪になにかがからまっているのがわかった。小枝だろうとヘレンは思った。だが、ほかにもなにかがある——動いていた。小さなかわいらしいいも虫だ。あの明るい色の波打つ髪に手を伸ばして、小さな生き物を助け出し、木の葉の上に戻してやれないのが残念だった。

そうしてもいいかと尋ねたら、彼はきっと気分を害するだろう。

あるいは害さないかもしれない。このあいだの夜、いっしょに踊った率直で陽気な若者なら、きっとおもしろがってくれるだろう。

けれどその若者はまがいものだった。いま彼女の隣に座っている男は、嘘つきのいかさま師だ。少なくとも今日の彼にはわずかばかりの分別があって、彼女が怒っていることや、いまの状況に陥ったのは彼女にもいくらかの責任があることには気づいていたけれど。それに、あとどれくらいもつのかわからないとはいえ、馬車をもう一度動くようにしてくれた。道具の使い方にも気づいた……。

道具――厄介な言葉だ。彼女は以前、父の書斎でその下品な意味を知った。ユウェナリス（古代ローマ時代の風刺詩人・弁護士）の『風刺詩集』の訳本のなかに、ローマの元老院議員は、その〝道具〟の長さを――もしくはその短さを――あざ笑われたという一節があったからだ。ヘレンは顔を赤らめて笑ったが、だれにもその話はしなかった。いったいだれに話せたというのだろう？ ましてやシドニーの手本にならなければいけないいまは、とても話せる相手などいない。いいえ、シドニーじゃないわと、ヘレンは心のなかでつぶやいた。もうすぐそれは、ボストンに住むふたりのアメリカ人の少女になる。

ともあれ、スパナのことは、もっと早くアンソニーに話しておくべきだった。その点については彼の言うとおりだ。

だがヘレンも間違っていたわけではない――ほかの人に結婚を申しこんでおきながらアン

ソニーは彼女にキスをしたのだ。激怒した彼女を、いったいだれが責められるだろう？

〝四万ポンドと結婚する〟というアンソニーの言葉は、彼の意図をこれ以上ないほど的確に表わしていた。一部を表わす言葉で全体の意味を表す提喩と呼ばれる修辞表現としては、秀逸だ。アンソニーが大学の講義の時間を眠って過ごしたからといって、ヘレンは自分の博学を申し訳なく思う気持はさらさらなかった。自分の地味さをいやというほど思い知らされ、彼の美しさをねたましく思い、四万ポンドの持参金がある女性をこれほどうらやましいと思うのは、なにもかもアンソニーのせいだ……。

ちょっと待って。

もしも彼が、まったく違う意味で言っていたとしたら？　あの言葉が、レディ・イゾベルとは結婚しないという意味だったとしたら？

彼に返事をする心の準備はできたわ、彼女はそう言っていた。でも、その返事はどういうものだったのだろう……？　どちらにしろ、彼が結婚を申しこんだことは事実だわ。モラルというものがあるはずよ。伯爵の娘がどんな返事をしたにせよ、わたしには関係のないこと。

いいえ、関係がある――認めざるを得なかった。答えを出すまで、モラルにはしばし待っていてもらわなくてはならないようだ。

ボンネットをかぶり直したほうがよさそうだとヘレンは思った。風が強くなってきた。髪がひどい有様になっているだろう。なによりボンネットが顔を隠してくれれば、アンソニーに見つめ返されることなく、彼を眺めていることができる。

いまは彼に見られたくなかった。ひそかな思いを抱きながら、そっと彼を見つめていたい。イギリスにあと数週間しかいられないのなら――ミスター・ヘッジズが彫像の問題を解決したら、出発するつもりだった――それまではできるだけ長く彼のことを眺めていようと思った。髪に木の葉をつけ、ほこりのかぶったブーツを履き、土にまみれた上着を着た彼は、胸が苦しくなるほど美しかった。小さないも虫が彼の襟から肩、袖へと移動していく……あたかも彼という絵の隅々まで鑑賞しようとするかのように。流れる雲の上を、午後の熱い太陽がゆっくりと移動していた。どうぞもっとゆっくり動いて、そうヘレンは願った。彼を自分のものにできないのなら、せめてこのひとときを永遠に感じていたかった。

馬に乗った男が道路に飛び出してくるより先に、茂みでなにかがかすかに動いたことに気づいたのは、きっとそうやって神経を研ぎ澄ませていたからだろうとヘレンは思った。小枝の折れる音と馬の鼻息も同時に――そちらのほうが先だったかもしれない――聞こえてきた。ごく冷静に声を出すことができたのも、きっと同じ理由だ。

「アンソニー。だれかいる。茂みに」

その声が冷静だったせいか、アンソニーは驚かなかった。あたりを警戒しながら、彼女に手綱を渡す。時間がゆっくり流れているようだった。一回呼吸をするあいだに、驚くほど多くのことができる気がする。それほどのスピードを出してはいなかったから、アンソニーが馬車の脇の物入れに手を伸ばし、拳銃を取り出し、撃鉄を起こして狙いをつけているあいだも、馬はそれまでと同じゆっくりした足取りで前進を続けていた。

アンソニーの放った一発目の弾は男の帽子を吹き飛ばした。二発目は脚に命中したらしく、男は馬から転げ落ちた。馬はそのまま走り去り、男は溝に落ちたようだ。ヘレンが座っているところから男の様子は見えなかったが、手にはまだ拳銃を持っているのだろうと思った。男に撃たせない方法はあるだろうか？　ヘレンが自分たちの馬の速度をあげようとしたのと、アンソニーが馬車から飛び降りて道路脇に駆け寄ったのが同時だった。

もみ合う音。怒りに満ちた叫び声。そして……ああ、神さま、アンソニーはあの男が彫像を狙っているのかどうかを、本当に確かめるつもりなの？　そんなことになんの意味があるの？

アンソニーは殺される。わたしがもっと早く馬に鞭を当てるべきだったんだわ。

ヘレンは馬を止めると馬車から飛び降り、後部座席のシドニーを抱きしめた。シドニーは半分眠っているような顔できょとんとしていたが、熱っぽかった。

そしてヘレンは待った。十分もたっていなかっただろうとあとになって思ったが、そのときは数時間もたったように感じられた。ようやく戻ってきたアンソニーは両手に拳銃を持ち、巻いていたクラバットはなくなっていた。

「ぼくたちの金が目的だったみたいだ。彫像のことはなにも知らなかったよ」アンソニーは言った。「まず間違いは――」

ないと思うよ、と言うつもりだったのだと、あとになってアンソニーは語った。追いはぎの脚の傷はたいしたことはないから、ぼくのクラバットでしばらくは止血できるだろう。宿屋についたら、だれかに様子を見にいかせればいい。そうも言うつもりだったと。だがそのときは、ヘレンにぐいっと抱き寄せられたせいでひとことも発することができなかった。ボンネットをはじき飛ばすほどの勢いで、ヘレンはアンソニーにキスをした。茂みのなかでのあの夜のキスが、ままごとに思えるほどの激しさだった。

ヘレンはすすり泣きながら彼にすがりつき、顔に唇にそしてむきだしの喉にキスを繰り返した。彼の拍動が唇に伝わってくる気がしたが、あるいはそれは彼の胸を叩く自分のこぶしの音だったのかもしれない。古い大理石の彫像なんかのために、二度とあんなばかな真似はしないでと彼女は言った。「あなたの叔父さんがあれを大事にしているという、ただそれだけの理由じゃないの。あなたって本当にばかよ」

車輪がああなったのがだれのせいかなんてどうでもいいの。大事なのはあなただっていうことがわからないの？

「大事なのは――」怒りに満ちた復讐の女神のような声だった。「――わたしなのよ。いくらあなたがお金持ちの人と結婚するとしても、あなたにはあんなばかばかしい石の塊のために命を危険にさらしてわたしを怯えさせたり、わたしをひとりにしたり、あんなに長く待たせたりする権利なんてないんだから。アンソニー、聞いているの？」

もちろん彼は聞いていた。アンソニーは彼女にキスを返し、金持ちの娘と結婚なんかしないと笑いながら言うと、もう一度キスをした。シドニーがふたりの様子を見て仰天して大きな音で洟をすすり、驚いたようにくすくす笑わなければ、ふたりのキスは延々と続いていただろう。おかげでふたりは自分たちのすべきことを思い出した。シドニーを宿屋に連れていき、ベッドに寝かせ、医者を呼ぶ。自分たちのことは改めて考えるにせよ、もう一度抱き合ったりするにせよ、すべてはそのあとだ。
だがいまは——おそらくはこれからもずっと——このまま進んでいけばそれでいいのだと思えた。

22

六月が終わり、社交シーズンの閉幕が近づいていた。ある者にとってはすばらしいシーズンであり、またある者にとってはそれなりに満足のできるシーズンだったが、運に恵まれなかった者たちもいた。こわばった笑みを浮かべているデビュタントの娘たちや、いい相手を見つけられなかった一文なしの次男や三男——彼らにはまた来年、試練が待っている。

シティの風通しの悪い事務所にいた某人物にもはや支払いが行なわれることはなく、長いあいだ多くの人を悩ませていた不安や恐怖も消えていた。その結果、理不尽で不愉快な要求をされる使用人は減り、ローストを焼きすぎただの、ポートワインの注ぎ方が悪いだのと文句を言われることも少なくなった。

ラッカムは危険すぎる人間を敵にしてしまったのだろうか？　それとも単に煙突にたまったすすのせいで窒息しただけで、自らの吝嗇《りんしょく》が文字どおり自分の首を絞めたのだろうか？彼はあまりに多くの人間のあまりに多くの秘密を握っていた。いまはほかの何者かが、彼に関する秘密を握っているのかもしれない。あるいは秘密などないことが秘密なのかもしれない。

哲学的思索にうんざりしたロンドンの上流階級の人々は、仕立てのいい服に包まれた肩をすくめ、社交シーズンの楽しみへと戻っていった。

だが残念なことに、そこにサー・アンソニーの姿はなかった。彼は最後の最後になってつきに恵まれたらしく、借金の一部を返済していたが、ゴシップ記事によれば自分の領地へと戻ったのではないかということだった。狩りの季節にはまだ早かったから、ずいぶんと妙な話ではある。若き准男爵は、ある若き女性への恋に破れたのだろうと人々は噂した。彼女もまたひそかに――こちらもかなり唐突だった――ロンドンをあとにし、友人である裕福なアメリカ人女性と共にウェールズへと旅立っていた。心変わりをしたのはサー・アンソニーのほうで、レディ・イゾベルこそ慰めを必要としているに違いないと主張する者もいた。

どちらにせよ、だれもが、もっとも絵になる常連客のひとりがロットン・ロウからいなくなったことを残念がった。長い夏の午後、その代わりに姿を見せるようになったのは、あの美しい馬車で公園を走る、趣味の悪いベストを着た冴えない紳士だった。

レディ・ゴーラムはこれまで以上にあでやかで、華やかさを振りまいていたものの、町の空気はじっとりと重く、倦怠感が広がりつつあることにだれもが気づいていた。洒落た商店や仕出し屋や菓子屋は、臨時に雇っていた従業員たちを解雇しはじめた。経済社会の法則は厳しいものだ。社交シーズンというタペストリーの裏側で働く者たちにとって、仕事が減ることは収入が減ることを意味した。真夏の気だるい時期は、結婚の契約を結び、婚姻という賭けの勝ち負けを清算するときでもある。避けては通れないが退屈なこの数週間を終えると、上流社会の人々はさわやかな海風を求め、嬉々としてブライトンへと移動するのだ。レディ・ゴーラムのような頼りになる女主人であれば、この時期になってもディナーパーティーを催すかもしれない。実際彼女は、ここ最近の短い夜を遅くまで舞踏会やパーティーで過ごしている（以前よりも浮わついた言動が増えたので、若者たちもゴシップ紙の記者たちも喜んだ）。だがその彼女でさえ、荷造りをはじめていた。小説の宣伝のためにブライトンに赴き、社交シーズンのタペストリーをその海辺の町で畳むつもりだった。

彼女は行ってしまった。

ジャスパーは新聞を置いた。正確に言えば、二紙の新聞だ。どちらにも、彼女は海辺の町へ旅立ったと書かれていた。

だがジャスパーには、泥棒が戻ってくるという確信があった。彼には待つことしかできなかったから、この書斎に閉じこもり、余計なことを考えないようにしているほかはなかった。彼女と最後に会ったとき、わたしの口調はあまりに堅苦しすぎただろうか？　だがだからといって彼女は、わたしのばかげてはいても心地いい夢を打ち砕く必要が本当にあったのか？

夜ごとジャスパーは、彼女から渡された手紙を繰り返し読んだ。

結局のところ、ふたりの関係があんなふうに唐突に終わったことは、かえってよかったのかもしれない。

ふたりを隔てる溝はあまりに大きすぎる。

手遅れだ。忘れるんだ。ジャスパーは眼鏡を磨いてから再び鼻に乗せ、無理やり古代のことへと意識を向けた。少なくとも、その世界では彼の権威が認められている。彼はシャツのカフスがどうなるかなど考えもせず、顔をしかめながらせっせとペンを走らせはじめた。どうしても休憩が必要になったところで——指を伸ばし、関節をほぐし、手首の凝りを和らげた——エセックスにいるアンソニーから届いた手紙をもう一度読み直すことにした。

猟犬の封蠟がある手紙が届いたのは、今週になって二度目だった。これまでになかったことだ。アンソニーが病気のシドニーを気遣う様子には、心打たれるものがあった。アンソニーはまた、シドニーが病気からも盗賊に襲われたショックからも快復しつつあることを記し、ジャスパーを安心させることを忘れなかった。医者が鼓膜を切開したとき、シドニーはとても勇敢だったらしく——〝ぼくたちふたりでシドニーの手を片方ずつ、ぎゅっと握っていました〟——その後は、急速に快復しているということだった。それ以降はウェルドン・プライオリーの家政婦がカスタードとブラマンジェを褒美としてちらつかせているにもかかわらず、ベッドから抜け出してばかりいるらしい。

屋根の修理はすべて終わり、職人たちはいい仕事をしたということだった。意外なことにアンソニーは、これまで屋敷の管理をしてくれたことに対して、ジャスパーに礼を述べていた。このあたりまで来ると、アンソニーの手紙はいささか読み取るのが難しくなっている。文字は震え、文体はたどたどしく、なにを言いたいのかがはっきりしない。アンソニーは昔からなにかを書くのは得意ではなかったが、心からの思いを綴っていることだけはよくわかった。これからは自分で地所を管理したいとアンソニーは書いていた。まずは、かなり時代後れの厨房から取りかかるつもりだということだった。彼とミス・ホバートはなにが必要なのかを家政婦に尋ね、いっしょに図面を描きはじめたらしい。

『ミス・ホバート』という文字の前に黒く塗りつぶされた文字があった。ジャスパーは、古代の発掘品の秘密を解き明かすことに慣れた目で、その文字を見つめた。『ヘレン』と書かれている気がした。この手紙には、一番いい知らせが書かれていないのかもしれない。可能性はあるとジャスパーは思った。ふたりは若く、思い悩む過ちも、背中にのしかかる過去もない。

かなり時代後れの厨房……。

……わたしも同じだと、ジャスパーは思った。栄光が過去のものであることを認めるほうが、心は安らぐ。

ジャスパーは机の上の原稿に視線を戻した。もう少し付け加えることもできる。充分に鋭い文章をさらにとぎ澄ませ、収集家たちが陥りがちな滑稽でみっともない誤解について書いた章に関しては、もっと厳しく指摘することもできたが、結局そうしなかった。なかでも最近売買された、頭をすげかえて修復した彫像はおもしろい話題だ――ケリングズリー子爵はおもしろいとは思わないだろうが。だが彼自身もすでに本の執筆を終え、ケリングズリー子爵の収集品と蔵書の鑑定もほぼ完了していることを思うと、気持がふさいだ。モウブリーが原稿をあとは、加えてほしいとコルバーンに頼んだ版画を付け足すだけだ。

包装紙と紐で包んで送ってくれるだろう。

これからわたしはなにをすればいい？　よほど注意していなければ、危険な思考に誘いこまれてしまうだろう。望みもしない場所へとさまよいこんでしまうに違いない。セイレーンの歌声を聴いたオデュッセウスのように。

マリーナから渡された手紙には、少女時代の過酷な生活や人格を侮辱されたこと、虚栄心が強く、意地が悪く、不実だった彼女の父親のことなどが書かれていた。そこに記されていたのはつらい話ばかりで、ジャスパーは彼女という人間、美しさと知性と華やかさの下に隠されているものに気づかなかった自分の愚かさを思い知らされた。たとえ手遅れでなかったとしても、自分が彼女を愛するにはまったく不適格な人間であることを改めて教えられた気がした。

手紙には怒りのこもった追記があって、手紙そのものよりも抽象的で改まった文章で書かれていた。彼のような男に対するちょっとした講義のようだ。自分自身や国を、過去の栄光の産物だと考えることの危険性について警告していた。その手の男性には、日々の事柄をよく観察させるといいかもしれないと書かれていた。過去の栄光と未来の帝国のことは忘れて、いまを、そしてその帝国が彼らを（とりわけ女性たちを）どれほど踏みにじったかを考えるべきだとも。

辛辣な内容だった。彼女がそんなことを考えているとは知らなかった。

知らないことはほかにもたくさんあった。

ジャスパーは書き終えた原稿を机の隅に押しやり、鍵のかかった引き出しを開けて、なかから紙ばさみを取り出した。一番古いページは黄ばんでいる。ずっと以前にしまいこんだものだった――魅了され、当惑させられ、そして怒りさえ覚えたもの。紀元後二世紀にギリシャ語で書かれたラブストーリーで、論文の合間に暇を見つけては、とりとめもなく訳したものだ。

どうしてマリーナに見せなかったのだろう。気がつけば、そんなことを考えていた。その時代に書かれたこういった散文体の作品が、ほかにもいくつか残っている。〝小説〟と呼ぶ者もいるかもしれない。離れ離れになった恋人たちが再会を果たすだけの内容だ。古代ギリシャ時代には、重要なテーマ――戦争と帝国――は韻文で書かれ、散文体のこの手の作品は軽く扱われた。ジャスパーが訳そうとしていたのは、『ダフニスとクロエ』で、野原や森のなかでキスが何度も繰り返される単なる牧歌にすぎなかったが、当時の小説の大部分は冒険――難破船、奴隷、海賊の襲撃、無理やり引き裂かれた恋人たちなど――に満ちたものだった。愚かな親が恋人たちを航海に送り出すこともあった。どうにかして運命にふたりを引き裂かせようとするかのように。

当時の作家たちが、世界に存在するあらゆる苦難を登場人物に味わわせよう、考えうるすべての試練を乗り越えさせようとしているさまは滑稽にも思えた。

マリーナはこの訳文をおもしろがっただろうとジャスパーは思った。彼の肩越しにのぞきこむマリーナの姿さえ想像できた。いっしょに厨房の図面を描いているアンソニーとミス・

ホバート……ヘレンのように。

ばかげている。いつそんな時間があった？　夜はあまりに短く、どうしてもあとまわしにはできないことがあった。ほかのことをするには、夜だけでは足りない。時間が必要だ。一生分の時間が……。

人生を分かち合う。ジャスパーはつかの間――もはや彼とマリーナのあいだに分かち合うものなどないことを思い出すまでのあいだ――人生を分かち合うことほど、冒険に満ちた危険なものはないのではないかと思った。やがて悲しげに肩をすくめ、古代の牧歌的なラブストーリーへと視線を戻した。

ちょうど同じ時刻、そこから八十キロほど離れたウェルドン・プライオリーの森のはずれにある緑の空き地では、サー・アンソニー・ヘッジズがこのうえなく幸せなまどろみから目を覚ましたところだった。

これからしばらくは、こんなひとときも過ごせなくなる。明日にはようやく、シドニーがベッドを離れてもいいという医者の許可がおりるからだ。だが実のところ、家政婦があとを追いかけて寝室に連れ戻していないかぎり、いまこの瞬間にも彼女は寝間着姿で家のなかをうろついているに違いないと、アンソニーは思った。家政婦とヘレンが仲良くやっていることに、彼は安堵していた。今朝ヘレンが、東から嵐がやってくる前に彼とふたりでしばらく散歩に行ってくると言ったとき、年配の家政婦はウインクに見えなくもない表情を作って見せた。

アンソニーは空を見あげながら、ヘレンを抱きしめる腕に力をこめた。まだ眠っているのか？　そのようだ。確かに、あと一時間ほどで雨が降り出しそうだった。

明日から彼とヘレンは、当分のあいだ品行方正に振る舞わなくてはならない――知識欲旺盛で頭の良すぎる妹をロンドンのジャスパー叔父のところに連れ帰り、彼女と結婚するつもりだと話すまでは。

きみを正直な女性にしておきたいからね、とアンソニーが冗談を言うと、厨房の改装にいくらかかるのかについても、正直でいたいわとヘレンは冗談を返した。塔にある寝室の窓も大きくしたいわ。そうすれば、部屋のなかにいても外の空気を感じられるもの。

雲がさっきよりも速いスピードで空を流れていく。ヘレンが身じろぎした。彼女の広い頬の下、魅力的というには大きくて肉厚すぎる口の上に木の葉がまだらに影を落としていた。彼女はあまりにも細かった。手は渡り鳥のように優美で、骨のラインが目立つ腰の下には信じられないほど長い脚が伸びていた。シュミーズがずれて、優雅な曲線を描く肩の片方と鎖骨の下の小さな胸のふくらみがあらわになっている。アンソニーはその先端に唇を寄せた。彼の舌を迎えるように乳首が立ちあがる。ヘレンの口が笑みを作り、まつげが震えた。太陽の光の下では、髪と同じようになんとも形容のしがたい色に見える。

彼女の髪はきれいだが、だれからも美しいと表現されるのは、熟した洋梨のような青みがかった緑色の瞳だけだろう。いまその瞳に空を流れる雲が映っていて、アンソニーは心が痛むほど彼女を愛らしいと思った。森の妖精を思わせるほっそりした彼女の肢体のなかにアンソニーが見ているものを、いつかどこかで気づく人間がほかにもいるだろうか。

いないかもしれない。いないほうがいいと彼は思った。彼女がべつの意味でも恐ろしいほど優秀であることを、ほかのだれにも知られたくない。それは彼だけの秘密だ。

たとえ彼以外のだれも彼女を美しいと思わないとしても、サー・アンソニー・ヘッジズは、いま自分の腕のなかにいる女性のなかに稀有《けう》なすばらしいものを見出したのだ。ハンサムで、さわやかで、人好きのするロンドンの洒落男は、実務家で有能で驚くほど平凡な容貌の妻と共に、気さくな田舎の地主として近々先祖代々の家に落ち着くつもりだった。

知性という言葉で形容されることがあまりないアンソニーだったが、自分がいま手にしているものの価値がわかるくらいには賢明だった。

「もう遅い時間なの？　帰らなきゃいけない？」ヘレンが訊いた。

「遅くなんかないさ。時間はたっぷりあるよ」アンソニーは答え、雨の予感に震えるブナとポプラの葉の下で彼女に口づけをし、からだを重ねた。

23

ジャスパーは記事を選びつつ、恐ろしいほどの速さで複数の新聞に目を通していた。これまでであれば、ギリシャ解放論者たちが勝利を収めた戦いについてのいささか難解な記事を辛抱強く読んでいたものだが、近ごろではブライトンでのディナーや夜会やパーティーに関するものを熱心に探している。そのなかでももっとも派手で贅の限りをつくした催しは、日々体重と疲労の影を増していくジョージ四世が主催するものだった。

その手の記事に彼女が登場したのは一度だけだった。流行のばかげた頰髭をはやしたどこかの金髪の小君主と腕を組んで姿を現わしたという。だがそれっきりだ。それはつまり……いろいろと考えられるが——考えても無駄だった。

彼に知るすべはない。

それに、すべてが終わったというのに、いまさら知ってどうなる?

いま大事なことは彫像を守り、この家が二度と襲われないようにすることだ。

書斎のドアをノックする音がした。顔をあげると、ボウ・ストリートの捕り手であるミスター・ブライトが戸口に立っていた。大柄な従僕の隣にいると、いっそう小柄で顔色が悪く見える。泥棒につながる手がかりはいまだラッカムだけだったが、ブライトはマリーナが憶測した以上のことをつかめてはいなかった。

今日も進展はないようだ。

「ブルック・ストリートの夜警は、夜遅くにうろついている男を一、二度見かけたということです。もちろん、どこかに行くように命じたそうですが、ずっと見張っているわけにはいきませんからね。ラッカムはあなたが真夜中にあの家にはいっていくところか、もっと遅い時間に出てくるところを見た可能性があります」

ブライトはそつなくジャスパーから視線を逸らし、本棚の上のほうに置かれている小さなテラコッタの像を見つめた。「あなたと同じくらい人目につかないように気をつけていたんでしょう」

ジャスパーはそっけなくうなずいた。「彼女はわたしのことをやつに話す必要などなかったわけだ。やつはただわたしを見張っているだけでよかった。アフロディーテのことは、あの彫像をここに運んだ人間から聞きつけたのかもしれない。だが、その情報をやつから買っていた人間については、なにかつかんでいないのか？」

小柄な捕り手は肩をすくめた。「もう少し調べてみますが、みんな口が固いんですよ。いっしょに飲みに行ったときのラッカムの様子程度のことしか、教えてくれなくて」

どうしていまだにそのことが気になるのか、金を払ってまで調査を続けさせているのか、ジャスパーにもわからなかった。だがほかになにができる？　泥棒はまた来ると言い残して去ったのだ。すべてが解決するまでは、シドニーをロンドンに連れてくるわけにはいかない。

ジャスパーはうなずいた。「調査を続けてくれ、ミスター・ブライト」ジャスパーは彼を見送るために立ちあがった。

「あと三日分の経費を払う」ジャスパーがそう言い足すと、捕り手の顔はブライト《明るい》という名前にふさわしく輝いた。楽な仕事だとわかっているのだ。

「変わった男ですよ、ラッカムというのは」ブライトは戸口のところで言った。「ほとんど人とはつきあわず、女房も家族もいない。昔、好きだった女がいたらしいという話を聞きましたよ。軍にいたころらしいです。メアリーだかなんだかいう名前で、やつには見向きもしなかったとか。一度酔ったときに泣いているのを見たと、ある男が言っていました」

メアリーだかなんだかいう名前。

ジャスパーはうなずいた。その顔は無表情だったが、突然ぱっとなにかが開けたかのように、心のなかでは目を見開いていた。彼が求めていた答えがわかったわけではない。解けたのはラッカムの謎だ。とはいえ、その情報には大きな意味があった。

ジャスパーはボウ・ストリートの捕り手を見送ったあと、薄暗い玄関ホールにたたずみ、重い玄関のドアが閉じる音を聞いていた。

孤独が押し寄せてきた。きれいに片付いた家も、シドニーがいなくては空虚な影のようにしか感じられない。

慣れることだと、ジャスパーは自分に言い聞かせた。シドニーを学校に行かせるべきだ。

一風変わった叔父以外の――そして最高の家庭教師以外の――人間が、彼女の人生には必要だった。すぐに彼女は大人になってしまうだろう。ジャスパーは彼女を――そして自分自身を――あまりに長く世界から隔絶しすぎた。

ジャスパーは書斎へと戻りながら、捕り手に捜査を続けさせた自分を責めた。ブライトはあれ以上の情報を得られないだろうし、余分な経費を払うだけの余裕がジャスパーにあるわけでもない。だがどういうわけか、ブライトがそうとは知らずに明らかにした真実に対する謝礼として、いくばくかの金を支払うべきだという気がしたのだ。

メアリーだかなんだかいう名前。たとえば、マリア。たとえばマリーナ。かわいそうなあの男は、つまった煙突が部屋の空気を毒に変えていくあいだ、彼のメアリーもしくはマリア、もしくはマリーナを思いながら人事不省になるまで酒を飲みつづけていたのだろう。

だれかが知っていてやるべきだとジャスパーは思った。ただ知っているだけでいい。彼女を憎んでいるとマリーナに思わせたのは、ラッカムのせめてものプライドであったことを。ラッカムは彼の〝顧客〟を毎月事務所まで支払いに来させていたと、ブライトは言っていた。マリーナの姿が脳裏に浮かんだ――背筋をしゃんと伸ばし、瞳に軽蔑の色を浮かべたマリーナ。そして彼女が階段をのぼる足音、ドアをノックする音に耳をそばだてるラッカムの様子も、同じくらいありありと思い浮かべることができた。月に一度ののしり合うだけの逢瀬ではあっても、彼女に会えなくなるよりはいいと彼は思っていたのだろう。

愛情はときに、なんと悲しく、そして奇妙な形を取ることか。愛は常にエロスやアフロデイーテのようなものであるとは限らない。

きみの秘密は守るよ、ラッカム、とジャスパーは心のなかでつぶやいた。黄泉の国の暗い木立をさまよう痛ましいラッカムの魂のために彼ができることは、それくらいしかなかった。だがわたし自身の魂はどうすればいい？　ジャスパーはゆっくりとした足取りで書斎に向かった。自分の魂のことは、またあとで考えよう。

机の上にきちんと畳んで置かれた新聞に目を向けた。シーズンが終わりかけているこの時期にもかかわらず、展示会や講演会が告知されている。エクルズ卿の自宅では、彼の収集品のひとつである最近修復されたギリシャの競技者の像の来歴について、ミスター・アイルストン・ジョーンズが話をすることになっていた。

ジャスパーは冷笑を浮かべた。エクルズ卿の収集品は彼も見たことがある。修復は完全に失敗だった――胴体と頭部の接合角度がおかしかったし、頭部自体ができの悪い複製品でしかない。自分の本がもっと早く出版されなかったことが残念だった。それが出ていれば、エクルズ卿の像が価値のないものだとわかったはずだ。本に載せたいとジャスパーが言い張った版画のなかには、その時代の彫像の特徴がはっきり示されているものがあるからだ。彼の収集品のなかでも、その版画はもっとも価値があった。かなり以前にローマで競り落としたもので、ルネサンス時代のローマ法王の所有物だったこともある。

ジャスパーは苦笑いを浮かべた。当時、アイルストン・ジョーンズもその版画を欲しがったことを思い出したからだ。彼はその版画からなにひとつ学ぶことはなかっただろうから、欲しがった理由はわからない。だがジャスパーは、自分の支払い能力以上の値がついていたにもかかわらず、どうにかその版画を手に入れた。

アイルストン・ジョーンズもその版画のことを覚えているだろうかと、ジャスパーはいぶかった。覚えていないに違いない。そうでなければ、あれほど明らかな過ちを自ら世間にさらすようなことはしないだろう。

そろそろ版画を出しておこうと彼は思った。鍵のかかった戸棚のなか、アフロディーテの彫像の上の棚にしまってある。

ジャスパーは、泥棒がはいった夜のことを思い出した。

どれほど狼狽していたことか。この部屋に駆けつけ、アフロディーテが無事であることを確かめ、紙ばさみの中身をぱらぱらとめくって、かけがえのない版画の数を数えた。

二度数え——すべてそろっていることを確かめてから——、二段ずつ階段を駆けあがり、シドニーのところに戻った

数えた。紙ばさみの中身をぱらぱらとめくった。急いで。

いまジャスパーは、そのときと同じくらいあわてていた。勢いよく椅子から立ちあがると、部屋の向こうにある戸棚に向かう。鍵をまわしているあいだも、頭のなかでは様々なことが渦巻いていた。錠のなかで細かな部品が一列に並ぶのが見えるようだった。

思いこみがなくなったとたんに、こりかたまっていた思考は驚くほど一気にほどけた。発掘品の年代や作者を特定するためには微妙な識別が必要で、それには古物研究家の鋭い目が

欠かせないのだと、これまで何度も繰り返してきたのではなかったか？

そういうわけで、紙ばさみを開き、そこにはいっていた版画が偽物であることに気づいても、ジャスパーはいささかも驚かなかった。それは版画ですらなく、ペンとインクで描かれた新しい絵でしかない。シドニーが描く絵よりはましだが、ミス・ホバートには及ばない出来栄えだった。古い紙に描かれている――その点にだけは抜かりがなかったようだ。数を数えたジャスパーの指はその紙にだまされたのだ。二度も。

版画はなくなっていた。おそらく破棄されたのだろう。代わりに残された物は、まったく価値のないものだ。なんの証拠にもならない。

いや、それは違うとジャスパーは考え直した。ペンとインクで描かれた絵――そして本物が盗まれたという事実――は、犯人がなにをしたかという証拠になる。窓から侵入し、罪のない子供に銃を向け、目的のものを盗んだことを厳として証明している。

泥棒――アイルストン・ジョーンズとブラマー錠を開けられる何者かであることは間違いなかった――の目的は、アフロディーテではなかった。彼が欲しかったのは版画で、そして目的どおり手に入れたのだ。強盗が未遂に終わったように見せるのが、最初からの計画だった。戸棚の鍵を開け、版画を偽物とすり替え、すべてを元どおりにして鍵をかけ、なにもなかったかのように見せかける。使うつもりのない手押し車だか荷車だかを持ってきたのも、うまいやり方だった。石畳の上を転がる音を聞けば、だれもが彼らはそれで彫像を運ぶつもりだったのだと考えるに違いない。

彼の机でシドニーが眠っていたという予想外の事態を利用したのは、とっさのいい判断だったとジャスパーは思った。彼女を起こし、顔の前で拳銃をちらつかせ、〞叔父に伝えろ……〟と言ったのは、巧みだったと言わざるを得ない。おかげで、〝強盗未遂〟がますます説得力を持つことになった。ミスター・アイルストン・ジョーンズは芸術の専門家としては二流かもしれないが、今回の件に関しては生来のずる賢さが大いに役立ったわけだ。

貴重な版画を盗まれ、専門的な意見を主張する機会を台無しにされ、シドニーが危険な目に遭わされたことに怒りを感じるべきだと思ったのもつかの間、気がつけばジャスパーはこれほど見事に欺かれたことを——いくらか苦々しい思いと共に——おもしろがっていた。もう拳銃を携帯している必要はない。泥棒が再びやってくることはない。あの彫像は、彼が好きなようにすればいいのだ。それよりも、あの版画がなければ、彼が書いた原稿の一部——質の悪い修復について書いた箇所——が意味のないものになることのほうが問題だった。

まだ原稿をコルバーンに送っていなかったのが幸いだった。代わりになにかを書かなければならない。結びの章として、なにか違うことを取りあげてはどうだろうとジャスパーは思った。本棚の上に置かれた小さな像を見あげた。大理石ですらない。土を焼いたテラコッタで、目と手と膝と胸の形を大ざっぱに作りあげた像だ。命に限りのある不完全な人間が、癒しを求めて神に捧げたものだった。

ジャスパーの思いは、再びさっきの訳文へと戻っていった。アテナイ人とスパルタ人とマケドニア人がその力を失い、ローマ人が帝国を支配し、ギリシャがローマ人の遊園地と化してしまったあとに書かれた、ギリシャの古いラブストーリー。

パルテノン神殿の輝かしい建築家たちとは違い、こういった古いロマンスの作家たちは時代の勝者ではない。彼らにできることと言えば、己の情熱と向き合い、神への感謝をこめて自分の感情を文字にすることだけだった。

『ダフニスとクロエ』の作者は、人を愛したことがある人に愛とはどういうものかを思い出させるため、そして愛したことがない人にはそれを教えるために、この物語を書いた。欲望と満足、別離と和解という混乱に満ちたありきたりの出来事を、芸術に昇華させた。

わたしはこの本のなかで、偉大で、重要で、多くの人に知られている勝者の芸術について書いたと、ジャスパーは思った。その来歴を追い、本物とそうでないものの微妙な差異をできるかぎり明確にした。だが最後は、目立たないものに敬意を表し、慎ましやかに締めくくろうと決めた。いま彼が必要としている癒しについて書くつもりだった。

だがまずはアンソニーとシドニーに、ロンドンに戻ってくるようにという手紙を書いてからだ。時間は飛ぶように過ぎている――アンソニーの手紙をよく読めば、シドニーがこの一年でどれほど成長しているかがよくわかった。それでなくともジャスパーは時間を無駄にしすぎた。せめてそれができるあいだは、愛する者たちにそばにいてほしかった。

24

叔父との再会はうれしかったが、版画を盗んだ男の罰し方には、シドニーは不満を抱いていた。アンソニーが颯爽と追いはぎを叩きのめしたことに比べると、叔父の考えはなんとも生ぬるく感じられる。

エセックスの路上でなにがあったのかを、シドニーが自分の目で見ていたわけではない。実のところ彼女が覚えていることといえば、暑くてめまいがしていたこと、首から口元にかけて巻かれたちくちくするショールのせいで息苦しく、ほとんどあたりの様子が見えなかったこと、ミス・ホバートに強く抱きしめられていたことくらいだった（もちろん、ミス・ホバートはもうミス・ホバートではなく、ヘレンだ。彼女が姉になると思うとわくわくした。たくさんの楽しいことが待っているはずだ。ヘレンとアンソニーはこれまでの埋め合わせをするかのように、起きている時間のほとんどをいっしょに過ごしていた）。

だが実際には見ていないにもかかわらず、シドニーはアンソニーが追いはぎをやっつけたところをすっかり目撃したような気になっていた。アンソニーがどれほど立派で勇敢だったかを、ヘレンからたっぷりと聞かされたからだ。アンソニーもまた、ヘレンの優れた判断力がなければあんなことはできなかっただろうと、何度も繰り返した。

シャーロット・ストリートの家に押し入った泥棒も、同じように罰せられるべきだとシドニーは思っていた。ジャスパー叔父さんは拳銃を使ってあの悪党を追いつめるべきだわ。殴ったっていい。

だがシドニーの抗議にもかかわらず、ジャスパーは頑として譲らず、結局それでよかったのだと彼女もあとになって思った。リッチモンドにあるレディ・エクルズの屋敷のサンルームを、一番前の座席に向かって叔父と共に（アンソニーとヘレンもいっしょだった）足早に進みながら、叔父の計画は賢明だったとシドニーは改めて考えていた。

まずは、その講演会に招待してもらう必要があった。ジャスパーは何人かの知己の収集家に頼んで、口添えしてもらった。幸いなことに、レディ・エクルズは古代の遺物にまつわる論争にさほどくわしくはなかったから、著名な学者であるミスター・ヘッジズと突然田舎から戻ってきた見目麗しいサー・アンソニーを招待することに異論はなかった。

気持のいい朝で、テムズ川を船でやってきた一行は早めに到着した。ヘレンは、サー・アンソニーの婚約者に注がれるに違いない視線に負けないだけの新しいドレスをまとい、せいいっぱい着慣れて見えるふりをした。もちろんアンソニーは人から見られることに慣れていたから、彼が先頭に立ち、ほかの三人はそのあとについて一番前の列まで進んだ。金メッキを施した小さな椅子に静かに腰をおろすと、恥ずべき男のたわごとに礼儀正しく耳を傾け、講義が終わると、出来栄えがひどい出し物に対して観客がするような形ばかりの拍手を送った。

すべては、彼に思い知らせるためだった。彼の声が震え、レディ・エクルズがきまりの悪そうな顔をしたところを見ると、彼にもそれがわかったにちがいない。

強盗未遂の真相を知っていることを、真相を隠すために子供を脅すような人間をどう思っているかということを、一行はこういう形で彼に伝えたのだ。またアンソニーが聞きつけたところによれば、ミスター・アイルストン・ジョーンズの自宅にも最近泥棒がはいり、そのうえある女性にまんまとだまされたということだった。彼が失ったのは、あの古い版画ほど貴重なものではない。数枚の銀の皿にすぎないが、それくらいは当然の報いだろう。

なにより重要なのは、いずれ新たな物証が出てくれば、ミスター・アイルストン・ジョーンズの誤りが証明されるとわかっていることだ。ギリシャ人の学者仲間がなにかを発見すれば、新たな情報が世に出まわり、現代社会は古代についてもっとよく知ることになるだろう。

だがすべてではないよ、とジャスパーは静かに言い添えた。過去についてすべてを知ることはできない。たとえ現在のことであっても、確信が持てないときはしばしばあるものだ。

ジャスパーがそういうことを言うのは珍しかったし、その瞳はぼんやりしていると同時に断固とした表情も浮かべていたから、シドニーは困惑した。自分をひどく恐ろしい目に遭わせた男がなんの報いも受けなかったわけではないことを知って彼女はほっとしていたが、叔父が思っていたほどうれしそうではないことにも気づいていた。

決めなければならないことや、応対しなければならない細々したことが、ジャスパーにはたくさんありすぎたせいかもしれない。校正刷りに目を通さなければならなかったし、新たな仕事の依頼もあった。ロンドンに住むある紳士から書斎を見てもらいたいと頼まれたのだ。ドクター・マヴロティスの来訪やアフロディーテをアテネに送り返すことも楽しみだった。さらに近々結婚式があるだけでなく、彼自身も引っ越すことになっている。アンソニーとヘレンが結婚してウェルドン・プライオリーに戻ったあと、シドニーといっしょにハムステッドのこぢんまりした家に移る予定だ。十月からシドニーが通うことになっている女子校の近くで、気持のいい散歩のできるところだった。

それが過ぎれば、中断したままになっている小説に再び取りかかれるかもしれないとシドニーは考えていた。

筆が止まってしまったのも無理からぬことかもしれない。愛には、彼女が理解できないことがたくさんあった。たとえばアンソニーとヘレンのことにしても、シドニーにはまったくの寝耳に水で、驚かないふりをすることすらできなかった。またジャスパー叔父が、アンソニーの婚約だけでなく、長年の誤解が解けて彼とようやく親しい間柄になれたことを大いに喜んでいるにもかかわらず、時折ひどく意気消沈しているときがあって、その理由がわからないことも彼女をいらだたせた。

叔父の気持ちを上向きにできることもあったけれど、自分にそういうことは向いていないのではないかと思ったりもした。本当は叔父の意見に反対しているわけでもないのに、自分でもわけのわからない気持のはけ口として、反論してしまうときがあったからだ。

この突然の気持ちのたかぶりはどこから来るのかしら？　子供扱いされたらどうしようと思って学校に行くのが怖くなるときもあれば、同じくらいの年の少女たちといっしょに過ごす日が待ちきれなくなるときもあった。少女？　それとも若い娘？　自分を含めて、どう呼べばいいのかすらわからない。着ている服も、数カ月前ほどには似合っていない気がした。少し……子供っぽいかしら？　髪形もリボンで結ぶ以外のものにしたほうがいいかもしれない。ウェルドン・プライオリーにいたあいだシドニーは、家族の肖像画とそこに描かれた二重あごの赤ん坊の自分を見つめながら、これまで以上にあれこれと物思いにふけることが多かった。

とはいえ、心が波立つ日々ばかりではなかった。ジャスパー叔父との勉強はいつも楽しかったが、より深く考えることを促すために、シドニーに自由に議論を展開させてくれるときは格別だった。叔父とふたりで古くからある地域やうらぶれた通りを歩き、見たものについて語り合うのも好きだった。

上流社会の人々はぞくぞくと旅立っていたので、町の西側は日に日に人が少なくなっていった。まるで船のようだとシドニーは思った。乗客がいっせいに右舷に集まったために、左舷が水から浮きあがり、いまにも転覆しそうな気がする。だが幸いなことに、普通の人々が働くリージェント・ストリートの東側や、ブルームスベリーやホルボーンやラドゲイト・ヒルといった場所では、いつもどおりに時が流れ、日々の暮らしは普段と変わることなく営まれていた。

まだ執筆を続けていたなら、窓の外の静けさを歓迎していたことだろうとマリーナは思った。だがいまは荷造りをする使用人たちに指示を下しているだけだったから、自分の心の内に耳をすましているよりは、使い走りの少年の叫ぶ声やがたがたと馬車が走る音が聞こえているほうがいい。

数日中にヘンリー・コルバーンに会って、愚かな双子を主人公にした小説の今後の展開についてはは任せると伝えようと思っていた。彼女自身が宣伝をするつもりはない。そもそもウエクスフォード・カウンティの小さな村では、宣伝しようにもとても無理だ。ゴシップ紙の記者たちもそこまでは追ってこないだろう。マリーナは、遠い昔に別れたきりの妹に会いに行くつもりだった。

ラッカムの死の知らせを聞いたあと、マリーナは半ば放心状態で妹に宛てて手紙を書き、執事のマートンがその返事をブライトンまで届けてくれていた。よそよそしい短い手紙を見れば、妹がペンを握るよりは、パンをこねたり、洗濯や繕いものをしたりすることに慣れているのがよくわかった。だがそれでもその文面には心に訴えかけてくるものがあったから、妹こそ作家になるべきだったのかもしれないとマリーナは思った。大げさで凝った表現をまったく使っていないその文章は、簡潔であるがゆえに心にぐさりと突き刺さった。

マリーナが予想していた以上に。これほど長いあいだ音信不通だったのだから、いまさら連絡を取ったからといって妹のマーガレットが喜ぶとは思っていなかった。実際のところ、彼女からの返信には苦々しい思いが満ちていたが、いくばくかの援助をしてもらえるとありがたいと記されていた。なにかと生活が苦しいらしい――わたしたちの生活はずっと苦しかったとも書かれていた。

〝わたしたち〟には、当然のことながらマリア――ふたりの姉妹のうち、美しいほう――は含まれていないが、虚栄心が強くハンサムだが不実な父親も除外されていた。彼は田舎に隠れている反逆者たちのことをイギリス軍に通報しただけでなく、残酷なイギリス人将校にマリアを売ろうとしたのだ。マリアは、スプレイグ大尉と逃げるしか道はなかった。酒に酔った日もあれば、テーブルの上で踊った夜もあったけれど、少なくとも彼は娘を売ろうとしていた男のように、マリアを殴ったりはしなかった。

また、スプレイグ大尉が留守のときは、本を読むこともできた。

わたしの暮らしも楽だったわけではないのよ、マーガレット。マリーナは心のなかでそうつぶやきながらも、妹がつらい思いをしただろうことは否定できなかった。ブライトンのホテルの部屋の窓にかかるカーテンを開けたとき、人差し指にはめたスクエアカットの大きなエメラルドの指輪が日光を受けてきらりと光ったことを思い出した。あれ以上はっきりと現実を示しているものはないかもしれない。あのときマリーナの目に映っていたのは、眼下の華やかな遊歩道ではなく、飾り気のない狭い道路とどっと笑い崩れながらそこを歩く小柄なふたりのアイルランド人少女の姿だった。なにがそんなにおかしかったのか、マリーナは思い出すこともできなかった。

コンロイ家のふたりの娘は、どれほど異なる運命をたどったことか。マリアが家を出て大尉と堕落した暮らしをはじめたあと、マーガレットはさぞかしつらい思いをしたに違いない。ヘンリー・コルバーンの雑誌をすべて合わせても、どこにでもあるような小さな村の噂話には及ばない。マーガレットと結婚しようというまともな男がいたことが驚きだった。彼が優しくて善人だったのは——マリーナはそう聞いていた——まさに奇跡だ。**きっと耳を傾けたくなるような物語があるに違いない、**著名な社交界小説家であるマリーナは思った。マーガレットはくわしいことにはなにひとつ触れず、夫は死んだとだけ書いていた。マリーナが（現金持参で）尋ねてくるのなら、追い返すつもりはないというのが、その手紙の大まかな趣旨だった。

そういうわけで彼女——マリーナなのかマリアなのか、近ごろでは自分でもさだかではなかった——は、妹のもとを訪れようとしていた。ずっと滞在するつもりはないが、マーガレットと彼女の家族——子供がいればいいとマリーナは考えていた——にいくらか財産を分けて、気まずい思いをすることなく午後やゆうべのひとときをいっしょに過ごせるようになりたいと思っていた。町や丘を歩き、昔のことを思い出し、これからのことを考えるつもりだった。

実を言えば、マリーナは怯えてもいた。急いでいたのはそのせいだ。荷造りを終え、家具を布で覆ったらすぐに出発する予定でいた。ローレンスの手による彼女の肖像画を買った紳士は二日後に引き取りに来ることになっている。コルバーンと話し合わなければならないことがまだ残っていたが、それが終わればあとは、マダム・ガブリに頼んだごく質素なドレスとマント数着が出来上がるのを待つばかりだ。華やかな衣服に身を包んだイギリス人貴族の未亡人として、田舎の村を訪れるつもりはなかった。

今年の社交シーズンは、仕立て屋のマダム・ガブリにとってすばらしいものだったはずだ。地味で目立たない女性のためのウェディング・ドレスを仕立てるという難しい仕事の合間にシンプルな服を仕立てるのは、彼女にとってもいい気分転換になるに違いないとマリーナは思った。その女性の婚約にはだれもが驚いたという。マダムは意味ありげなまなざしを向け、マリーナも訳知り顔に笑みを返したが、実のところいったいなんのことやら見当もつかずにいた。ゴシップ記事は読まなくなっていたし、ブライトンから戻ってきて以来、ハイドパークの散歩もしていない。とりあえず、コルセットだけはしっかりと締めあげていたが、ここのところ、あまり食欲がなかった。

ともあれ、今度いつロンドンに来られるのかはわからない。愚かなことだとわかってはいたが、最後にもう一度だけ、心安らぐ物たち――好奇心をかきたてる、謎めいた美しい古代の品々――を見ておきたかった。

たとえ、彼と遭遇する危険があるとしても。あの博物館は家のすぐ近くにあって、自分たちの居間のようなものだと彼は何度も口にしていたから、マリーナは見境もなく自分からそんな事態を招こうとしていたのかもしれなかった。

自分の意図については深く考えないようにしながら、マリーナは展示室の入口で足を止めた。ふたりの姿が目にはいったが、そのどちらも彼女の記憶より背が高いような気がした。もちろんあの年ごろの少女は短期間にぐっと背が伸びるもので、あれこれとくだらないことに頭を悩ましはじめる時期でもある（マーガレットとふたりで、なにも知らずにくすくす笑っていたころのことを、マリーナはいくらか思い出していた）。彼の場合は、単にきちんとした上着とズボンのせいで、そう見えているにちがいなかった。

わたしも少しは彼の役に立ったようね。

少女が、柱頭にはべつの解釈があるのではないかと主張しているのが聞こえた。なんとかという王——名前は聞き取れなかった——は、娘の犠牲になったのではないかと言っている。少女の博識に、マリーナは感動を覚えた。ジャスパーは入口に背を向ける格好で立っていたが、その肩を見紛《みまが》うはずもなかった。顔には、内心の喜びを隠すために懐疑的な表情を浮かべていることだろう。

マリーナは当惑してあとずさった。ここに来たわたしがばかだったわ。いまさらなにを知ろうというのだろう。彼の注意が少女に向けられていたことが幸いだった。このままべつの部屋に移動すればいいことだ。

だがそううまくはいかなかった。あとずさったせいで、すぐうしろにいた太めの女性とその連れに危うくぶつかりかけたからだ。倉庫のような部屋には音がよく反響したから、残念なことにマリーナの謝罪の声は、彼に気づかれずにはすまなかった。

それならいっそ礼儀正しく振る舞おうとマリーナは決心した。笑顔を作り、肩をすくめながらふたりに近づいていく。彼もまた笑みを浮かべていた。引きつった口元を笑みと呼べるのならの話だが。わたしも同じような顔をしているのかしらとマリーナはいぶかり、おそらくそうだろうと結論づけた。

会釈をし、笑みを浮かべ、ご機嫌はいかがですかと尋ねる。さほど時間はかからなかったが、少女はすでに、叔父をひとりじめできなくなったことにいらだちを見せている。数カ月前と――ほんの数カ月だ――同じだった。そのころの彼女はいまよりもっと子供っぽくて、手脚の長さばかりが妙に目立つようなことはなかった。

「レディ・ゴーラム、姪のミス・ヘッジズを紹介させてください」

礼儀正しくお辞儀をし、挨拶の言葉を口にしながらも、少女の顔には驚愕の表情が浮かんでいた。彼女の澄んだ青い瞳に明らかな賛辞の色を見て取ったマリーナは、いぶかしく思った。博学なこの少女がマリーナの小説を読んでいるはずもないのに。だが同じような表情はこれまでにも見たことがある。じろじろ見ないように自分を戒めながらも、楽しませてくれたことへの感謝と作者に対する好奇心を浮かべた顔。

だがこの少女の場合は、それだけではないようだった。〝シドは恐ろしいくらいに頭がいいんですよ〟。アンソニーはそう言っていた。三人で礼儀正しく言葉を交わしながらも、シドニーの視線は叔父に向けられている。ジャスパーがどこか困惑した様子でマリーナを見つめているのは、だれの目にも明らかだった。

マリーナは彼のその表情がうれしかった――この状況で困惑をあからさまにするべきでは

ないとわかってはいても。彼女はいささか唐突に懐中時計を取り出した。まあ、もうこんな時間。天窓からこんなに気持のいい日光が射しこんでいるというのに、今日は大理石を見ている暇がなくて残念ですわ。

別れの挨拶は心のこもったものではあったが、手短だった。ふたりに背を向けたところで、サー・アンソニーの近況を尋ねなかったことにマリーナは気づいたが、引き返している時間はなかった。隣の展示室を抜け、廊下から中庭を通り、グレート・ラッセル・ストリートで待っていた馬車に乗りこんだ。

これですべてがおしまい。

翌日運び出されたローレンスが描いた肖像画も、それが見納めだった。若かりしころの美しい自分を背後に従えて客を出迎える必要はもうない。イメージ作りはもうたくさんだった。今度メイフェアに戻ったときは、ありのままの自分で客を迎えようとマリーナは思った。アイルランドで、本当の自分を取り戻せることを願った。

だが思っていたよりも早く、ありのままの自分を見つめなければならないときが来たようだった。従僕がミス――彼はたしかにミスと言ったのだが、ミスターと聞こえた気がして、つかの間マリーナの心臓の鼓動が激しくなった――ヘッジズの来訪を告げた。

ここに来るのは、それほど難しいことではなかった。シドニーは昨日博物館で彼女と会ったあと、計画を立てた。あれは明白だった……気まずさを覚えるほどはっきりしていた。たとえそれがなんであるかをシドニーが知らなかったとしても。

だがシドニーは婚約したばかりの若いふたりと、田舎で一週間を共に過ごしていた。その手のことにまったく疎いとはいえ――そのうえ彼女がいるところでは、アンソニーとヘレンはいたって慎重に振る舞っていた――ふたりといっしょにいることで、彼女が学んだことはいくつかあった。

シドニーは、五歳か六歳のころにジャスパー叔父からもらった磁石のことを思い出した。磁石をうまく操って、鉄の削りかすをきれいに並べるのが好きだった。そう、たとえばウェルドン・プライオリーでの食事時、アンソニーとヘレンから伝わってきたのは、そのときの感覚に似ていた。どちらかが塩やワインや蕪を取ってほしいと頼むと、部屋のなかの空気が震え、なにかの形を取りはじめるような気がした。

そのときは気づかなかったけれど、一度磁石のことを思い出したいまは、もう脳裏にこびりついて離れなくなっていた。昨日、ジャスパー叔父さんとあの美しい人が視線を交わすのを見てからは。雑誌のページを飾っていた、自信に満ちたあの美しい人。すばらしく機知に富み、物知りで――シドニーがどうにかしなければ、善良で単純で人見知りの叔父に胸の張り裂けるような思いをさせることになるだろう。

レディ・ゴーラムはシドニーのお気に入りの作家だが、それ以上の存在になることは考えられなかった。パルテノン神殿の柱頭装飾のなかの神々のように、ごく当たり前の人間とは接点を持たないオリュンポスの神のままでいてもらいたかった。悩み多き人間がどんなドラマを繰り広げようと素知らぬ顔で、ただ超然としてそこにいてくれればよかった。困惑のなかにも熱っぽいものが混じったまなざしをジャスパー叔父と交わしてほしくはなかった。

アンソニーの結婚の贈り物を買うためにボンド・ストリートに行く許可を得るのは簡単だった。そのためにお小遣いを貯めてある。アンソニーには新しい懐中時計が必要だ。だが彼もヘレンも、いまはウェルドン・プライオリーをきちんと整えることしか頭になかったから、自分のものをなかなか買おうとはしない。目的地周辺の地理は頭にはいっていた。ロンドンに初めて来たときに、ヘレンがグリーンウッドの地図を勉強部屋の壁に貼ってくれたからだ。もちろん、レディ・ゴーラムがニックネームを献上されるほど有名だったことも幸いだった。ブルック・ストリートの美しきインテリ女性に会うために向かうべき場所は、だれにでもわかる。

レディ・ゴーラムは、ああいうふうにはなれないとシドニーがあきらめている母と同じくらい美しかった。ジャスパー叔父は美しい女性が好きなのだろうかなどと考えたことはない。それどころか、女性に興味があると思ったことすらなかった。人生の複雑さがわかりはじめたいま、それだけが心のよりどころだった。

宝飾店を出たあと、ロバートに懐中時計を預け、角を曲がったところで人ごみに紛れてブルック・ストリートに向かうのも、難しいことではなかった。

だが、個人の家を探し出すのは同じようなわけにはいかない。だれかに尋ねなければならないとわかっていたが、いささか気おくれがした。幸いなことに、ひとりで歩いている女性が何人かいた。なにか用事を言いつかっているメイドか雑役婦のようだ。シドニーは勇気を奮い起こすと、清潔な格子柄のエプロンをつけた自分とさほど年の変わらないであろう少女に声をかけ、レディ・ゴーラムの家はどこかと尋ねた。黒い鎧戸のついたこぢんまりした煉瓦の家から、重厚な金の額にはいった絵画を運び出すふたりの作業員が目にはいったのはそのときだった。

油絵の表面に日光が反射していたが、それが目当ての女性の肖像画であることは見て取れた。シドニーは我が身の幸運に感謝しながら、スカートとボンネットをまっすぐに直すと、足早に玄関の階段をのぼった。

もう引き返せない――実を言えば引き返したかったし、ロバートとジャスパー叔父さんがどれほど心配しているだろうと気になりはじめてもいた。辻馬車を捕まえて帰るべきかもしれない。そのためには、乗り場がどこにあるのか、どうやって捕まえるのか、彼女の年のような少女を乗せてくれるものなのかどうかを知る必要があったけれど。自ら飛びこんだいまのような状況では、少女でいることと若い女性でいることのどちらが厄介だろうとシドニーは考えた。

だが彼女はすでに、大きな真鍮《しんちゅう》のノッカーに手を伸ばしていた。ライオンの頭部の形をした、シドニーが好きなタイプのノッカーだ。家も素敵だった――当然だわと、シドニーは心のなかでつぶやいた。『パーリー』や『ファリンドン』やそのほかの本を書いた人がどれほど裕福なのか、想像するに難くない。だからこそ――理由はほかに何百もある――彼女は、地味で真面目で知的なジャスパー叔父さんにはふさわしくないのだと、わかってもらわなくてはならない。

上品なノックをしながら、シドニーはレディ・ゴーラムに言うべき台詞を心のなかで練習した。悪くないわ。もう一度、やってみる時間はあるかしら。だれかが玄関に出てくるまで、まだ時間がかかるかもしれない。舗道にいるよりは、ここに立っているほうがずっと安心できた。

だが結局、もう一度ノックをする時間はなかった。

25

「どうぞお座りになって、ミス・ヘッジズ」

居間の家具の大部分には布がかけられていた。レディ・ゴーラムは近々町を出るつもりなんだわ、とシドニーは思った。わざわざここに来るなんて、わたしはすごくばかなことをしたのかもしれない。

レディ・ゴーラムはシドニーの心をほぐそうとするかのように、物問いたげな笑みを浮かべたが、シドニーにはそれが見せかけだけのもののように思えた。彼女の美しい唇が作る曲線を見ていると、博物館で彼女がジャスパー叔父に向けていたまなざしと——それも二度も！——それに応じるように叔父が彼女を見つめ返した視線が思い出された。ここに来たのは、やっぱりそれほどばかげたことではなかったのだという気がした。

「ありがとうございます、レディ・ゴーラム。その……買い物と公園の散歩の合間にちょっと通りかかったので、ご挨拶をと……」

「わざわざ寄ってくださってうれしいわ」

〝ちょっと通りかかったので〟。相反する感情の嵐に翻弄されている最中だったから、その言葉に心を揺すぶられずにいることは難しかった。

それにしても、家庭教師はどこにいるのかしら、とマリーナはいぶかった。そういえば昨日も、博物館にあのすらりとした若い女性はいなかった。もっといい職場を見つけたのかもしれない。まだ新しい家庭教師を雇っていないのだろう。そういったことにくわしいわけではなかったが、家庭教師の出入りが激しいことに上流社会の人々が常々不満を漏らしていたという記憶はあった。

ともあれ、ソファに腰かけた子馬のような少女にどう話しかければいいのだろうとマリーナはとまどった。紅潮した頬、ほこりにまみれた靴、やや丈が短い上等のドレス――ジャスパーは気づいているのかしら？

それにこの年の少女が、ロンドンにひとりで買い物に来るものなの？　少なくとも、荷物を持った従僕が、暑い舗道で彼女を待っているはずだ。

「お紅茶でもいかが？」なにを言えばいいのかわからず、マリーナは尋ねた。「荷造りをしているせいで、部屋のなかがほこりっぽくなってしまっているの。家の外ほどひどくはないと思うけれど。でも、わたしもなにか飲もうと思っていたところなのよ」

「ありがとうございます、レディ・ゴーラム。紅茶をいただけるなら――」

「それともオレンジ水のほうがいいかしら？」

「ええ。オレンジ水をいただきます。ありがとうございます」

マリーナは執事に向かってうなずいた。「マートン、それからミス・ヘッジズの従僕を厨房に招いて、なにか飲み物をあげてちょうだい。ひどく喉が渇いているはずだわ」

少女はますます頬を赤く染めて、手袋をはめた手をもみ合わせた。

「あの、レディ・ゴーラム」

「なにかしら?」

「外に従僕はいないんです。わたし……わたし、あなたと話をするために、ひとりでここに来たんです」

「馬車で?」でもジャスパーは馬車を持っていなかったはず。

「いいえ。歩いて来ました」

「そうなの。それじゃあオレンジ水だけでいいわ、マートン」

執事はお辞儀をすると、マリーナのひそかな目配せをしかと受け止めてから部屋を出ていった。マートンが気づいてくれてよかったとマリーナは思った。なにをすべきかはわかっているはずだ。

マリーナは少女に向き直った。「ミス・ヘッジズ、なにか急を要するお話なのね」

「はい、そうなんです」大きな青い瞳は胸を打つほどに澄んでいた。深い同情の思いと、それよりはるかに卑しむべき感情がマリーナのなかで同時に湧き起った。羨望だろうと彼女は思った。毎朝、朝食のテーブルで彼に会える人間に対する嫉妬。

「そうなの」マリーナは冷たい笑い声をあげた。なんでも好きなことをおっしゃいな――そう思ったあとで、自分自身の卑しさがいやになった。

マリーナの口調が和らいだ。「ここまでひとりで歩いてきたくらいですもの。あなたはとても積極的なのね。いらした目的を聞かせていただけるとうれしいわ」

ジャスパーと同じように少女はぐっと奥歯を嚙みしめると、大きく息を吸い、あたかもそこに台本が隠されているかのように天井を見あげた。

「ありがとうございます、レディ・ゴーラム」台本は頭のなかにしっかり叩きこんであるらしく、少女はよりしっかりした声で言葉を継いだ。「わたしがここに来たのは、叔父であるミスター・ヘッジズがあなたを愛するようになっては困ると言うためです。叔父はもうその危険にさらされています。そういうことにならないようにしていただきたいんです。もう叔父とは会わないと約束していただきたいんです」

自分の言葉の重みで空が落ちてこなかったことに驚いたかのように、少女はあたりを見まわした。

マリーナも彼女と同じくらい仰天していた。「どうぞ続けてちょうだい」優しく言う。

「わたしは生まれたときから叔父を知っています。叔父は上品で機知に富んだ上流社会の人間じゃないし、そこで繰り広げられるかけひきみたいなものとは無縁の人です。叔父はすごく頭がよくて――」

「そのとおりね」

「でも、あなたとはまったく違う種類の頭のよさなんです」

「それもそのとおりだとは思うけれど、あなたにどうしてわたしの頭のよさやその種類がわかるのかしら？」

「あ、ごめんなさい。あなたの本からたくさんのことを学んだって言っておくべきでした。『パーリー』や『ファリンドン』や『軽率の境』や『評判の男』や――」

「読んでくださったのね、光栄だわ」

「どれもすばらしい作品でした。それに有益だし。わたし、何度も読んだんです。そのたびに感動しました。真似しようとしたんです……あの本から学びたくて、わたしも書いてみたくて――そうしているうちに、わかったような気になって……」

そう言っているあいだにも、少女の青い瞳が不意に曇り、わたしは本当になにかをわかっていたのだろうかと疑問を抱きはじめたことが伝わってきた。

おもしろいくらいに彼によく似ている。鋭敏で懐疑的で。この年にしてはとても聡明だわ。それとも、この子が女性だからかもしれない。

それにわたしの本を読んで、真似しようとまでしたという。マリーナはこみあげるうれしさを抑えることができなかったが、そんなことはいまはどうでもいいと自分に言い聞かせた。

少女はもう一度大きく深呼吸をすると、早口でまくしたてはじめた。

「とにかく、本を読むことで、上流社会のことや、そこの人たちがどんな暮らしをしているかということがわかったと思うんです。流行や機知がどれほど大事で、それがあればどういう力を手に入れられるかっていうことも。わたしの叔父はすばらしい人だし、教養のある紳士だし、わたしの家はそれなりに名が通っていますけれど、わたしたちはロンドンの上流社会の一員にはなれないっていうことを、わたしは今年の社交シーズンで悟ったんです」

マリーナは眉を吊りあげ、少女が何気なく口にした〝わたしたち〟という言葉がぐさりと胸に突き刺さったことに気づかないふりをした。

「でもあなたなら、わたしが言いたいことはわかってくれると思います」少女は心配そうに言い足した。「アンソニーがヘレンと婚約したことですし」

「ヘレン……？」

「アンソニーが家庭教師に夢中になったって世間の人が噂していることは知っています」悔しそうな口ぶりだった。「アンソニーはそんなことはどうでもいいって言っているけれど、そんなことを言われるのは、本当はわたしはいやなんです。でもあなたなら、わかってくれると思いました。笑っていらっしゃるようですけれど……」

驚きと喜び、そしてアンソニーが〝ものすごく優秀な人〟にダンスを申しこむ手助けをしたことを思い出し、思わずマリーナの頬が緩んだ。だが目の前の少女の気持をおもんぱかり、あわてて礼儀正しく、真面目な表情を装った。

「とにかくそういうわけで、わたしもいずれは小説を書きたいと思っていますけれど、わたしは――それからジャスパー叔父さんも――、わたしが読んだり、見たり聞いたりしたロットン・ロウの人たちのような人生は送りたくないんです。ですから、つまりその、はっきり言ってしまうと――」シドニーはほっとしたように小さくうなずいた。「――たった一度の社交シーズンのために、ジャスパー叔父さんをあなたに奪われたくないんです」

シドニーの言わんとしていることが、マリーナにはよくわかった。「お兄さまと優しくて素敵な家庭教師を一度に失おうとしているいまは、なおさらそう思うのね」

「そうかもしれません」その口調はいくらかつっけんどんだったかもしれない。

マリーナのなかに、初めておぼろげに見えてきたものがあった。「あなたはこれからずっと、叔父さまのそばにいるわけではないのよ。あなたがいなくなったあと、叔父さまがどれほど寂しい人生を送ることになるか、考えたことがあるかしら？」

シドニーには肩をすぼめることしかできなかった。無理もないとマリーナは思った。彼女の年では、時の流れはひどくゆったりしたものだろうから、現実離れした話にしか聞こえないに違いない。いくつだろう？　十二歳？　十三歳？

「結婚しなくてはいけないと言っているわけではないのよ。幸いあなたには、自分の資産があるのでしょう？」

少女はぞんざいにうなずいた。

「それにあなたは頭もいいし、仕事を持ちたいと思っているようね。あなたには間違いなく、言葉や論理や表現に対する才能があるわ……」

少女の目は真ん丸になり、当惑と感激がないまぜになったように口はぽかんと開き、喜びに顔が輝いた。だがその表情は、マリーナにも確信が持てないくらい素早く、表われたとほぼ同時に消えてしまった。

いま考えなければならないのは、もっと別のことだ。けれど、同じような会話を以前にもどこかでしたことがあるという気がして、なかなか考えがまとまらなかった。

「あなたの叔父さまとわたしのことについては……」マリーナはためらいがちにそう言いながらも、やはりどこかで聞いたことのある台詞だという思いが頭から離れなかった。まったく同じではないにしろ、とてもよく似た会話だった。自分の意志を無理やり通そうとしていたのは……。

思い出した。そして思い出したとたんに、ソファに腰かけた少女を怒らせるだけだとわかってはいたものの、笑いが止まらなくなった。くすくす笑いとあえぎ声とおかしさのあまり溢れた涙の合間に、感嘆したような声を絞り出す。「まるでキャサリン夫人だわ」

だれかがやってきたのだろうかと、少女はドアを振り返った。そこにだれもいないことを見て取ると、いったいだれのことを言っているのかわからないと口ごもりながら言った。

「もちろん、わたしのことじゃないのよ」マリーナは答え、ナプキンで目の縁を押さえた。

「こんなにはっきりと思い浮かぶ小説の登場人物がだれなのか、あなたには本当にわからないの？」

少女は首を振った。

「そう、ちょっと意外だわ。あなたのように博識な若い女性が、『高慢と偏見』という小説を読んだことがないなんて」

「わたし……わたし、あなたの本は友人の家で読んだんです。それからジャスパー叔父さまの書斎でこっそりと。わたしたちの家にはあまり小説はないんです——実を言うとあなたの本以外は、一冊もありません。あなたの本はきっと、間違えて買ってしまったんだと思います。叔父さまもわたしの家庭教師も小説は読まないし、それに——」

「あなたの叔父さまと家庭教師の教育には、悲しいことに欠けていたところがあったようね。本当にすばらしい小説を読んでいないのは、おふたりにとっても残念なことだわ。でも、ミス・オースティンには作品の宣伝をしてくれるヘンリー・コルバーンのような人がいなかったでしょうからね。たとえスキャンダルに興味を引かれてのことであっても、わたしの本を読んでいる人のほうが多いのは無理からぬことかもしれないわね」

あの人はそれほどこの子を守りたかったのね、とマリーナは思った。彼が危険であり、堕落であるとみなすものから。彼の犯した過ちと世界の過ちのすべてから。

子供を愛するがゆえに、そうしようとするのだろう。たとえそれが不可能だとわかっていても。純粋なものと穢《けが》れたものとのあいだに壁を作り、無邪気さと経験とのあいだに境界線を引きたいと考えるに違いない。

だがそれは不可能だ。人にできるのは、この世界を生き抜いていくために不可欠な英知と誠実さを子供に教えることだけ。

それにひきかえ、わたしはなにをしていたの？　ジャスパーは姪を守ろうとしていたけれど、わたしが必死になって守ろうとしていたのは自分自身でしかなかった。けれどそれもまた同じくらい、不可能なことではない？

拒否されることが怖くて逃げだした先に、いったいなにが待っているというのだろう？　たったひとつの大切なことを彼に告げなかったのは、いったいなぜ？

「ミス・ヘッジズ、あなたの叔父さまがわたしを愛するのではないかという心配は、必要のないものだと思いますよ。わたしがすでにその可能性を摘み取ってしまったはずだから。けれど、あなたの頼みは残念ながらきくことができないわ。叔父さまに近づかないという約束はしません。少なくともいまは。彼にまだ言っていないことがひとつあるの。打ち明けなければならない秘密が」

マリーナは、自分をひたと見据えている率直な視線を受け止められずにいた。

おぼれるのが怖いの？　だが怖がってはいられない。正直とはこうあるべきだという態度を示して、少女の手本にならなければならないのだから。

そこでマリーナは大きく息を吸うと、穏やかではあるものの厳然としたまなざしで少女を見つめ返し、ごく静かな調子で言った。

「もう一度あなたの叔父さまに会って、愛していると告げなければならないの。彼がどんな返事をしようと、わたしのことをどう思っていようと、とにかく言わなければならないのよ」

マリーナは椅子から立ちあがった。「執事が従僕を叔父さまのところに行かせているわ。あなたがここにいることを叔父さまに伝えなければ。あなたがひとりで姿を消したせいで、さぞかし恐ろしい思いをしているはずよ。従僕もきっとつらい思いをしたでしょうね。もしミスター・ヘッジズがすぐに来られないようなら、わたしの馬車で家まで送らせるわ。書斎にでも行きましょうか。待っているあいだ、なにか読む物を探しましょう」

だが実を言えば、彼がもうここに来ていればよかったのにと思わずにはいられなかった。彼への愛をシドニーに打ち明けたとき、戸口にいてその言葉を聞いていれば、この混沌とした感情も簡単に処理できただろうに。彼の前で、もう一度同じ台詞を口にする必要もなく、迅速な結末を迎えていたはずだ。いささか安っぽくはあるけれど、それなりに効果的な展開だ。レディ・ゴーラムならそんな場面を書いたかもしれない。

だが現実はそうはならなかった。

シドニーがいなくなったことを知らされたジャスパーは、彼女を探すためボウ・ストリートへと出かけていたので、マリーナの従僕が彼を捕まえるまでいくらか時間がかかった。そのあいだじゅうマリーナは、ジャスパーはどれほど心配しているだろうと考えていた。

愛する子供を育てるというのは、こういうことなのだろうか? なんて不思議で、なんて大変なのだろう。だれかのことをこんなふうに大切に思えるのは、なんてすばらしいのだろう。

シドニーの軽率な行動のせいで、ジャスパーはどれほどの恐怖を味わったことか。拳銃を突きつけられたのがつい最近のことだというのに、愛され、慈しまれてきた子供というのは、そんな恐ろしい記憶でさえも、すぐに忘れてしまうものらしい。

だがいまはそんなことを――あるいは、そこまで愛されることのなかった自分の子供時代のことも――考えている場合ではない。ようやく現われたジャスパーの衣服は乱れ、それまでの恐怖のせいか、顔はまだこわばっている。マリーナは彼を書斎に案内した。シドニーはうしろめたそうに、読みふけっていた『高慢と偏見』から顔をあげた。マリーナはふたりをその場に残し、居間へと向かった。

待っている時間は恐ろしく長く感じられた。愚かなくらいの愛情で叔父を守ろうとした頑固な子供に、いったいどんな言葉をかけられるものだろうか。

ようやくふたりが戸口に姿を見せたとき、その顔に浮かんだ真面目くさった表情があまりによく似ていたので、不安にかられていたマリーナの頰がふと緩んだ。

ふたりはそれぞれ、彼女に言いたいことがあるらしかった。

26

ジャスパーはまず礼を言うことからはじめた。

「姪の相手をしてくれたうえ、これほど早く連絡をくれたことに感謝する。忙しいところを邪魔してしまって、本当に申し訳なかった。もうこれ以上は……」

シドニーの意味ありげなまなざしを受けて、ジャスパーは言い直した。

「……あまり長居はしない」

シドニーは、膝を曲げてお辞儀をした。

「あなたとお話しできて、本当に楽しかったです、レディ・ゴーラム。お知り合いになれてよかったと思っています。もしよろしければ……」

今度はジャスパーが、たしなめるような視線を姪に向けた。だがシドニーは少しもたじろがず、初めから言うつもりだったに違いない言葉を口にした。「もしよろしければ、さっき言ってくださったように、馬車をお借りできますか？　そうすれば、叔父はあなたの話を好きなだけ時間をかけて聞くことができますから。それから……」

視線をさほど動かさずとも、マリーナにはシドニーが本を手にしたままであることはわかっていた。頭がくらくらしはじめていたから、好都合だったかもしれない。集中していなければ、まっすぐに立っていることが難しくなっていた。

「もちろん、その本は持って帰っていいのよ。馬車のなかや、今夜おうちで読むといいわ。好きなだけ時間をかけて読んでちょうだい。わたしも、あなたと知り合いになれてうれしかったわ、シドニー」マートンが少女を連れて部屋を出ていく前にマリーナはそう声をかけ、居間には彼女とジャスパーがふたりきりで残された。

ジャスパーは両開きのドアを閉めると、マリーナに向き直った。「さてと」

「愛しているわ」それがマリーナの返答だった。いま言わなければ、永遠に言えないとわかっていた。そして一度言ってしまうと、その言葉を口にすることは考えていたよりはるかに易しいことがわかった。たとえそれが、奥まったところにある窓のほうへと移動し、彼から半分顔を背けるようにしながら、口のなかでつぶやいただけだったとしても。

さらには、あっと言う間に言い終えてしまうこともわかった。驚くようなことではない——長い単語でも、難しい事柄でもないのだから。だがこれまで一度も言ったことがなかったから、その言葉を口にするのは、背後でファンファーレが鳴り響くくらい重大で華々しいことなのではないかと、マリーナは想像していた。

だがもちろん、そんなことはない。その言葉は、ほんのつかの間部屋の空気を震わせただけだった。あとにはなにも残らない。シドニーのために馬車を準備させる必要もなかったと、マリーナがぼんやり考えているあいだに、気がつけばジャスパーが横にいて、強く彼女を抱きしめていた。ぴったりとからだを寄せ合ったふたりのまわりで、時と世界が改めて形を取りはじめる。石畳を踏む蹄《ひづめ》と車輪の音が妙に遠くに聞こえ、ふたり以外のなにもかもが遠いもののように感じられた。

唯一、現実の時を刻んでいるのは、ふたりの心臓の鼓動と荒い息遣いだけだった。

「愛している」ジャスパーはマリーナの首に唇を押しつけながら言った。「きみを信じている。以前はそれができなかったわたしを許してほしい」今度は耳元でささやく。「きみといっしょにいたい。これからずっと。結婚してほしい」ジャスパーが唇を重ねた。言うべきことはすべて言い終えたかのように。

だがもちろん、言わなければならないことはまだたくさんあった。これまでふたりはあまりにわずかなことしか語り合っていない。夜中の逢瀬は短すぎた。彼の言うとおりだわと、マリーナは思った。わたしたちには昼間の時間が必要だわ。

これから一生、愛する人と共に昼間を過ごせるの？　あまりに多くを望みすぎているような気がした。

マリーナは彼から顔を離すと、彼の腕にからだを預け、のけぞるようにして真剣な表情を作った。

「なにか言われてもかまわないの？　ラッカムは書類かなにかを残しているかもしれないし、ボウ・ストリートの捕り手たちは、皆が皆、正直だというわけでもないわ。人の口に戸は立てられない。妙な噂をたてられるかもしれないのよ……」

ジャスパーは、いささかも気にならないらしかった。つぎに唇を離したときには、マリーナはさっきほどには顔と顔のあいだに距離を置こうとはしなかった。顔を寄せ合っていても、こういう話はできるようだ。

「それに、わたしにつきまとうゴシップがあなたの家族にも及ぶことを忘れてはいけないわ。いずれ、シドニーの結婚相手を探すことになるのだし、それに……」

ジャスパーはマリーナの鼻の頭にキスをした。

「大人になったシドニーと結婚しようという変わった男は……」

マリーナは彼の顎に歯を立てた。「そうね、あなたの言いたいことはわかるわ。それ以上のことと闘えるだけの気概のある人でないといけない。あなたはシドニーをそういうふうに育てたわ」

「きみの手助けなしに今後もわたしがあの子を育てれば、ますますそうなってしまうだろう。アンソニーのときに失敗したように……」

「それほどひどくはないと思うわ。彼に話すつもり？」

「いや、話さないよ。アンソニーは父親だと思っている人間を愛している。いまさら彼を混乱させる必要はない。わたしは、いまあるものに感謝することを学んだんだ。ありのままのアンソニーを受け入れることを。シドニーは……あの子がどんな女性になるのかは、見守るほかはなさそうだな。もしきみが、風変わりな私たち家族の一員になってくれるのなら……」

「あなたと出会う前、アンソニーの愛人になるには自分が年を取りすぎていると感じたときから、わたしにはそうなる資格があったのかもしれないわ」

「神に感謝をしなくてはいけないな」

「……わたしはシドニーの……母親にはなれないと思うの。わたしは子供を産めないからだし……」

ジャスパーはマリーナの頬に、まぶたに、そして顎にキスをした。まつげの先端に光る涙を彼が唇でぬぐうと、マリーナはからだを震わせ、彼の腰に巻きつけた腕に力をこめた。

「わたしたち家族には、運と愛情が巡ってきたんだと思う。きみはわたしより先に、アンソニーのよさに気づいてくれたようだね」ジャスパーは微笑んだ。「母親が無理なら、叔母になってくれればいい。シドニーには、なにかきみの呼び名が必要だしね」

「そうでしょうね」

「それから、あの子に山ほどの小説を読ませるつもりじゃないだろうね？」

「優れた小説だけよ。それじゃあわたしは、マリーナ叔母さんになるのね。とても上品な響きだわ。わたしに縁なし帽子をかぶってほしい？」

答える代わりにジャスパーは、マリーナの髪からピンを抜きはじめた。一本抜くごとに、髪がはらりと肩に広がっていく。すべて抜き終えたところで、マリーナはもつれた髪をほどくように頭を揺すった。再びジャスパーに抱き寄せられると、彼女はその腕のなかでクラバットをほどきはじめた。

もっと話し合わなければならないことがたくさんあるとマリーナは考えていた。どこに住む？　どうやって生活する？　これまでふたりが共有してきた深く濃厚な歓びと、日々の暮らしと責任をどんなふうに重ねていけばいい？

彼はいっしょにアイルランドに来てくれるだろうか？　もちろん来るだろう。いっしょに来てほしかった。彼であれ、そのほかのイギリス人男性であれ、彼らが誇りに思っている帝国の西の果てが、少しも魅惑的ではなく、困難ばかりが待つ地であることを知っておく必要があるから。

だが彼女の過去をたどる旅路は、まず自分ひとりではじめ、彼と行くのはそのあとにしたほうがいいだろうとマリーナは考え直した。

今日はもう考え事はたくさん。まだ明日があるのだから。昼も夜も、これからふたりの時は続いていく。人間の寿命が許すかぎり、ふたりで共に生きていく。

いまは互いを感じていればそれでよかった。ふたりは抱き合いながらまずソファに、そして床の敷物の上に横たわった。カーテンの隙間からはいってくる傾きかけた夏の太陽の光が、ふたりを照らした。いまは互いの舌を味わうことができればいい。時間は充分にある。もう情熱を持て余す必要はないのだと、ふたりは初めて感じていた。

27

アフロディーテを収めた小さな木箱が、ファルマス（コーンウォール州ファル河口にある町）で船に積みこまれるのを、シドニーはわくわくしながら見守った。叔父の友人であるドクター・マヴロティスが、女神像に付き添ってアテネまで行くことになっている。彼はその仕事の重要さをよくわかっているようだった。シドニーは船が出港するまで見ていたかったのだが、叔父の言うところのもうひとりの女神を送り出すためには、これから長い距離を移動しなくてはならない。アイルランドに向かう定期船に乗るには、この島の西の端、ウェールズのホリーヘッド・アンド・ミルフォードまで行かなければならないからだ。

「女神にはほど遠いけれどね」当の女性がジャスパーを戒めるように言い、箱型の四輪馬車の窓の外を晩夏の景色が流れていくなかで、三人は声をあげて笑った。

レディ・イゾベル・ワイアットとミス・エイモリーを訪ねている時間はなかった。ふたりの若い女性は、ウェールズにあるこぢんまりした家でいっしょに暮らしている。

「帰りに寄るかもしれないわ」レディ・ゴーラムは言った。義理の娘から、ぜひ訪ねてほしいという愛情のこもった手紙を受け取ったらしい。だがシドニーは、会話の一部を聞きのがしたようだ。レディ・イゾベルが受け取る父親の遺産について、彼女にはよくわからない点があった。『マンスフィールド・パーク』（ジェイン・オースティン後期の作品）の複雑な展開に必死になって頭をひねっていたからかもしれない。レディ・ゴーラムのように、物語を深いところまで読み取りたかった。ふたりでその話をしているあいだ、ジャスパー叔父は眠っているふりをしていたが、シドニーには叔父が聞き耳を立てていることはわかっていた。レディ・ゴーラムが旅立ったあとで、この本を貸してほしいと言ってくるかもしれない。

〝レディ・ゴーラム〟。ミス・ホバートは、アンソニーと結婚するより前にヘレンに変わったけれど、彼女のことを〝マリーナ叔母さま〟と呼ぶのは、その響きが耳になじんでからにしようと、シドニーは決めていた。十月の結婚式が終わってからだ。いつにするかは自分で決めればいいと言われている。一週間前、マダム・ガブリ（一週間に二センチも背が伸びているような新しい若い顧客の要望にも、少しも驚いてはいないようだった）のところからおおいに満足して帰ってきたあと、シドニーはそうすることを宣言し、レディ・ゴーラムはそれが一番いいだろうと答えた。

馬車のなかでの会話はとても刺激的だった。近いうちに彼女の叔母になる女性と自分に共通する興味の対象があることも理由のひとつではあったが、シドニーはそれほど鈍感ではなかったから、三人がいっしょにいるときに彼女が疎外感を覚えたりしないよう、ジャスパー叔父とレディ・ゴーラムが細心の注意を払っていることに気づいていた。アンソニーとヘレンよりはるかにそつがなかったが、もちろん叔父たちふたりのほうがずっと長く生きているし、賢明なのだから当然だろう。学校の寄宿舎から戻ってきても、居心地の悪い思いをすることはない。最初は少し心配したが、その必要はまったくないことがわかった。

それでも埠頭に着いたときには、船が出港する前に、叔父たちがふたりきりで過ごしたがっているのがシドニーにも感じられた。実を言えば、そのほうが彼女にとっても都合がいい。レディ・フィリパを主人公とする彼女の小説は、いまだ暗礁に乗りあげたままだったが、レディ・ゴーラムのすばらしい助言に従って、ごく当たり前の人々を観察しようと思っていたからだ。興味を引く顔や会話を記憶に刻んで、その人たちの物語を作りあげてみたかった。たとえば、「主人の母の荷造りを手伝うことになっているの――そうなの、義母はアイルランドの家を数ポンドで売ったのよ。片付けが終わったら、いっしょにアメリカに行くわ。あまりいい結果は出なかったけれど、彼はあの妙な仕事でそれなりの報酬をもらったのよ。それに銀の食器も手に入れたし」その女性はくすくす笑った。「でもね、なんといっても一番の冒険はわたしがミセスになることだわ。こんなに幸せな気持ちになるなんて思わなかった。結婚のお祝いをありがとう」

幸せいっぱいのこの台詞は、それだけで充分にシドニーの興味をそそった（オハイオ州シンシナティを訪れる機会を失ったことを残念がる気持が、彼女の心の隅に残っていた）が、それを発したのが、くすんだラベンダー色のシルクの綾織りのドレスを優雅にまとった美しい女性だったから、彼女はさらに耳をそばだてた。そのドレスにはどこかレディ・ゴーラムを思わせる雰囲気があるとシドニーは思ったが、実際にそれを真似てマダム・ガブリに仕立てもらったのだということを彼女が知るよしもなかった。

その女性はいかにも信頼している様子で、シドニーがこれまで見たなかで最高にハンサムな男性――アンソニーがかすんでしまうほどだ――に腕をからめた。長身で、たくましくて、情熱的で、そしていくらか危険な匂いがする男性。どこか秘密めいたきらきらする濃い青色の瞳を……見たことがある気がした。

ばかなことをするな、子供を脅すのはやめて拳銃をしまえ。

じろじろ見てはいけないとわかっていたけれど、ジャスパー叔父もラベンダー色のドレスの女性にちらりと目を向けた気がした。シドニーにはまだ理解できないことだったが、それはつかの間のひとときを共有した人間に対する視線だった。するとその女性は、まつげを震わせるようにして笑みらしいものをジャスパー叔父とレディ・ゴーラムに向けた。目を伏せ、ジャスパー叔父の心をかき乱さずにはおかない微笑みを浮かべたレディ・ゴーラムは、すっくと背筋を伸ばして優雅にたたずんでいる。

シドニーは困惑を覚えながらも、ハンサムで危険だけれど善人である（シドニーには確信があった）青い瞳の男性が、自分に向かって確かにウィンクをしたのを見たと思った。

美しい花嫁と共に、彼が船に乗りこもうとする直前のことだった。ほぼ同時に、ジャスパー叔父が未来の花嫁に手を貸して乗船させた。

ここにはいくつもの物語がある。それはまったく関係ないように見えながら、実はどこかでつながっているのかもしれない。シドニーがすべてをつなぎ合わせ、ひとつの物語を紡ぐのを待っているのかもしれない——レディ・ゴーラムのように。オデュッセウスの妻ペーネロペーや機織りを考案したパルテノン神殿の女神のように。あるいは、いつかシドニー自身がその物語の一部になる日を待っているのかもしれない。

そこにいるだれもが手を振っていた。路上ではささやかなバンドが、華やいだ曲を控えめに演奏している。ジャスパー叔父とシドニーは彼らに硬貨を与えてから、潮流に乗って岸壁を離れていく定期船に向かって、行ってらっしゃい、気をつけて、いい旅を、と声をかけつつ、もう一度大きく手を振り、何度も投げキスを繰り返した。

訳者あとがき

二〇〇九年RITA賞受賞作『女神は禁じられた果実を』をお届けします。
舞台は一八二〇年代後半のイギリス、ロンドン。ヴィクトリア朝時代の少し前ということになります。厳密に言えば摂政時代は終わっていますが、ロマンス小説の区分けではリージェンシー・ロマンスということになりそうです。本書のユニークな点は、主人公ふたりがもはや若いとはいえない年齢であることでしょう。四十代の古美術学者と伯爵未亡人にして著名な小説家である三十代の女性。当然のことながら、どちらにも過去があり、しがらみがあり、秘密があります。経験と年齢を重ねているにもかかわらず、いいえ、重ねているからこそ、大人は愛に臆病になってしまうのかもしれません。

ヒロインのマリーナは、かつてはゴーラム伯爵の愛人でしたが、その後妻となり、伯爵亡きあとは、社交界小説家として確たる地位を築きました。その美貌もあいまって、いまやロンドン社交界で彼女を知らぬ者はありません。小説の登場人物のモデルはだれなのだろうと、人々は興味津々でマリーナの動向を眺めていましたから（それが、本を売るための戦略でもあったのですが)、彼女はどこに行っても注目の的でした。ある日マリーナは、大英博物館で十代前半の少女を連れた男性に出会います。それがジャスパーでした。洗練という言葉からはほど遠い、田舎の教師か牧師のようにしか見えないジャスパーにマリーナはなぜか心惹かれます。それはジャスパーも同じでした。その後、ディナーパーティーで再会したふたりはまたたく間に恋に落ちるのですが、いくつかの事情からふたりの関係は秘密にしておく必要がありました。マリーナは本の宣伝のために、それらしい若者が自分の愛人であるふりをしなければなりませんでしたし、ジャスパーには面倒を見なければならない姪シドニーがいたからです。このシーズンのあいだだけの関係と割り切っていたはずのふたりでしたが、思いは深くなるばかりでした。けれど運命はシーズンの終わりを待とうとはしません。断ち切ったはずの過去がふたりのあいだに立ちはだかって……というのが、本作のあらすじです。また、ジャスパーの甥で、ロンドン社交界随一と言われるほど美男子のアンソニーと、彼の妹シドニーの家庭教師であるヘレンの恋模様も同時に描かれます。こちらは、若さゆえのぎこちなさと純粋さがほほえましく、大人の恋とは対照的です。

マリーナとジャスパーが出会った大英博物館に展示されているエルギン・マーブルについて、ここで少し触れておきましょう。一八〇〇年、第七代エルギン伯爵はイギリスからの大使としてオスマン帝国のイスタンブールに赴任し、同帝国領であるギリシャのパルテノン神殿の調査を開始します。この神殿の彫刻に興味を持ったエルギン伯爵は、当時のスルタンから許可を得て多くの彫刻を剝ぎ取り、一八〇六年にイギリスへ持ち帰りました。エルギン・マーブルと呼ばれるようになったこれらの彫刻がイギリスで公開されると、古代ギリシャへの憧憬は高まり、英国ロマン主義に拍車がかかることになりましたが、一方でエルギン伯爵の〝略奪〟行為を非難する声も少なくありませんでした。詩人のバイロンも彼を批判する作品を残しています。そういった非難の声が激しくなったことと、巨額の負債を抱えたため、エルギン伯爵は一八一六年、イギリス政府にエルギン・マーブルを売却しました。エルギン・マーブルはその後大英博物館に展示されて、現在に至ります。本書でも少し触れられていますが、当時のギリシャはオスマン帝国の支配からようやく脱却し、独立を果たそうとしているところでした。古代ギリシャをこよなく愛したジャスパーがオスマン帝国を非難し、エルギン・マーブルを略奪物と呼び、ギリシャで自ら発掘した彫像を無償で返還しようとするのもうなずけるところです。

本書には実在の人物も何人か登場しますが、マリーナの肖像画を描いたトーマス・ローレンスもそのひとりです。実は、作者の前作である *The Slightest Provocation*（ライムブックスより二〇一二年七月刊行予定です。こちらもどうぞお楽しみに）の表紙にローレンスの〝ブレッシントン伯爵夫人マーゲリートの肖像〟が使われていて、作者はその表紙にインスパイアされて本書を書いたのだとか。この絵のなかの女性が、作者になにかを語りかけたのかもしれません。

華やかなロンドン社交界を舞台にくりひろげられる、不器用でまっすぐな若い恋と、少し背徳的なにおいのする大人の恋の物語をどうぞお楽しみください。

ライムブックス

女神《めがみ》は禁《きん》じられた果実《かじつ》を

著　者　パム・ローゼンタール
訳　者　田辺千幸《たなべちゆき》

2012年３月20日　初版第一刷発行

発行人　成瀬雅人
発行所　株式会社原書房
〒160-0022東京都新宿区新宿1-25-13
電話・代表03-3354-0685　http://www.harashobo.co.jp
振替・00150-6-151594
ブックデザイン　川島進（スタジオ・ギブ）
印刷所　中央精版印刷株式会社

落丁・乱丁本はお取り替えいたします。
定価は、カバーに表示してあります。
 ISBN978-4-562-04428-3　Printed in Japan